LA CIUDAD QUE NO DESCANSA

SERIE
PENDERGAST

PRESTON & CHILD
LA CIUDAD QUE NO DESCANSA

Traducción de
Ignacio Gómez Calvo

S

PLAZA JANÉS

Papel certificado por el Forest Stewardship Council®

MIXTO
Papel procedente de
fuentes responsables
FSC® C117695

Título original: *City of Endless Night*
Primera edición: noviembre de 2019

Printed in Spain — Impreso en España

ISBN: 978-84-01-02199-2
Depósito legal: B-17.596-2019

Compuesto en La Nueva Edimac, S. L.

Impreso en Black Print CPI Ibérica
Sant Andreu de la Barca (Barcelona)

L021992

Penguin
Random House
Grupo Editorial

Lincoln Child dedica este libro
a su esposa, Luchie

Douglas Preston dedica este libro
a Michael Gamble y Chérie Kusman

1

Jacob caminaba rápido delante de su hermano pequeño. Llevaba las manos metidas en los bolsillos y su aliento se transformaba en vaho en el gélido aire de diciembre. Su hermano, Ryan, portaba el cartón de huevos que acababan de comprar en la tienda de al lado con el dinero que Jacob había robado del monedero de su madre.

—Primero, porque es un pedazo de capullo —le dijo Jacob a su hermano—. Segundo, porque es un capullo racista. Les gritó a los Nguyen y los llamó chinos de mierda, ¿te acuerdas?

—Sí, pero...

—Tercero, porque se me coló en la caja del supermercado y me puso a parir cuando le dije que no era justo. Te acuerdas de eso, ¿verdad?

—Claro, pero...

—Cuarto, porque pone esas pancartas con mensajes políticos en su jardín. ¿Y te acuerdas de cuando mojó a Foster con una manguera porque pasó por su jardín?

—Sí, pero...

—Pero ¿qué? —Jacob se dio la vuelta en la calle y miró a su hermano.

—¿Y si tiene una pistola?

—¡No va a disparar a dos chavales! De todas formas, para cuando ese viejo chocho se entere de lo que ha pasado, ya hará un buen rato que nos habremos ido.

—Podría ser de la mafia.

—¿De la mafia? ¿Llamándose Bascombe? ¡Sí, claro! Si se apellidase Garguglio o Tartaglia, no haríamos esto. Solo es un vejestorio que necesita que le den una lección. —Miró a Ryan con una repentina suspicacia—. No te me irás a rajar, ¿verdad?

—No, no.

—Bien. Pues vamos.

Jacob se volvió, enfiló la avenida Ochenta y dos y luego giró a la derecha en la calle Ciento veintidós. Entonces redujo el paso, subió a la acera y avanzó tranquilamente, como si hubiese salido a dar un paseo vespertino. En esa calle había sobre todo viviendas unifamiliares y dúplex, edificios típicos del barrio residencial de Queens, y estaba decorada con luces de Navidad.

Redujo más la marcha.

—Fíjate en la casa del viejo —le indicó a su hermano—. Oscura como una tumba. La única que no tiene luces. Menudo amargado. Es como el Grinch.

La casa estaba al fondo de la calle. Las farolas que brillaban a través de los árboles sin hojas proyectaban una telaraña de sombras en el suelo helado.

—Bueno, pasamos como si nada. Tú abres el cartón, tiramos un montón de huevos al coche del viejo, nos largamos por la esquina y no paramos de correr.

—Sabrá que hemos sido nosotros.

—¿Estás de coña? ¿De noche? Además, todos los chicos del barrio lo odian. Y la mayoría de los adultos también. Todo el mundo lo odia.

—¿Y si nos persigue?

—¿Ese carcamal? Tendría un infarto en siete segundos. —A Jacob le dio la risa tonta—. Cuando los huevos se rompan contra el coche, se congelarán enseguida. Seguro que tiene que lavarlo diez veces para quitarlos.

Jacob se acercó a la casa por la acera, avanzando con cautela. Distinguió una luz azul en el ventanal del bungalow de dos plantas; Bascombe estaba viendo la tele.

—¡Viene un coche! —susurró.

Se escondieron detrás de unos arbustos mientras un vehículo doblaba la esquina y se acercaba por la calle, iluminándolo todo al pasar. Cuando se marchó, Jacob notó que le palpitaba el corazón.

—Tal vez no deberíamos… —empezó a decir Ryan.

—Cállate.

Salió de detrás de los arbustos. La calle estaba más iluminada de lo que le habría gustado, no solo por las farolas, sino también por los adornos de Navidad: brillantes Santa Claus, renos y belenes expuestos en los jardines. Al menos, en la casa de Bascombe había un poco más de oscuridad.

Se aproximaron muy despacio, sin salir de las sombras de los coches aparcados en la calle. El vehículo de Bascombe, un Plymouth Fury verde de 1971 que enceraba cada domingo, estaba en la entrada, aparcado lo más lejos posible. A medida que Jacob avanzaba, pudo ver la figura borrosa del anciano sentado en un sillón, delante de una televisión de pantalla gigante.

—Espera. Está ahí al lado. Bájate la gorra. Ponte la capucha. Y la bufanda.

Se ajustaron las prendas de abrigo hasta que estuvieron bien tapados y esperaron en la oscuridad entre el coche y un arbusto grande. Pasaron los segundos.

—Tengo frío —se quejó Ryan.

—Cállate.

Siguieron esperando. Jacob no quería hacerlo mientras el viejo estuviese sentado en el sillón; con solo ponerse de pie y volverse, los vería. Tendrían que esperar a que se levantase.

—Podemos estar aquí toda la noche.

—Que te calles.

Y entonces el vejestorio se levantó. La luz azul iluminó su cara barbuda y su figura escuálida cuando pasó por delante de la televisión y entró en la cocina.

—¡Vamos!

Jacob se acercó corriendo al coche y Ryan lo siguió.

—¡Abre eso!

Ryan abrió el cartón de huevos, y Jacob cogió uno. Su hermano lo imitó, vacilando. Jacob lanzó su huevo, que emitió un grato «plaf» contra el parabrisas, y luego otro y otro. Ryan tiró por fin el suyo. Seis, siete, ocho; vaciaron el cartón contra el parabrisas, el capó, el techo, el lateral… Un par se les cayeron con las prisas.

—¡Pero qué demonios…! —gritó una voz.

Bascombe salió de pronto por la puerta lateral empuñando un bate de béisbol y se lanzó a toda velocidad a por ellos.

A Jacob le dio un vuelco el corazón.

—¡Corre! —gritó.

Ryan soltó el cartón, se volvió, resbaló y cayó sobre el hielo.

—¡Mierda!

Jacob se dio la vuelta, agarró a Ryan por el abrigo y lo levantó, pero para entonces ya tenían casi encima a Bascombe, bate en ristre.

Corrieron como locos por el camino de entrada y salieron a la calle. Bascombe los siguió y, para sorpresa de Jacob, no cayó fulminado ni le dio un infarto. Era sorprendentemente rápido, y al paso que iba podría incluso alcanzarlos. Ryan empezó a lloriquear.

—¡Malditos críos! ¡Os voy a partir la crisma! —chilló Bascombe tras ellos.

Jacob dobló la esquina a toda velocidad, seguido de Ryan. Se metieron en Hillside y dejaron atrás un par de tiendas cerradas y un campo de béisbol. El viejo desgraciado todavía los perseguía con el bate en alto, pero parecía que por fin se estaba quedando sin aliento y se rezagaba. Giraron en otra calle. Más adelante, Jacob distinguió el viejo concesionario de coches de segunda mano, rodeado de una valla metálica, donde iban a construir pisos la próxima primavera. Hacía tiempo unos chicos habían abierto un agujero en la valla. Se lanzó hacia el hueco y se coló por él, seguido aún por Ryan. Bascombe ya estaba muy atrás, aunque seguía amenazándolos a gritos.

Detrás del concesionario había una zona industrial con algunos edificios ruinosos. Jacob divisó un garaje cercano, con una puerta de madera desconchada y una ventana rota al lado. Habían perdido a Bascombe de vista. Tal vez se había dado por vencido ante la valla, aunque Jacob tenía la sensación de que el vejestorio todavía los seguía. Tenían que encontrar un sitio donde esconderse.

Intentó abrir la puerta del garaje; cerrada. Metió el brazo con cautela por la ventana rota, buscó el pomo a tientas, lo giró desde dentro… y la puerta se abrió con un chirrido.

Entró, seguido de Ryan, cerró la puerta con cuidado para no hacer ruido y echó el cerrojo.

Se quedaron quietos a oscuras, jadeando. Jacob pensó que le iban a estallar los pulmones mientras trataba de permanecer en silencio.

—¡Estúpidos críos! —oyeron en tono estridente a lo lejos—. ¡Os voy a reventar las pelotas!

Apenas veían nada en el garaje, que parecía vacío a excepción de algunos cristales tirados en el suelo. Jacob avanzó sigilosamente, con Ryan agarrado de la mano. Necesitaban un sitio donde ocultarse por si a Bascombe se le ocurría buscarlos allí dentro. Parecía que aquel viejo pirado estaba dispuesto a darles con el bate. A medida que la vista de Jacob se acostumbraba a la penumbra, descubrió un buen montón de hojas al fondo.

Tiró de Ryan en esa dirección y se metió entre las hojas, se tumbó sobre la superficie blanda y se echó hojas encima de sí mismo y de su hermano.

Pasó un minuto. Otro. No hubo más gritos de Bascombe; todo estaba en silencio. Poco a poco Jacob recobró el aliento y la confianza. Después de unos minutos empezó a reír como un tonto.

—Nos hemos quedado con ese viejo baboso.

Ryan no dijo nada.

—¿Lo has visto? Nos ha perseguido en pijama. A lo mejor se le ha congelado la polla y se le ha roto.

—¿Crees que nos ha visto la cara? —preguntó Ryan con voz temblorosa.

—¿Con las gorras, las bufandas y las capuchas? Ni de coña. —Soltó otra risita—. Seguro que los huevos también se le han congelado y ahora están como una piedra.

Al final, Ryan dejó escapar una risita.

—«¡Estúpidos críos! ¡Os voy a reventar las pelotas!» —dijo, imitando la voz aguda y sibilante y el fuerte acento de Queens del anciano.

Los dos rieron mientras empezaban a levantarse de las hojas y a quitárselas. Entonces Jacob olfateó con fuerza.

—¡Te has tirado un pedo!

—¡Mentira!

—¡Verdad!

—¡Mentira! ¡El que primero lo huele, debajo lo tiene!

Jacob hizo una pausa sin dejar de olfatear.

—¿Qué es eso?

—No es un pedo. Es… es asqueroso.

—Tienes razón. Es como… no sé, basura podrida, o algo parecido.

Asqueado, Jacob dio un paso atrás entre las hojas y tropezó con algo. Estiró la mano y se apoyó para recobrar el equilibrio, pero descubrió que la superficie frondosa contra la que había estado escondido cedía emitiendo un tenue susurro, y de repente el hedor los envolvió, cien veces peor que antes. Se apartó bruscamente y retrocedió tambaleándose.

—Mira, hay una mano… —escuchó decir a Ryan.

2

El teniente Vincent D'Agosta esperaba bajo la luz de los focos en el exterior del garaje de Kew Gardens, en Queens, mientras veía cómo trabajaba la policía científica. Le molestaba que lo hubiesen llamado tan tarde la noche antes de su día libre. Habían denunciado el hallazgo del cadáver a las 23.38; solo veintidós minutos más y le hubiesen pasado la llamada al teniente Parkhurst.

Suspiró. Ese caso sería complicado: una joven decapitada. Barajó los posibles titulares de la prensa amarilla, algo parecido a CADÁVER DECAPITADO EN CLUB DE STRIPTEASE, el titular más famoso en la historia del *New York Post*.

Johnny Caruso, el jefe de la brigada de la policía científica, salió del resplandor guardando su iPad en su mochila.

—¿Qué han encontrado? —preguntó D'Agosta.

—Esas puñeteras hojas. Intente buscar pelo, fibras, huellas dactilares o cualquier cosa en medio de ese lío. Es como buscar una aguja en un pajar.

—¿Cree que el asesino lo sabía?

—No. A menos que haya trabajado recogiendo pruebas. Es solo una casualidad.

—¿No ha aparecido la cabeza?

—Pues no. La decapitación tampoco tuvo lugar aquí; no hay sangre.

—¿Causa de la muerte?

—Un disparo al corazón. Una bala de gran calibre y alta velocidad. Entró por detrás y salió por delante. Puede que haya fragmentos en la herida, pero no hay bala. Y tampoco el disparo se produjo aquí. Teniendo en cuenta el frío y todo lo demás, lo más probable es que dejasen el cadáver hace tres días, puede que cuatro.

—¿Agresión sexual?

—De momento no hay señales evidentes, pero tendremos que esperar al examen del forense de los distintos…

—Claro —le cortó D'Agosta con rapidez—. ¿Ninguna identificación, nada?

—Ninguna. No había documentos, llevaba los bolsillos vacíos. Mujer caucásica, aproximadamente un metro setenta, es difícil saberlo, veintipocos años, cuerpo tonificado, en buena forma. Lleva unos vaqueros Dolce & Gabbana. ¿Y ve esas zapatillas tan raras que tiene puestas? Acabo de buscarlas en internet. Louboutin. Cuestan casi mil pavos.

D'Agosta silbó.

—¿Unas zapatillas de mil dólares? Joder.

—Sí. Una chica blanca rica. Decapitada. Ya sabe lo que eso significa, ¿verdad, teniente?

D'Agosta asintió con la cabeza. Los medios de comunicación llegarían en cualquier momento… y allí estaban, como si él mismo los hubiese invocado: primero apareció una furgoneta de la Fox 5, luego otra, y después un vehículo de Uber en el que venía nada más y nada menos que el bueno de Bryce Harriman, el periodista del *Post*, que se apeó del coche como si fuese el mismísimo señor Pulitzer.

—Joder.

D'Agosta llamó por la radio al portavoz de la policía, pero Chang ya se estaba ocupando del asunto en las barreras policiales, desplegando su labia habitual.

Caruso hizo caso omiso del coro creciente situado detrás de las barreras.

—Estamos investigando la identidad buscando en bases de datos de personas desaparecidas, huellas dactilares y todo lo que tengamos a mano.

—Dudo que la identifiquen.

—Nunca se sabe. Una chica así: cocaína, metanfetamina… Hasta podría ser una puta de lujo; todo es posible.

D'Agosta movió otra vez la cabeza afirmativamente. Su sensación de descontento empezó a disminuir. Iba a ser un caso mediático. Podía ser un arma de doble filo, claro, pero a él no le asustaban los desafíos, y estaba convencido de que con ese tenía el triunfo asegurado. Si se podía hablar de algo tan horrible en esos términos. Decapitación: eso quería decir que el criminal era morboso y retorcido, fácil de atrapar. Y si ella era hija de una familia rica, se concedería prioridad a los análisis y él podría saltarse la cola de casos de mierda que aguardaban los servicios de los lentos laboratorios forenses del Departamento de Policía de Nueva York.

Los miembros del equipo de recogida de pruebas, que iban vestidos como cirujanos, siguieron trabajando, agachándose aquí y allá, encorvados, moviéndose de un lado a otro como enormes simios blancos, escudriñando las hojas de una en una, examinando el suelo de hormigón del garaje, inspeccionando el pomo de la puerta y las ventanas, tomando huellas de los cristales rotos del suelo; todo de acuerdo con el procedimiento. Daba gusto verlos, y de todos, Caruso era el mejor. Ellos también intuían que iba a ser un caso gordo. Los recientes escándalos ocurridos en el laboratorio hacían que estuvieran poniendo un cuidado especial. Y los dos chavales que encontraron el cadáver habían sido interrogados en la escena antes de dejarles volver con sus padres. Esta vez no iban a saltarse ningún paso.

—Sigan así —les animó D'Agosta, dándole una palmadita en el hombro a Caruso mientras retrocedía.

El frío empezaba a calarle los huesos, por lo que decidió dar una vuelta a paso ligero alrededor de la valla metálica que rodeaba el viejo depósito de coches para asegurarse de que no se les había pasado por alto ningún posible punto de acceso. Cuando salió de la zona iluminada, todavía había suficiente luz, pero encendió la linterna de todas formas y avanzó explorando a un lado y a otro. Al dar la vuelta a un edificio situado al fondo del depósito, mientras se abría camino cuidadosamente por delante de un montón de coches comprimidos, distinguió una figura agachada dentro de la valla. No era un policía ni ningún miembro de su equipo: el tipo iba vestido con un plumífero ridículamente hinchado, con una capucha demasiado grande para su cabeza, que sobresalía como un tubo de estufa horizontal.

—¡Eh! ¡Usted! —D'Agosta corrió hacia el individuo con una mano en la culata de la pistola reglamentaria y la otra sujetando la linterna—. ¡Agente de policía! ¡Levántese y ponga las manos a la vista!

La figura se puso de pie, con las manos alzadas y el rostro oculto por la sombra de la capucha ribeteada de pelo, y se volvió hacia él. El teniente solo veía dos ojos brillantes en la oscuridad de la capucha.

Asustado, D'Agosta sacó la pistola.

—¿Qué cojones hace aquí? ¿No ha visto la cinta de seguridad? ¡Identifíquese!

—Mi querido Vincent, puede guardar el arma.

D'Agosta reconoció la voz de inmediato. Bajó la pistola y la enfundó.

—Joder, Pendergast, ¿qué coño hace? Sabe que tiene que enseñar su documentación antes de ponerse a husmear.

—Ya que tengo que estar aquí, ¿por qué desperdiciar la oportunidad de hacer una entrada dramática? Qué suerte que haya sido usted quien haya tropezado conmigo.

—Sí, ya lo creo: suerte para usted. Podría haberle reventado el culo de un disparo.

—Qué horror: reventarme el culo. No deja de sorprenderme con sus expresiones malsonantes.

Se miraron en silencio durante un instante, y acto seguido D'Agosta se quitó un guante y le tendió la mano. Pendergast hizo lo propio con sus guantes negros de piel y se dieron un apretón, mientras D'Agosta le agarraba el brazo. El hombre tenía la mano fría como el mármol, y al desprenderse de la capucha descubrió su rostro pálido, su cabello rubio casi blanco peinado hacia atrás y sus ojos plateados de un brillo anormal bajo la tenue luz.

—¿Dice que tiene que estar aquí? —preguntó D'Agosta—. ¿Está en una misión?

—Sí, por mis pecados. De momento, mi prestigio en el FBI ha decaído bastante de golpe. Estoy… ¿cómo es esa colorida expresión que utiliza usted…? Temporalmente de marrón hasta el cuello.

—¿Quiere decir que le ha caído un marrón? ¿O que está de mierda hasta el cuello?

—Eso. De mierda hasta el cuello.

D'Agosta meneó la cabeza.

—¿Qué pintan los federales en esto?

—Uno de mis superiores, el director adjunto Longstreet, cree que pudieron haber traído el cadáver desde New Jersey, cruzando los límites estatales. Piensa que el crimen organizado podría estar implicado.

—¿El crimen organizado? Si ni siquiera hemos recogido las pruebas. ¿New Jersey? ¿Qué gilipollez es esa?

—Sí, Vincent, me temo que es todo una entelequia. Y con una finalidad: darme una lección. Pero ahora siento que se me ha abierto el cielo, porque le he encontrado aquí, al mando. Como cuando nos conocimos en el Museo de Historia Natural.

D'Agosta gruñó. Aunque se alegraba de ver a Pendergast, no le hacía ninguna gracia que el FBI interviniese. Y a pesar de sus bromas, un tanto forzadas, Pendergast no gozaba de buen aspecto en absoluto. Estaba muy delgado, casi esquelético, y tenía la cara demacrada y ojerosa.

—Ya sé que no le he dado una buena noticia —reconoció Pendergast—. Haré todo lo posible por no molestarle.

—Descuide, ya sabe cómo son las relaciones entre la policía de Nueva York y el FBI. Le llevaré a la escena del crimen y le presentaré a todo el mundo. ¿Quiere examinar la escena?

—Me encantaría, cuando la policía científica haya terminado.

«Me encantaría.» Pero no parecía nada encantado. Y cuando viese el cadáver sin cabeza desde hacía tres días lo estaría aún menos.

—¿Cómo entró y salió el criminal? —quiso saber Pendergast mientras volvían andando.

—Parece bastante evidente. El tipo tenía una llave de la verja trasera, entró en coche, dejó el cadáver y se fue.

Llegaron a la zona situada enfrente del garaje abierto y penetraron en la luz deslumbrante. La policía científica casi había terminado y estaba recogiendo sus cosas.

—¿De dónde salieron todas las hojas? —preguntó Pendergast sin gran interés.

—Creemos que el cadáver estuvo escondido en la plataforma de una camioneta debajo de un gran montón de hojas, atado bajo una lona. Dejaron la lona en un rincón y tiraron las hojas y el cadáver contra el muro de la parte trasera. Estamos interrogando a los vecinos por si alguien vio una camioneta o un coche aquí dentro. De momento no ha habido suerte. En esta zona hay mucho tráfico día y noche.

D'Agosta presentó al agente especial Pendergast a sus detectives y a Caruso. Ninguno se esforzó demasiado por ocultar su desagrado ante la llegada del FBI. El aspecto del agente especial tampoco ayudaba; parecía que acabase de volver de una expedición en el Antártico.

—Bueno, despejado —anunció Caruso, sin ni siquiera mirar al agente del FBI.

D'Agosta siguió a Pendergast al interior del garaje cuando este se acercó muy despacio al cadáver. Habían barrido las hojas. El cuerpo yacía de costado, con una herida de salida muy prominente entre las clavículas, causada sin duda por una bala expansiva de gran potencia. El corazón estaba destrozado; muerte instantánea. Incluso después de años investigando asesinatos, D'Agosta no había conseguido insensibilizarse hasta el punto de que eso le pareciese un consuelo; poco alivio podía hallarse en la muerte de una persona tan joven.

Retrocedió para dejar que Pendergast hiciese su trabajo, pero le sorprendió ver que el agente no seguía su procedimiento habitual, con los tubos de ensayo, las pinzas y las lupas que aparecían como por arte de magia y el interminable trajín. Esta vez, Pendergast se limitó a dar una vuelta alrededor del cadáver, casi con apatía, examinándolo desde distintos ángulos y ladeando su cabeza larga y pálida. Dos vueltas alrededor del cadáver, luego una tercera. A la cuarta vuelta, ni siquiera se molestó en ocultar su expresión de aburrimiento.

Volvió junto a D'Agosta.

—¿Ha descubierto algo? —le preguntó el teniente.

—Vincent, esto es un verdadero castigo. Salvo la decapitación, no encuentro nada interesante en este homicidio.

Se quedaron uno al lado del otro mirando el cadáver. Entonces, D'Agosta oyó una tenue inhalación. Pendergast se arrodilló de pronto; por fin apareció la lupa, y el agente se inclinó para examinar el suelo de hormigón a unos sesenta centímetros del cadáver.

—¿Qué pasa?

El agente especial no contestó; siguió escudriñando la sucia porción de cemento tan meticulosamente como si fuese la sonrisa de la Mona Lisa. A continuación se acercó al cadáver y sacó unas pinzas. Se inclinó sobre el cuello cercenado, con la cara a escasos centímetros de la herida, manejó las pinzas bajo la lupa, las introdujo en el cuello —D'Agosta tuvo que apartar la vista unos segundos— y sacó algo que parecía una goma elástica pero que en realidad era una vena grande. Cortó un trocito con unas tijeras y lo metió en un tubo de ensayo. Escarbó un poco más, extrajo otra vena, la cortó y la guardó también. Acto seguido, dedicó varios minutos más a examinar la enorme herida, empleando las pinzas y los tubos de ensayo casi sin parar.

Por fin se enderezó. La expresión ausente y aburrida se había atenuado.

—¿Qué?

—Vincent, parece que tenemos un auténtico problema entre manos.

—¿De qué se trata?

—La cabeza fue separada del cuerpo aquí mismo. —Señaló con el dedo hacia abajo—. ¿Ve esa diminuta muesca del suelo?

—Hay muchas muescas en el suelo.

—Sí, pero esa tiene un pequeño fragmento de tejido. Nuestro asesino hizo todo lo posible por cortar la cabeza sin dejar ningún rastro, pero es una maniobra difícil y en algún momento resbaló e hizo esa minúscula marca.

—¿Y dónde está la sangre? Si cortaron la cabeza aquí, como mínimo habría algo de sangre.

—¡Ah! No hay sangre porque la cabeza fue cortada muchas horas, o puede que incluso días, después de que la víctima recibiese el disparo. Ya se había desangrado en otro lugar. ¡Fíjese en la herida!

—¿Después? ¿Cuánto después?

—A juzgar por el encogimiento de las venas del cuello, diría que al menos veinticuatro horas.

—¿Quiere decir que el asesino volvió y cortó la cabeza veinticuatro horas después?

—Es posible. Aunque también podemos enfrentarnos a dos individuos, que pueden estar relacionados o no.

—¿Dos criminales? ¿A qué se refiere?

—El primer individuo la mató y se deshizo de ella; y el segundo… la encontró y le cortó la cabeza.

3

El teniente D'Agosta se detuvo ante la puerta principal de la mansión que ocupaba el 891 de Riverside Drive. A diferencia de los edificios de alrededor, decorados con alegres luces de Navidad, la mansión Pendergast, pese a su buen estado teniendo en cuenta su antigüedad, estaba a oscuras y parecía abandonada. Un débil sol invernal se abría paso a través de una fina capa de nubes y arrojaba una acuosa luz matinal sobre el río Hudson, más allá de la pantalla de árboles que bordeaba la autopista del West Side. Era un día de invierno frío y deprimente.

Se metió bajo el porche cubierto, respiró hondo, se acercó a la puerta principal y llamó. Proctor, el misterioso chófer y factótum de Pendergast, abrió a una velocidad sorprendente. Le desconcertó un poco lo mucho que Proctor parecía haber adelgazado desde la última vez que lo había visto; solía tener una presencia robusta, incluso enorme. Sin embargo, su rostro era igual de inexpresivo que siempre, y su ropa —el habitual polo Lacoste y un pantalón de vestir oscuro— informal para un hombre que supuestamente se hallaba de servicio.

—Hola, eh… señor Proctor. —D'Agosta nunca sabía cómo dirigirse a ese hombre—. Vengo a ver al agente Pendergast.

—Está en la biblioteca. Sígame.

Pero no estaba en la biblioteca. El agente apareció de pronto en el comedor, vestido con su usual traje negro inmaculado.

—Bienvenido, Vincent. —Le tendió la mano, y se dieron un apretón—. Deje el abrigo en esa silla.

Pese a abrir la puerta, Proctor jamás se ofrecía a recoger su abrigo. D'Agosta tenía la sensación de que era mucho más que un criado y un chófer, pero nunca supo qué hacía exactamente ni en qué consistía su relación con Pendergast.

Vincent se desprendió del abrigo y se disponía a colgarlo de su brazo cuando, para gran sorpresa suya, Proctor se lo quitó. Mientras cruzaban el comedor y entraban en el vestíbulo, no pudo evitar fijarse en el pedestal de mármol vacío en el que antes había un jarrón.

—Sí, le debo una explicación —dijo Pendergast, señalando el pedestal—. Lamento mucho que Constance le golpease en la cabeza con el jarrón Ming.

—Yo también —convino D'Agosta.

—Le pido disculpas por no haberle dado un motivo antes. Lo hizo para salvarle la vida.

—Claro. Está bien. —La historia seguía sin tener sentido, como mucho de lo relacionado con aquella extraña serie de acontecimientos. Miró a su alrededor—. ¿Dónde está ella?

El rostro de Pendergast adoptó una expresión severa.

—Fuera. —Su tono glacial le disuadió de formular más preguntas.

Se hizo un violento silencio, hasta que Pendergast se tranquilizó y estiró el brazo.

—Pase a la biblioteca y cuénteme lo que ha descubierto.

D'Agosta lo siguió a través del vestíbulo hasta una habitación cálida y primorosamente amueblada, con una chimenea encendida, paredes verde oscuro, paneles de roble y un sinfín de estanterías con libros antiguos. Pendergast señaló un sillón de orejas situado a un lado del fuego y él ocupó el de enfrente.

—¿Le apetece algo de beber? Yo voy a tomar un té verde.

—Ah, un café estaría muy bien, si tiene. Con leche y dos azucarillos.

Proctor, que se había quedado en la puerta de la biblioteca, desapareció en el acto. Pendergast se recostó en su sillón.

—Tengo entendido que han identificado el cadáver.

D'Agosta se removió.

—Sí.

—¿Y...?

—Bueno, para mi sorpresa, hemos identificado sus huellas dactilares. Aparecieron muy rápido, supongo que porque le habían tomado las huellas para el sistema digital de Global Entry; ya sabe, el programa para agilizar el ingreso en el país a los viajeros habituales. Se llama Grace Ozmian, veintitrés años, hija de Anton Ozmian, el magnate de la tecnología.

—Me suena el nombre.

—Inventó algunos de los programas que se usan para emitir música y vídeo en streaming por internet. Fundó una empresa llamada DigiFlood. Tuvo una infancia miserable, pero prosperó rápido. Ahora está forrado. Cada vez que alguien descarga software de streaming en algún aparato, su empresa se lleva un pellizco.

—Y dice que ella era su hija.

—Exacto. Es libanés de segunda generación; estudió en el MIT con una beca. Grace nació en Boston, y su madre murió en un accidente de aviación cuando ella tenía cinco años. Se crio en el Upper East Side, fue a colegios privados, sacaba malas notas, no trabajó nunca y llevaba una vida de lujo gracias al dinero de su padre. Hace unos años se fue a Ibiza, y luego a Mallorca, pero hará cosa de un año volvió a Nueva York para vivir con su padre en el Time Warner Center. Él tiene allí un piso de ocho habitaciones; en realidad son dos pisos unidos. Su padre denunció su desaparición hace cuatro días. Ha estado tocando las narices al Departamento de Policía de Nueva York y seguramente también al FBI. El tipo tiene un montón de contactos y ha echado mano de todos para intentar encontrar a su hija.

—Sin duda. —Pendergast se llevó la taza de té a los labios y bebió un sorbo—. ¿La chica se drogaba?

—Es posible. A su edad muchos jóvenes lo hacen, tanto ricos como pobres. No tenía antecedentes, pero la detuvieron por embriaguez y alteración del orden público un par de veces, la última hace seis meses. Un análisis de sangre reveló presencia de cocaína en su organismo. Nunca la acusaron de nada. Estamos elaborando una lista de todas las personas con las que estaba relacionada; tenía un montón de parásitos a su alrededor. Sobre todo herederos y famosillos europeos. En cuanto se le notifique al padre, iremos a por sus «amigos» con toda la artillería. Por supuesto, usted estará al tanto de todo.

Proctor trajo la taza de café.

—¿Me está diciendo que el padre todavía no lo sabe? —preguntó Pendergast.

—Bueno… no hemos confirmado la identidad hasta hace una hora. Y en parte estoy aquí por eso.

Pendergast arqueó las cejas y una expresión de desagrado asomó a su rostro.

—No esperará que vaya a darle el pésame.

—No se trata de darle el pésame. Ya ha hecho eso antes, ¿no? Forma parte de la investigación.

—¿Darle a ese millonario la noticia de que su hija ha sido asesinada y decapitada? No, gracias.

—Oiga, no es una opción. Tiene que ir. Es usted del FBI. Tenemos que demostrarle que estamos todos volcados en este caso, también los federales. Si no va, créame, ese superior suyo se enterará… y a usted no le interesa eso.

—Puedo aguantar el disgusto de Howard Longstreet. No estoy de humor para salir de mi biblioteca en este momento e ir de misión luctuosa.

—Tiene que ver la reacción del padre.

—¿Cree que es sospechoso?

—No, pero es posible que el asesinato esté relacionado con sus negocios. Se supone que es un capullo de campeonato. Ha arruinado muchas carreras, se ha hecho con numerosas empresas mediante maniobras hostiles. A lo mejor cabreó a la gente que no le convenía y mataron a su hija para vengarse.

—Mi querido Vincent, estas cosas no son mi fuerte.

D'Agosta empezaba a exasperarse. Notaba que le ardía la cara. Normalmente dejaba que Pendergast se saliese con la suya, pero esta vez ese hombre estaba muy equivocado. Por lo general era partidario de evaluar a fondo las situaciones… ¿Qué narices le pasaba?

—Mire, si no es por el caso, hágalo por mí. Se lo pido como amigo. Por favor. Yo no puedo ir allí solo; no puedo.

Notó la mirada plateada de Pendergast posada en él durante un largo instante. A continuación, el agente cogió su taza, la apuró y la dejó en el platillo con un suspiro.

—No puedo negarme a una petición así.

—De acuerdo. Bien. —D'Agosta se levantó sin haber tocado el café—. Pero tenemos que ponernos en marcha ya. Ese condenado reportero de Bryce Harriman está husmeando como un sabueso. La noticia podría hacerse pública en cualquier momento. No podemos permitir que Ozmian se entere de lo de su hija por un titular sensacionalista.

—Muy bien. —Pendergast se volvió y, como por arte de magia, Proctor estaba otra vez allí, en la puerta de la biblioteca.

—¿Proctor? —dijo—. Trae el coche, por favor.

4

El Rolls-Royce Silver Wraith clásico con Proctor al volante, un poco fuera de lugar en el estrecho laberinto atestado de peatones del Lower Manhattan, se abrió paso con dificultad a través del atasco de West Street y se acercó a la oficina central de Digi-Flood, en pleno centro de Silicon Alley. Las instalaciones de DigiFlood abarcaban dos grandes edificios que ocupaban una manzana entera de la ciudad entre West, North Moore y Greenwich. Uno era unos antiguos y enormes talleres gráficos que se remontaban al siglo XIX, y el otro un flamante rascacielos con cincuenta plantas. Los dos, pensó D'Agosta, debían tener unas vistas espectaculares del río Hudson y, en la otra dirección, del contorno del Lower Manhattan.

D'Agosta había llamado con antelación para avisar de que querían ver a Anton Ozmian y de que tenían información concerniente a su hija. Al entrar en el aparcamiento subterráneo situado bajo la torre de DigiFlood, el empleado del parking que habló con Proctor le señaló una plaza justo al lado de la cabina en la que ponía OZMIAN 1. Antes de que se apeasen del vehículo, apareció un hombre con traje gris oscuro.

—¿Caballeros? —Dio un paso al frente, sin estrecharles las manos, en actitud seria—. ¿Puedo ver sus credenciales?

Pendergast sacó su placa y la abrió, y D'Agosta hizo otro tanto. El hombre las escudriñó sin tocarlas.

—Mi chófer se quedará con el coche —dijo Pendergast.

—Muy bien. Por aquí, caballeros.

Si al hombre le sorprendió ver a un policía y a un agente del FBI llegar en un Rolls, lo disimuló muy bien, reflexionó D'Agosta.

Lo siguieron hasta un ascensor privado contiguo al aparcamiento, que su escolta activó con una llave. El ascensor se elevó vertiginosamente con un silbido de aire comprimido, y en menos de un minuto habían llegado al último piso. Las puertas se abrieron susurrando y salieron a lo que a todas luces era la planta de dirección. D'Agosta observó la decoración, compuesta de cristal esmerilado, mármol negro pulido y titanio cepillado. El espacio poseía un vacío casi zen.

El hombre echó a andar con paso enérgico. Lo siguieron por una amplia zona de espera, curvada como el puente de una nave espacial, que conducía a un par de puertas centrales de abedul que se abrieron sin hacer ruido cuando se acercaron. Detrás había una serie de oficinas exteriores en las que trabajaban hombres y mujeres vestidos con lo que para D'Agosta era el *casual chic* de Silicon Valley: las camisetas negras de manga corta y las chaquetas de lino con vaqueros ceñidos y esos zapatos españoles que estaban causando sensación. ¿Cómo se llamaban? Pikolinos.

Por fin llegaron a lo que dedujo que era la guarida del empresario: otro par de altas puertas de abedul, tan grandes que habían encajado una más pequeña en una de ellas para las idas y venidas informales.

—Caballeros, esperen aquí un momento, por favor. —El hombre cruzó la puerta pequeña y la cerró tras de sí.

D'Agosta miró a Pendergast. Del otro lado les llegaba el sonido de una voz amortiguada, pero elevada en un tono de ira controlada. D'Agosta no distinguía las palabras, pero el significado era bastante claro: a un pobre desgraciado le estaban echando un rapapolvo de tres pares de cojones. La voz subía y bajaba como si enumerase una lista de agravios. Entonces se hizo un repentino silencio.

Cuando un momento más tarde la puerta se abrió, salió un

hombre canoso, alto, atractivo, impecablemente vestido, lloriqueando como un niño, con la cara empapada de lágrimas.

—¡Recuerda, te hago responsable! —gritó una voz detrás de él, procedente del despacho del otro lado—. Gracias a esa puñetera filtración estamos regalando nuestro software por toda la red. ¡Encuentra al cabrón culpable o caerás tú!

El hombre pasó dando traspiés a tientas y desapareció en la zona de espera.

D'Agosta miró otra vez a Pendergast para ver su reacción, pero no encontró ninguna; su cara estaba tan inexpresiva como de costumbre. Se alegraba de ver al agente otra vez en forma, al menos a nivel superficial, con su rostro de facciones marcadas tan pálido que podría haber sido de mármol y aquellos ojos especialmente brillantes a la fría luz natural que inundaba el espacio. Sin embargo, estaba flaco como un espantapájaros.

La imagen de un hombre sumido en un estado tan lamentable puso un poco nervioso a D'Agosta, que hizo un rápido repaso mental de sí mismo. Desde que se había casado, su mujer, Laura Hayward, se había asegurado de que comprase trajes cruzados solo de los mejores sastres italianos —Brioni, Ravazzolo, Zegna— y camisas de batista de algodón de Brooks Brothers. El único parecido con un uniforme era la insignia de teniente sujeta a su solapa. Tenía que reconocer que Laura lo había encarrilado en materia de vestimenta cuando tiró todos sus trajes de poliéster marrones. Descubrió que vestir bien le hacía sentirse seguro, aunque sus colegas le tomasen el pelo diciéndole que los trajes cruzados le hacían parecer un mafioso. En realidad, casi le gustaba. Solo debía tener cuidado de no dejar en ridículo a su jefe, el capitán Glen Singleton, famoso en todo el departamento de policía por ir siempre de punta en blanco.

Su escolta volvió a aparecer.

—El señor Ozmian los recibirá ahora.

Cruzaron la puerta detrás de él y entraron en un despacho esquinero grande, pero no gigantesco, que daba al sur y al oeste. Los sofisticados y elegantes flancos de la Freedom Tower llenaban una de las ventanas, y daba la impresión de que el edificio estaba tan cerca que D'Agosta casi podía tocarlo. Un hombre salió de detrás de una mesa de granito negra, que asemejaba unas losas de piedra apiladas como en una tumba. Era delgado, alto y ascético, muy atractivo, con el cabello oscuro canoso en las sienes, una barba entrecana muy corta y gafas de montura metálica. Llevaba un jersey de cuello alto de cachemir blanco, vaqueros negros y zapatos del mismo color. El efecto monocromático era impresionante. No parecía un hombre que acabase de despellejar a alguien, pero tampoco parecía del todo amistoso.

—Ya era hora —exclamó, señalando una zona para sentarse a un lado de la mesa. No era un ofrecimiento, sino una orden—. Mi hija lleva cuatro días desaparecida. Y por fin las autoridades se dignan a visitarme. Siéntense y cuéntenme qué pasa.

D'Agosta miró a Pendergast y vio que no iba a sentarse.

—Señor Ozmian —empezó Pendergast—. ¿Cuándo vio por última vez a su hija?

—No pienso pasar otra vez por esto. Ya lo he contado por teléfono media docena…

—Solo dos preguntas, por favor. ¿Cuándo vio a su hija por última vez?

—En la cena. Hace cuatro noches. Después salió con unos amigos. No volvió a casa.

—¿Y cuándo llamó exactamente a la policía?

Ozmian suspiró.

—A la mañana siguiente, a las diez, más o menos.

—¿No estaba acostumbrado a que llegase tarde?

—No tan tarde. ¿Qué…?

La expresión del hombre cambió. Debía de haber visto algo en sus caras, pensó D'Agosta. Era un tipo muy espabilado.

—¿Qué pasa? ¿La han encontrado?

El teniente respiró hondo. Se disponía a hablar cuando, para gran sorpresa suya, Pendergast se le adelantó.

—Señor Ozmian —dijo en el tono más suave posible—, tenemos malas noticias: su hija ha muerto.

El hombre reaccionó como si le hubiesen pegado un tiro. De hecho, se tambaleó y tuvo que agarrarse al brazo de una butaca para mantenerse erguido. Palideció de inmediato; sus labios se movieron, pero de ellos solo brotó un susurro ininteligible. Era como un muerto de pie.

Volvió a balancearse. D'Agosta dio un paso hacia él y lo agarró por el brazo y el hombro.

—Sentémonos, señor.

El hombre asintió con la cabeza en silencio y dejó que lo llevase a una butaca. Parecía ligero como una pluma mientras D'Agosta lo sujetaba.

Los labios de Ozmian formaron la palabra «cómo», pero solo salió de ellos una ráfaga de aire.

—Ha sido asesinada —explicó Pendergast en voz muy baja—. Su cadáver fue hallado anoche en un garaje abandonado de Queens. Esta mañana hemos logrado identificarla. Hemos venido porque queríamos informarle de manera oficial antes de que los periódicos hagan pública la noticia, que difundirán en cualquier momento. —Pese a lo directo de sus palabras, su voz conseguía expresar una profunda compasión y pena.

Los labios del hombre volvieron a moverse.

—¿Asesinada? —consiguió decir con voz estrangulada.

—Sí.

—¿Cómo?

—Le dispararon al corazón. La muerte fue instantánea.

—¿Le dispararon? ¿Le dispararon? —Su cara estaba empezando a recuperar el color.

—Dentro de unos días sabremos más. Me temo que tendrá que identificar el cadáver. Por supuesto, le acompañaremos con mucho gusto.

La cara del hombre reflejaba confusión y horror.

—Pero… ¿asesinada? ¿Por qué?

—Hemos empezado a investigar hace solo unas horas. Parece que la mataron hace cuatro días y dejaron el cuerpo en el garaje.

Ozmian se agarró a los brazos de su butaca y volvió a levantarse. Su cara había pasado del blanco al rosado y estaba adquiriendo un tono rojo encendido. Se quedó quieto un instante, desplazando la vista de Pendergast a D'Agosta y vuelta. El teniente fue testigo de cómo recobraba la compostura; intuía que el tipo estaba a punto de explotar.

—Ustedes —empezó a decir—. Cabrones.

Silencio.

—¿Dónde ha estado el FBI los últimos cuatro días? Todo es culpa suya... ¡culpa suya! —Su voz, que había empezado en un susurro, aumentó poco a poco hasta convertirse en un grito, con los labios salpicados de saliva.

Pendergast lo interrumpió con voz baja y calmada.

—Señor Ozmian, lo más probable es que ya estuviera muerta cuando usted denunció su desaparición. Pero le aseguro que se ha hecho todo lo posible para encontrarla. Todo.

—Ustedes siempre dicen eso, capullos incompetentes, mentirosos hijos de...

Se le atragantó la voz, y pareció que se hubiese tragado un pedazo de comida demasiado grande; tosió y farfulló mientras se le ponía la cara morada. Dio un paso adelante lanzando un rugido de furia, cogió una pesada escultura de una mesa de cristal cercana, la levantó y la estampó contra el suelo. Se dirigió a una pizarra blanca arrastrando los pies y bamboleándose y la apartó de un golpe, volcó una lámpara de una patada y agarró una especie de premio de cerámica de su escritorio y lo estrelló contra la mesa de cristal; los dos se hicieron añicos con un tremendo estrépito y lanzaron despedidos fragmentos de cristal y esquirlas de barro que cayeron como una lluvia sobre el suelo de granito.

Al oír el estruendo, el escolta del traje gris oscuro entró corriendo.

—¿Qué pasa? —preguntó como loco, asombrado al descubrir los destrozos esparcidos por el despacho y a su jefe tan abatido. Miró desesperado a Ozmian y luego a Pendergast y D'Agosta.

Su entrada pareció despertar algo en Ozmian, que depuso su

actitud violenta y se quedó en medio de la habitación, jadeando. Se había cortado en la frente con un trocito de cristal que había salido volando, y una gota de sangre supuraba de la herida.

—¿Señor Ozmian...?

El aludido se volvió hacia el hombre y habló, con voz ronca pero serena.

—Sal. Cierra la puerta con llave. Busca a Isabel. Que no entre nadie que no sea ella.

—Sí, señor. —El hombre salió casi a la carrera.

De repente, Ozmian rompió a llorar, sacudido por sollozos histéricos. D'Agosta vaciló un momento antes de dar por fin un paso adelante. Le agarró el brazo y le ayudó a sentarse de nuevo en el sillón, donde el hombre se desplomó mientras se abrazaba y se balanceaba de un lado a otro, sollozando y respirando con dificultad.

Tardó un par de minutos en reponerse. Entonces, sacó bruscamente un pañuelo del bolsillo, se secó la cara y permaneció un largo rato sentado en silencio, serenándose.

Después habló con voz apagada.

—Cuéntenmelo todo.

D'Agosta se aclaró la garganta y tomó la palabra. Explicó que dos chicos habían hallado el cadáver en el garaje, oculto entre hojas, y que el departamento de homicidios ya estaba investigando el caso. Había destinado a un equipo entero de la policía científica, dirigido por el mejor especialista, y le aseguró que más de cuarenta detectives trabajaban en ese momento para esclarecer la muerte de su hija. Todo el departamento de homicidios le había concedido la máxima prioridad, y contaban con la plena colaboración del FBI. Exageró hasta donde se atrevió mientras el hombre escuchaba con la cabeza gacha.

—¿Tienen alguna teoría sobre quién lo hizo? —preguntó cuando D'Agosta hubo terminado.

—Todavía no, pero la tendremos. Vamos a encontrar a la persona que lo hizo; le doy mi palabra.

Titubeó, preguntándose cómo le contaría lo de la decapitación. Era incapaz de mencionar ese detalle, pero sabía que tenía que hacerlo antes de que la reunión terminase; los periódicos se cebarían en ello. Y lo peor de todo, iban a pedirle que identificase un cadáver sin cabeza: el cadáver de su hija. Sabían que era ella por las huellas dactilares, pero la ley todavía obligaba a llevar a cabo una identificación física, aunque en este caso parecía innecesario y cruel.

—Después de identificar el cadáver —prosiguió D'Agosta—, si se ve capaz, nos gustaría hacerle unas preguntas. Cuanto antes, mejor. Necesitamos saber a qué amigos de ella conocía, sus nombres e información de contacto; nos interesan los posibles problemas de su hija, en su negocio o en su vida personal: cualquier cosa que pueda guardar relación con el crimen. Serán preguntas desagradables, pero seguro que entiende por qué tenemos que hacerlas. Cuanto más sepamos, antes atraparemos a la persona o personas responsables. Naturalmente, puede contar con la presencia de un abogado si lo desea, pero no es necesario.

Ozmian vaciló.

—¿Ahora?

—Preferiríamos interrogarlo en la comisaría de policía, si no le importa. Después de que haya… hecho la identificación. ¿Esta tarde, por ejemplo, si se ve con ánimo?

—Mire, estoy… estoy dispuesto a ayudar. Asesinada… Dios mío…

—Hay otra cosa —terció Pendergast en un tono susurrante que hizo a Ozmian detenerse en el acto.

El magnate levantó la cara de las manos y miró al agente del FBI con miedo en los ojos.

—¿Qué?

—Debe estar preparado para identificar a su hija por sus marcas corporales: peculiaridades dermatológicas, tatuajes, cicatrices quirúrgicas. O por otros medios que no sean su cuerpo. Su ropa y posesiones, por ejemplo.

Ozmian parpadeó.

—No entiendo.

—Su hija fue encontrada decapitada. Todavía no hemos recuperado la cabeza.

Ozmian se quedó mirando a Pendergast un largo rato. Acto seguido, volvió la vista buscando a D'Agosta.

—¿Por qué? —susurró.

—Es una pregunta que nos gustaría mucho responder —reconoció Pendergast.

Ozmian permaneció desplomado en el sillón.

—Díganle la dirección del depósito de cadáveres a mi ayudante al salir y el lugar donde desean interrogarme —dijo por fin—. Estaré allí a las dos de la tarde.

—Muy bien —respondió Pendergast.

—Y ahora, déjenme.

5

Marc Cantucci se despertó de golpe en el preciso instante en que el avión de su sueño estaba a punto de hundirse en el mar. Se quedó tumbado a oscuras mientras el ritmo acelerado de su corazón disminuía a medida que el entorno familiar y confortable de su cuarto se concretaba a su alrededor. Estaba harto de tener el mismo sueño, en el que viajaba en un avión secuestrado por terroristas. Habían asaltado la cabina y atrancado la puerta, y momentos más tarde el avión inclinaba violentamente el morro hacia abajo y se precipitaba con toda la potencia de sus motores hacia el lejano mar tempestuoso, mientras él veía por la ventanilla el agua negra cada vez más cerca, sabiendo que el fin era inevitable.

Tendido en la cama, se debatió entre encender la luz y leer un poco o intentar volver a dormirse. ¿Qué hora era? La habitación estaba muy oscura, pero las persianas metálicas permanecían bajadas, de forma que era imposible hacerse una idea de la hora. Alargó la mano para coger el móvil, que siempre dejaba en la mesilla de noche. ¿Dónde coño estaba? No se podía haber olvidado de traerlo; era como un reloj con sus costumbres. Pero puede que hubiese pasado, porque resultaba claro que no lo tenía a mano.

Demasiado irritado para dormir, se incorporó y encendió la lámpara de noche para buscar el teléfono. Retiró las mantas, salió de la cama, examinó el suelo alrededor de la mesilla donde se podía haber caído y por fin se acercó al galán de noche de madera donde había colgado el pantalón y la chaqueta. Una inspección rápida le confirmó que tampoco se encontraba allí. Esto estaba empezando a resultarle más que molesto.

No tenía despertador, pero el sistema de alarma se hallaba equipado con una pantalla LCD con reloj, de modo que se acercó y abrió el panel. Se llevó una sorpresa de lo más desagradable: el panel estaba a oscuras, la pantalla en blanco y la luz de activación de la alarma apagada. Y, sin embargo, en la casa había electricidad y el circuito cerrado de televisión situado junto al panel de la alarma seguía funcionando. Qué raro.

Por primera vez, Cantucci sintió miedo. El sistema de alarma era de última tecnología, el mejor modelo disponible en el mercado; no solo estaba conectado directamente a la casa, sino que tenía su propia fuente de alimentación y nada menos que dos baterías auxiliares en caso de apagón o problema técnico, junto con conexiones para fijo, móvil y teléfono por satélite con la empresa de seguridad externa.

Y allí estaba, fuera de servicio.

Cantucci, el antiguo fiscal general de New Jersey que había acabado con los Otranto, una familia de mafiosos, antes de convertirse en abogado de la familia rival, los Bonifacci, y que había recibido tantas amenazas de muerte que había perdido la cuenta, estaba preocupado por su seguridad, como era lógico.

La pantalla del circuito cerrado de televisión funcionaba a la perfección y mostraba el recorrido habitual por todas las cámaras del edificio. Había veinticinco, cinco en cada planta de la casa de piedra rojiza en la que vivía solo, en la calle Sesenta y seis Este. Tenía un guardaespaldas que se quedaba en casa con él durante el día, pero se marchaba cuando las persianas descendían automáticamente a las siete de la tarde y convertían la casa en una minifortaleza inexpugnable.

De repente, mientras observaba la secuencia de las cámaras de cada planta, vio algo extraño. Pulsó una tecla para detener la secuencia y miró la imagen horrorizado. La cámara en cuestión enfocaba el vestíbulo de la casa… y mostraba a un intruso. Era un hombre vestido con leotardos negros y llevaba una máscara oscura que le tapaba la cara. Iba armado con un arco compuesto con cuatro flechas emplumadas atornilladas. Una quinta flecha permanecía encajada en el arco, que llevaba delante de él, como si estuviese listo para disparar. Parecía que el cabrón se creyese Batman y Robin Hood a la vez.

Era raro de cojones. ¿Cómo había logrado ese tío cruzar las persianas metálicas? ¿Y cómo había entrado sin hacer saltar la alarma?

Cantucci pulsó el botón del pánico de la alarma inmediata, pero no funcionó. Por supuesto. Y su móvil había desaparecido. ¿Casualidad? Cogió un teléfono fijo que tenía cerca y se llevó el auricular al oído. Desconectado.

Cuando el hombre salió del campo de visión de la cámara, Cantucci pasó rápidamente a la siguiente cámara. Por lo menos el sistema de circuito cerrado funcionaba.

Aunque, pensándolo bien, se preguntó por qué el hombre no lo había desactivado también.

La figura se dirigía al ascensor. Mientras Cantucci observaba, la silueta se detuvo, alargó una mano enfundada en un guante negro y pulsó un botón. Cantucci oyó el zumbido del mecanismo cuando el ascensor descendió del quinto piso, donde estaba su dormitorio, a la planta baja.

Dominó el miedo con rapidez. Había sido víctima de seis atentados contra su vida, y todos habían fracasado. Ese era el más extraño hasta la fecha, pero también fracasaría. Seguía habiendo electricidad; podía parar el ascensor con solo pulsar un botón y dejar al hombre atrapado… pero no. No.

Se puso una bata y se movió rápido. Abrió el cajón de la mesilla de noche y sacó una Beretta M9 y un cargador de repuesto con quince balas, que metió en el bolsillo de la bata. La pistola ya tenía un cargador lleno con una bala en la recámara —siempre la guardaba así—, pero de todas formas lo comprobó. Todo correcto.

Sin hacer ruido pero sin dilación, pasó del dormitorio al estrecho pasillo que había más allá y se situó frente al ascensor. Estaba subiendo. Oyó el tintineo y el zumbido de la maquinaria, y los números del ascensor se iluminaron mostrando en qué piso estaba: tres… cuatro… cinco…

Esperó, listo para disparar, hasta que oyó que el ascensor vibraba y se detenía. Y entonces, antes de que las puertas se abriesen, disparó contra ellas. Las potentes balas Parabellum de 9 milímetros perforaron y traspasaron el fino acero con capacidad mortífera de sobra, provocando un ruido ensordecedor en el espacio cerrado. Contó las balas mientras las disparaba, con rapidez pero también con exactitud —una, dos, tres, cuatro, cinco, seis—, describiendo un movimiento de lado y hacia abajo que alcanzaría con seguridad a quien estuviese dentro. Le quedaban balas suficientes para rematar la faena cuando se abriesen las puertas.

Cuando lo hicieron, Cantucci comprobó con asombro que el ascensor estaba vacío. Entró, disparó un par de balas hacia arriba que atravesaron el techo para asegurarse de que el hombre no se hallaba escondido allí, y a continuación pulsó el botón de parada y detuvo la maquinaria para que no pudiera usarse.

«Hijo de puta.» La otra forma de que el asesino subiese a esa planta era por la escalera. El hombre tenía un arco y flechas. Cantucci, por su parte, tenía una pistola y era un experto tirador. Tomó una decisión rápida: «No esperes, pasa al ataque». La escalera era estrecha, con un descansillo entre pisos; un marco poco propicio para lanzar una flecha, pero ideal para disparar una pistola a quemarropa.

Naturalmente, era posible que el intruso tuviese una pistola, pero desde luego parecía decidido a usar el arco. En cualquier caso, Cantucci no correría riesgos.

Con el arma en ristre, bajó corriendo por la escalera descalzo, casi sin hacer ruido, listo para disparar. Cuando había descendido hasta el segundo piso, se dio cuenta de que el hombre tampoco se encontraba allí. Debía de haber subido y haberse metido en una de las plantas inferiores. Pero ¿en cuál? ¿Dónde coño estaba?

Cantucci salió de la escalera en el segundo piso y, escondiéndose en los rincones, se internó en el pasillo. Estaba despejado. En un extremo había un arco a través del cual se accedía a la sala de estar; el otro terminaba en la puerta cerrada de un cuarto de baño.

Miró la pantalla del circuito cerrado de televisión del pasillo y pasó a toda prisa de una cámara a otra. ¡Allí estaba! En la tercera planta, un piso por encima, recorriendo sigilosamente el pasillo hacia la sala de música. ¿Qué hacía? Cantucci habría dicho que se enfrentaba a un loco, solo que ese intruso se movía muy despacio, como si tuviese un plan. Pero ¿cuál? ¿Iba a robar el Stradivarius?

Joder, eso era. Debía de serlo.

Su más preciada posesión: *L'Amoroso*, un violín Stradivarius de 1696 que había pertenecido al duque de Wellington. Eso y su vida eran los dos motivos por los que Cantucci había instalado un sistema de seguridad tan complejo en su casa.

Observó cómo la figura entraba en la sala de música y cerraba la puerta detrás de él. Pulsó el botón de la cámara situada dentro de la sala y vio que se dirigía a la caja de seguridad donde estaba guardado el Stradivarius. ¿Cómo pensaba acceder a la caja fuerte? Se suponía que ese condenado trasto era inexpugnable. Claro que aquel cabrón ya había burlado un sofisticado sistema de alarma; Cantucci sabía que no debía dar nada por sentado.

El intruso tenía que haber oído los disparos: debía saber que Cantucci estaba armado y que lo estaba buscando. Entonces ¿qué pensaba? Nada tenía sentido. Lo vio detenerse ante la caja fuerte, alargar la mano y pulsar unos números del teclado. Los números incorrectos, evidentemente. A continuación sacó una cajita plateada —algún tipo de dispositivo electrónico— y la fijó a la parte delantera de la caja fuerte. Para hacerlo, dejó el arco y la flecha.

Era su oportunidad. Cantucci sabía dónde estaba el hombre y dónde estaría como mínimo los próximos minutos, y sabía que no tenía el arco y la flecha en las manos. Estaría ocupado con el aparato metálico y la caja fuerte.

Avanzó en completo silencio, subió por la escalera al tercer piso y se asomó a la esquina. Comprobó que la puerta de la sala de música seguía cerrada, con el intruso dentro. Se desplazó sigilosamente por el pasillo alfombrado con los pies descalzos y se detuvo ante la puerta. Podía abrirla y abatir al hombre a tiros mucho antes de que el aspirante a ladrón lograra coger aquel ridículo arco y aquellas flechas y dispararle una.

Con un movimiento suave y resuelto, agarró el pomo con la mano izquierda, abrió la puerta y entró de golpe, apuntando con la pistola a la caja fuerte.

Nadie. La habitación estaba vacía.

Cantucci se quedó paralizado y enseguida se dio cuenta de que había caído en una trampa; acto seguido, se dio la vuelta y empezó a disparar como un loco detrás de él, al mismo tiempo que la flecha surcaba el aire a toda velocidad, le impactaba en el pecho y lo estampaba contra la pared. Una segunda y una tercera flecha, disparadas una detrás de otra, inmovilizaron con firmeza su cuerpo contra la pared; tres saetas espaciadas en forma de triángulo a través de su corazón.

El intruso, que se había situado en la puerta abierta de la habitación del otro lado del pasillo, avanzó y se detuvo a medio metro de la víctima, sujeta en posición vertical por las tres flechas, con la cabeza colgando hacia delante y los brazos caídos. El asesino estiró la mano y encendió la luz del pasillo. Apoyó el arco contra la pared e inspeccionó a la víctima lenta y meticulosamente de la cabeza a los pies. A continuación agarró la cabeza caída de la víctima con las dos manos. La levantó y contempló los ojos que lo miraban sin ver. Separó con el pulgar el labio superior de la víctima, giró un poco la cabeza y examinó brevemente los dientes, que eran blancos, rectos y no tenían caries. El corte de pelo era caro, y la piel del rostro suave y tersa. Para ser un hombre de sesenta y cinco años, Cantucci se había cuidado mucho.

El intruso soltó la cabeza y la dejó caer hacia delante. Estaba muy satisfecho.

6

A las cuatro de la tarde siguiente, el teniente Vincent D'Agosta estaba sentado en la sala de vídeo B205 de One Police Plaza, bebiendo un vaso de café quemado, aguado y frío y viendo una grabación borrosa de una cámara de seguridad que dominaba el solar industrial de Queens en el que había sido hallado el cadáver. Era el último de los tres pésimos vídeos de seguridad que se había pasado dos horas visionando sin ningún resultado. Debería haberle asignado esa tarea a un subordinado, pero una parte de él detestaba endilgarle el trabajo sucio a su gente.

Oyó que llamaban suavemente a la puerta abierta y se volvió para descubrir la figura alta y atlética de su superior, el capitán Singleton, ataviado con un elegante traje azul, con sus prominentes orejas de soplillo, perfilado a la tenue luz del pasillo. Tenía en las manos dos latas de cerveza.

—Vinnie, ¿a quién quieres impresionar? —preguntó mientras entraba.

D'Agosta puso en pausa el vídeo y se recostó frotándose la cara.

Singleton se sentó en un lugar cercano y dejó una de las latas frente a D'Agosta.

—Ese café merece que lo detengan y lo cacheen. Prueba con esto mejor.

El teniente agarró la lata de cerveza, tiró de la anilla, que emitió un agradable susurro, y la levantó.

—Muchísimas gracias, capitán. —Bebió un largo trago con gratitud.

Singleton se acomodó y abrió su cerveza.

—Bueno, ¿qué has encontrado?

—En los vídeos de seguridad, nada. Hay un enorme ángulo ciego entre las tres cámaras, y estoy seguro de que ahí es donde tuvieron lugar los hechos.

—¿Habéis conseguido algún vídeo en el barrio?

—Esto es todo lo que hay. Es un barrio sobre todo residencial; la tienda más cercana está a una manzana.

El capitán asintió con la cabeza.

—¿Algo que relacione este asesinato con el de anoche? El del abogado de la mafia, Cantucci.

—Aparte de la decapitación, nada. Los modus operandi de los dos casos son totalmente diferentes. Distintas armas, distinto modo de entrar y salir. Nada que relacione a las víctimas. Y en el caso Ozmian, la cabeza fue amputada veinticuatro horas después de que la víctima fuese asesinada, mientras que a Cantucci se la cortaron justo después de que expirase.

—Entonces ¿no crees que estén relacionados?

—Lo más probable es que no, pero dos decapitaciones seguidas son una extraña casualidad. No descarto nada.

—¿Qué hay de los vídeos de seguridad de la casa de Cantucci?

—Nada. No fueron borrados sin más, sino que robaron los discos duros. Las cámaras del exterior de la casa y de las dos esquinas de la Tercera Avenida fueron desactivadas con antelación. El que se cargó a Cantucci era un profesional.

—¿Un profesional que usaba arco y flecha?

—Sí. Podría ser un asesinato de la mafia pensado para transmitir algún tipo de mensaje. El tal Cantucci era un auténtico cabronazo. Hablamos de un tipo que hundió a una familia cuando era fiscal general y luego pasó a trabajar para el clan rival. Era más corrupto que los mafiosos que defendía, el doble de rico y el triple de listo. Tenía bastantes enemigos. Estamos investigándolo.

—¿Y la víctima del caso Ozmian?

—Una chica rebelde. Mandamos a la policía científica para que examinase su habitación en la casa de su padre, por simple precaución, pero no encontraron nada útil. Estamos investigando a sus amigos de correrías, pero de momento no tenemos pistas. Seguimos indagando.

Singleton gruñó.

—La autopsia ha confirmado que le dispararon al corazón por detrás, permaneció en un lugar desconocido el tiempo suficiente para desangrarse y luego fue trasladada al garaje, donde le cortaron la cabeza unas veinticuatro horas más tarde. Tenemos un montón de pelos, fibras y huellas que estamos analizando, pero me da la impresión de que no van a llevar a ninguna parte.

—¿Y el padre?

—Superlisto. Vengativo. Un gilipollas redomado. Tiene un genio terrible, grita, chilla y rompe cosas, y luego se queda mudo de repente; da miedo. —Ozmian había estado tan callado cuando acudió a identificar el cadáver la tarde anterior (por un lunar del brazo izquierdo de la víctima), que D'Agosta se había asustado—. No me extrañaría que tuviera a su gente buscando discretamente al asesino. Espero que nosotros lo pillemos primero, porque si lo encuentran antes, me temo que el responsable podría desaparecer y nunca resolveríamos el caso.

—¿Está de duelo?

—Claro. A su manera. Si su vida personal se asemeja en algo a su vida empresarial, me parece que su forma de duelo sería buscar al responsable, descuartizarlo vivo, hacer una pajarita con sus huevos y colgarlo con ella.

Singleton hizo una mueca y bebió otro trago.

—Un justiciero multimillonario. Que Dios nos libre. —Miró a D'Agosta—. ¿Alguna conexión con los intereses empresariales de su padre? Ya sabes, matar a la hija para vengarse del padre.

—Lo estamos investigando. Ha estado implicado en un montón de demandas y ha recibido bastantes amenazas de muerte. La gente con negocios en internet son como vikingos.

El capitán gruñó y permanecieron en silencio unos instantes, pensando. Esa era la forma que Singleton tenía de llevar un caso: sentarse a altas horas de la noche, cuando la comisaría estaba tranquila y podían darle al pico. Por eso era tan buen policía y tan buen jefe. Al final se removió en su asiento.

—¿Conoces a Harriman, el periodista del *Post* que ha estado husmeando, haciendo preguntas y fastidiando a mis chicos? ¿Es bueno?

—Es un capullo, pero siempre consigue la noticia.

—Pues es una lástima, porque este caso ya es mediático y va a serlo aún más.

—Sí.

—¿Y el FBI? ¿Cuáles son sus prioridades… y por qué se han interesado por el caso?

—Puedo trabajar con ellos, no se preocupe.

—Me alegro de saberlo. —Singleton se levantó—. Vinnie, estás haciendo un buen trabajo. Sigue así. Si puedo ayudarte en algo, o si crees que alguien necesita una patada en el culo, avísame enseguida.

—Claro, capitán.

Singleton se fue. D'Agosta tiró la lata de cerveza vacía a la basura con pesar y volvió al soporífero vídeo.

7

El teniente D'Agosta aparcó su coche patrulla en la zona acordonada frente a la casa. Bajó del vehículo y su colega, el sargento Curry, salió por el otro lado. Se detuvo un momento a contemplar la vivienda, construida en granito rosa, que ocupaba el centro de una tranquila manzana entre la Segunda y la Tercera Avenida, bordeada de ginkgos sin hojas. La víctima, Cantucci, había sido un abogado de la mafia de la peor calaña, escurridizo como una anguila. Llevaba dos décadas en el punto de mira de la policía y había sido sometido a varios procesos ante el gran jurado, pero no habían podido quitarle la licencia para ejercer de abogado. Era uno de los intocables.

Solo que ahora lo habían tocado, y de lleno. D'Agosta se preguntaba cómo demonios había conseguido el asesino traspasar el formidable sistema de seguridad de la casa.

Meneó la cabeza, atravesó la oscuridad de la noche de diciembre y se acercó a la puerta principal. Curry le franqueó la entrada y D'Agosta entró en el vestíbulo. Miró a su alrededor. Era una casa imponente, repleta de antigüedades raras, cuadros y alfombras persas. Detectó el débil aroma de los distintos productos químicos y disolventes que utilizaba la policía científica. Pero su trabajo ya había terminado, por lo que no tendría que ponerse las calzas, el gorro y la bata de rigor, cosa que agradeció mientras aspiraba el aire sofocante, ya que las persianas metálicas de la vivienda seguían cerradas.

—¿Listo para la inspección, señor? —preguntó Curry.

—¿Dónde está el asesor de seguridad? Tenía que verse aquí conmigo.

Un hombre apareció de entre las sombras: afroamericano, menudo, cabello blanco, vestido con un traje azul y con un porte de seria dignidad. Se decía que era uno de los mejores expertos en seguridad electrónica de la ciudad, y a D'Agosta le sorprendió ver que aparentaba como mínimo setenta años.

Le ofreció una mano fría.

—Jack Marvin —se presentó con una voz grave como la de un predicador.

—Teniente D'Agosta. Dígame, señor Marvin, ¿cómo burló ese hijo de puta el carísimo sistema de seguridad de la casa?

Marvin rio morbosamente entre dientes.

—Con mucha astucia. ¿Le apetece verlo?

—Claro.

Marvin echó a andar con paso enérgico por el pasillo central y D'Agosta y Curry lo siguieron. El teniente se preguntaba por qué demonios Pendergast no había acudido en respuesta a su petición. Ese era el tipo de caso que a él le cautivaría, y dada la rivalidad entre el Departamento de Policía de Nueva York y el FBI, creía que le había hecho un favor invitándolo. Pero, por otra parte, Pendergast había mostrado poco interés por el caso hasta entonces; solo había que fijarse en lo reacio que había sido a visitar a Ozmian.

—Lo que tenemos en esta casa —empezó Marvin, sin dejar de mover las manos— es un sistema de seguridad Sharps & Gund. No se trata de simple tecnología punta, son lo mejor del mercado. Es la marca favorita de los magnates del petróleo del golfo Pérsico y los oligarcas rusos. —Hizo una pausa—. Hay veinticinco cámaras distribuidas por toda la casa. Una allí —señaló con el dedo un rincón superior—, allí, allí y allí. —Balanceó la mano con rapidez—. Captan cada centímetro cuadrado.

Se detuvo y se volvió, moviendo las manos a un lado y al otro como un guía turístico en una mansión histórica.

—Y aquí tenemos una barrera fotoeléctrica de infrarrojos, con detectores de movimiento en los rincones, allí arriba y allí.

Hizo un gesto hacia la puerta del ascensor y pulsó el botón.

—El centro del sistema está en el desván, en un armario reforzado.

La puerta del ascensor, acribillada a balazos, se abrió y se apretujaron para entrar.

El ascensor subió a la quinta planta emitiendo un zumbido y las puertas volvieron a abrirse. Marvin salió.

—Hay cámaras aquí, aquí y allí. Más barreras fotoeléctricas de infrarrojos, detectores de movimiento y sensores de presión en el suelo. El dormitorio está cruzando esa puerta. —Giró—. La puerta principal y todas las ventanas tienen alarma, y al anochecer la casa queda cerrada a cal y canto con persianas metálicas. El sistema tiene múltiples componentes. Normalmente funciona con la corriente de la casa, pero cuenta con dos fuentes de reserva independientes: un generador y un banco de baterías marinas de ciclo profundo. Dispone de tres métodos independientes para informar a los operadores de servicio: por medio del teléfono fijo de la casa, a través de una conexión de móvil y mediante un teléfono por satélite. Aunque no pase nada, el sistema está diseñado para transmitir un aviso de «todo despejado» cada hora.

D'Agosta silbó por lo bajo. Estaba deseando saber cómo habían derrotado a esa maravilla.

—El sistema informa de cualquier anomalía. Si a una batería le queda poca energía, informa. Apagón, informa. Interferencias de móvil, informa. Un rayo caído del cielo, una subida de tensión, una araña que teje una telaraña en un detector infrarrojo, informa. Sharps & Gund envía a sus propios equipos de seguridad, por si la policía tarda o se queda retenida en un atasco.

—Parece impenetrable.

—¿Verdad que sí? Pero como todas las cosas diseñadas por el hombre, resulta que tiene un talón de Aquiles.

D'Agosta se estaba cansando de estar de pie en el oscuro pasillo. Un elegante salón con cómodos sillones esperaba al final del corredor, y el teniente había dormido menos de noventa minutos y llevaba horas levantado.

—¿Vamos? —Señaló con la mano.

—Pensaba llevarles al desván. Aquí está la escalera.

D'Agosta y Curry siguieron al ágil hombre hasta una estrecha escalera que subía a un desván de media altura. Cuando Marvin encendió la luz, D'Agosta descubrió un espacio lleno de polvo que olía a moho. El ambiente era agobiante y tenían que agacharse mucho.

—Allí. —Marvin señaló con el dedo un gran armario metálico nuevo con la puerta abierta—. Este es el control central del sistema de seguridad. Es básicamente una enorme caja fuerte. Es imposible acceder a menos que conozcas el código, y el asesino no lo tenía.

—Entonces ¿cómo accedió?

—Con un caballo de Troya.

—¿Qué quiere decir eso?

—Los sistemas Sharps & Gund son famosos por ser inmunes al hackeo informático. Lo consiguen aislando parcialmente cada sistema de seguridad de internet. No se pueden transmitir datos al sistema, jamás. Ni siquiera la sede central de la empresa puede transmitir datos a un sistema de seguridad. El sistema está diseñado para enviar datos solo en un sentido: hacia fuera. Los hackers no pueden acceder de forma remota.

—¿Y si hay que actualizar o reiniciar el sistema?

—Un técnico de mantenimiento tiene que ir físicamente al lugar, abrir la caja fuerte con un código que ni siquiera el dueño tiene, que de hecho ni siquiera el técnico tiene, pues lo crea un generador de datos aleatorios en la sede central y se transmite oralmente al técnico cuando ha llegado al sitio, y descargar los nuevos datos al sistema con una conexión directa.

D'Agosta se movió, procurando no golpearse la cabeza contra el techo. Vio un par de ojos brillantes que los miraban en un rincón. Hasta en una casa valorada en veinte millones de dólares había ratas. Deseó que Marvin se diese prisa y fuese al grano.

—Muy bien, entonces ¿cómo sorteó todo eso el asesino?

—El primer paso lo dio hace unos días. En la calle, enfrente de la casa, utilizó un dispositivo de bloqueo para interrumpir los boletines horarios de «todo despejado» del móvil. Pudo hacerlo desde un coche aparcado con un inhibidor electromagnético bastante barato. Un simple par de ráfagas de interferencias que bloqueasen la señal del móvil unas cuantas veces. Hizo creer a los de Sharps & Gund que el aparato funcionaba mal y que había que sustituirlo. Así que mandaron a dos técnicos (siempre van dos) con un aparato nuevo. Suelen aparcar en doble fila y uno se queda en la furgoneta. Pero el asesino usó un par de conos de señalización para improvisar una plaza de aparcamiento de lo más oportuna. Al fondo de la calle. Muy tentadora. Así que aparcaron allí y los dos técnicos fueron a la casa y dejaron la furgoneta sin vigilar unos tres minutos.

—¿Ha deducido usted todo eso?

—Por supuesto.

D'Agosta asintió con la cabeza, impresionado.

—El intruso se metió en la furgoneta, se hizo con el dispositivo del móvil, cambió la tarjeta SD por una con software nocivo y lo dejó donde estaba. Los técnicos volvieron, recogieron sus cosas, entraron en la casa, abrieron la caja fuerte inexpugnable con el código que les proporcionaron en la sede central, instalaron el nuevo dispositivo del móvil y se fueron. Entonces, el software nocivo se descargó en el sistema y se adueñó de él. Por completo. Ese puñetero software le abrió la puerta principal al asesino y la cerró una vez que hubo entrado. Desconectó los teléfonos. Apagó los rayos infrarrojos, los detectores de movimiento y los sensores de presión, pero dejó las cámaras del circuito cerrado de televisión funcionando. Incluso abrió la caja fuerte para que el asesino pudiese llevarse los discos duros cuando se fue.

—¿Cómo es posible que un delincuente anónimo supiese tanto sobre el sistema para crear ese software nocivo? —quiso saber D'Agosta.

—No es posible.

—¿Quiere decir que el criminal fue alguien de dentro?

—Sin duda alguna. El intruso debió de descompilar el software de la empresa para programar ese programa maligno. Sabía perfectamente lo que hacía y conocía la forma de operar de la compañía. No tengo la menor duda de que está implicado un empleado o un exempleado de Sharps & Gund. Y no uno cualquiera, sino alguien muy familiarizado con el proceso de instalación de este sistema en concreto.

Se trataba de una pista muy buena, pero el desván empezaba a agobiar a D'Agosta. Se notaba bañado en sudor y el ambiente era sofocante. Estaba deseando volver al frío de diciembre.

—¿Hemos terminado aquí arriba?

—Creo que sí. —Sin embargo, en lugar de dirigirse a la escalera, Marvin bajó la voz—. Pero le aviso, teniente, que cuando intenté conseguir una lista de los antiguos y actuales empleados de Sharps & Gund, topé con un muro. El director general, Jonathan Ingmar, es un especialista en poner trabas.

—Nosotros nos ocuparemos de eso, señor Marvin. —El teniente D'Agosta prácticamente lo llevó a la escalera por los hombros. Descendieron al ambiente más fresco de abajo.

—Todo constará en mi informe —le aseguró Marvin—. Los detalles técnicos, las características del sistema… todo. Lo tendrá mañana.

—Gracias. Ha hecho un magnífico trabajo.

Cuando bajaron al quinto piso, D'Agosta respiró hondo varias veces, agradecido.

8

—¿Un martini?

En el piso de la Quinta Avenida, con su sala de estar con vistas a Central Park y el embalse de Jacqueline Kennedy Onassis, cuya superficie relucía al sol de media tarde, Bryce Harriman se recostó en el sofá Luis XIV sin perder el porte elegante, con su libreta de reportero apoyada en la rodilla. La libreta era, obviamente, solo para aparentar: estaba grabándolo todo con el móvil que llevaba en el bolsillo de la pechera de su traje.

Eran las once de la mañana. Harriman estaba acostumbrado a la gente que bebía cócteles antes del mediodía, se había criado con esa clase de personas, pero esta vez estaba trabajando y quería estar despejado. Por otra parte, se dio cuenta de que Izolda Ozmian, sentada frente a él en una tumbona, necesitaba desesperadamente una copa… y eso era algo que él debía alentar.

—Con mucho gusto —respondió Harriman—. Uno doble, sin hielo, con limón. Y Hendricks, si tiene.

Vio cómo el rostro de ella se iluminaba al instante.

—Yo tomaré lo mismo.

El lúgubre mayordomo alto y encorvado que había estado esperando su pedido respondió con una seria inclinación de cabeza y un «Sí, señora Ozmian», antes de girarse con un nítido crujido y desaparecer en los recovecos de aquel apartamento increíblemente vulgar y recargado.

Harriman era consciente de que tenía una clara ventaja sobre aquella mujer y pensaba aprovecharla al máximo. Ella era un tipo de persona que él comprendía, alguien que fingía ser miembro de las clases superiores y que lo confundía todo de forma cómica. Todo en ella, desde su pelo teñido a su excesivo maquillaje, pasando por sus joyas de diamantes auténticos, con unas piedras demasiado grandes para ser elegantes, le daba ganas de torcer el gesto. Esa gente nunca lo entendería. Nunca comprenderían que los diamantes vulgares, las limusinas extralargas, las caras rellenas de bótox, los mayordomos ingleses y las casas gigantescas en los Hamptons eran el equivalente social a llevar un cartelón en el que pusiese:

SOY UN NUEVO RICO
QUE INTENTA IMITAR A SUS SUPERIORES
PERO NO
ME ENTERO DE NADA

Bryce no era un nuevo rico. Él no necesitaba diamantes, coches, casas ni mayordomos para anunciar ese dato. Lo único que le hacía falta era su apellido: Harriman. Los que entendían, lo conocían; y los que no, no valían la pena.

Había empezado su carrera como periodista en el *New York Times*, donde gracias a su talento había ascendido del departamento de corrección a la sección de noticias de la ciudad; pero un pequeño contratiempo relacionado con su cobertura de un incidente que llegó a conocerse como «la matanza del metro», junto con el hecho de ser aventajado en dotes periodísticas y habilidad al abordar la noticia por el grande e insufrible William Smithback, ya finado, había provocado su despido sin contemplaciones del *Times*.

Ese había sido el período más doloroso de su vida. Se marchó con el rabo entre las piernas al *New York Post*. Al final, la decisión resultó ser lo mejor que podía haberle pasado. La línea editorial siempre vigilante y represora que lo había amordazado en el *Times* era mucho más relajada en el *Post*. Ya no tenía a alguien inspeccionando siempre por encima de su hombro y coartando su estilo. El tipo de periodismo del *Post* tenía una suerte de sofisticación arrabalera que, descubrió, no le había venido mal con su gente. Durante los diez años que llevaba en el periódico había ascendido hasta convertirse en el periodista estrella de la sección de noticias de la ciudad.

Pero diez años era mucho tiempo en el mundo del periodismo, y últimamente su carrera ya había empezado a renquear. A pesar del sentimiento de condescendencia que experimentaba al mirar a aquella mujer, era consciente de la presencia de cierta dosis de desesperación. Hacía mucho tiempo que no daba una noticia importante, y estaba empezando a notar el cálido aliento de sus colegas más jóvenes en la nuca. Necesitaba algo gordo… y lo necesitaba ya. E intuía que esto podía ser justo lo que buscaba.

Tenía el don de descubrir determinado tipo de noticias y de conseguir que le dejasen ver a determinado tipo de gente. Y eso incluía a la mujer sentada frente a él: Izolda Ozmian, antigua «modelo», arribista social, cazafortunas por excelencia, exmujer florero del gran Anton Ozmian, que por sus nueve meses de dicha conyugal se había embolsado noventa millones de dólares en un famoso juicio de divorcio. Eso salía a diez millones al mes, comentó Bryce en privado, o a trescientos treinta y tres mil dólares el polvo, suponiendo que hubiesen copulado una vez al día, un cálculo generoso considerando que Ozmian era uno de esos adictos al trabajo con negocios en internet que prácticamente dormían en el despacho.

Bryce confiaba en su buen olfato para las noticias, y esa en concreto poseía los ingredientes para ser una buena. Pero también tenía que preocuparse por sus colegas del *Post*, esos jóvenes rebeldes y ávidos que solo deseaban verlo destronado. No había tenido la suerte de ver a Ozmian, aunque ya se lo esperaba, y la policía se estaba mostrando extrañamente reservada. Pero no tuvo problemas para quedar con Izolda. Todo el mundo conocía la amargura y el rencor de la segunda esposa de Ozmian, y Bryce tenía la sensación de que allí había un filón, todo atado en un cruel y bonito paquete, esperando para descargar un montón de basura.

—Bueno, señor Harriman —dijo Izolda con una sonrisa coqueta—, ¿en qué puedo ayudarle?

Harriman empezó despacio y tranquilo.

—Estoy buscando un poco de información sobre el señor Ozmian y su hija. Para hacerme una idea de ellos como seres humanos después del trágico asesinato.

—¿Seres humanos? —repitió Izolda, con un tono de crispación en la voz.

«Oh, esto promete», pensó.

—Sí.

Pausa.

—Bueno, yo no los describiría exactamente de esa forma.

—¿Perdón? —Bryce fingió falsa ignorancia—. ¿De qué forma?

—Como seres humanos.

El periodista simuló tomar notas y le dio tiempo para que continuase.

—Yo era una chica muy ingenua, una inocente modelo de Ucrania, cuando conocí a Ozmian. —Su voz había adquirido un tono quejumbroso y autocompasivo—. Él me deslumbró, vaya que sí, con cenas, aviones privados, hoteles de cinco estrellas… de todo. —Soltó un bufido. Su acento poseía el agradable susurro eslavo recubierto de una fea entonación de Queens.

Harriman sabía que no había sido solo modelo de moda: las explícitas fotos en las que Izolda aparecía desnuda todavía circulaban por la red y probablemente seguirían ahí hasta el fin de los tiempos.

—¡Oh, qué tonta fui! —continuó, con voz temblorosa.

En ese momento el mayordomo llegó con dos inmensos martinis en una bandeja de plata y dejó uno delante de ella y otro al lado de Harriman. Ella agarró el suyo como si estuviese muriéndose de sed y se tragó el líquido equivalente a media piscina antes de dejar la copa con delicadeza.

Bryce fingió que bebía un sorbo. Se preguntaba qué había visto Ozmian en ella. Por supuesto, era guapísima, delgada, atlética, bien formada, con el cuerpo hecho un ovillo en la tumbona como un gato, pero él podía haber elegido a muchas mujeres hermosas en el mundo. ¿Por qué a ella? Naturalmente, podía haber motivos que solo se pusiesen de manifiesto en el dormitorio. Mientras ella hablaba, él se distrajo contemplando varias posibilidades en ese terreno.

—Se aprovechó de mí —estaba diciendo ella—. Yo no tenía ni idea de dónde me metía. Él cogió a una encantadora chica extranjera y la estrujó, así. —Tomó un cojín con volantes, lo retorció de una forma de lo más inquietante y lo lanzó a un lado—. ¡Como si nada!

—¿Cómo fue exactamente su matrimonio?

—Seguro que lo ha leído todo sobre el tema en la prensa.

Desde luego que sí, y de hecho había escrito bastante sobre el asunto, como ella bien sabía. El *Post* se había posicionado de su lado; todo el mundo odiaba a Anton Ozmian. Aquel hombre se había esforzado para que lo detestasen.

—Siempre está bien saberlo directamente de la fuente original.

—Él tenía mucho genio. ¡Dios mío, qué genio! Cuando llevábamos una semana de matrimonio (¡solo una semana!) destrozó la sala de estar, rompió mi colección de Osos Kris de Swarovski, hasta el último, crac, crac, crac, como si nada. Me partió el corazón. Era muy agresivo.

Bryce recordó la historia. Fue cuando Ozmian descubrió que ella había estado acostándose con su entrenador de CrossFit además de con un exnovio de Ucrania desde el principio, e incluso había indicios de que lo había hecho con los dos la mañana de la boda. De momento, nada nuevo. Izolda intentó alegar que él le pegaba, pero la acusación había sido desmentida en el tribunal. Al final, ella entabló una demanda de divorcio y le sacó noventa millones del bolsillo, que no era moco de pavo, aunque él fuese multimillonario.

Bryce se inclinó hacia delante, con una voz que rebosaba compasión.

—Debió de ser terrible para usted.

—Debería habérmelo imaginado desde el principio, cuando mi pequeña Poufie le mordió la primera vez que lo vio. Y luego…

—Me pregunto —continuó él con delicadeza, desviando la conversación— si podría contarme algo de su relación con su hija, Grace.

—Bueno, ya sabe que era hija de su primera esposa. No era mía, eso está claro. Grace… ¡qué nombre! —Rio malévolamente—. Ella y Ozmian estaban muy unidos. Los dos estaban cortados por el mismo patrón.

—¿Cómo de unidos?

—¡Él la malcrió! Esa chica se pasó todos los años de la carrera de fiesta y si se licenció fue porque su padre donó una biblioteca nueva a la universidad. Luego estuvo de viaje por Europa dos años, acostándose con un pijo detrás de otro. Se pasó un año de marcha en las discotecas de Ibiza. Luego volvió a Estados Unidos, a quemar el dinero de papá y aportar la mitad del producto nacional bruto de Colombia.

Eso era nuevo. Durante el divorcio, su hija había estado más o menos vedada a la prensa. Ni siquiera el *Post* mezclaría a una cría en un divorcio de esa forma. Pero ahora estaba muerta, y Harriman notó que su radar periodístico empezaba a pitar con fuerza.

—¿Está diciendo que tenía problemas con las drogas?

—¿Problemas? ¡Era adicta!

—¿Era una simple consumidora o una auténtica adicta?

—Estuvo dos veces en rehabilitación, en esa clínica para famosos del Rancho Santa Fe… ¿Cómo se llamaba? «El Camino Menos Transitado.» —Bufó y volvió a reír despectivamente.

Se había acabado el martini, y el mayordomo le trajo otro sin que ella lo pidiese y retiró la copa vacía.

—¿A qué droga estaba enganchada? ¿Cocaína?

—¡A todas! ¡Y encima Ozmian se lo permitía! Era el peor cómplice que puede haber. Un padre terrible.

Entonces Harriman llegó al meollo de la cuestión.

—¿Sabe si hay algo relacionado con el pasado de la señorita Ozmian que pudo haber provocado su asesinato?

—Las chicas como esa siempre acaban mal. Yo me dejé la piel trabajando en Ucrania, vine a Estados Unidos, no tomaba drogas ni alcohol, comía ensaladas sin aliñar, hacía ejercicio dos horas al día, dormía diez horas por las noches…

—¿Hay algo que ella pudo haber hecho, como comprar o vender droga, involucrarse en el crimen organizado, o cualquier otra cosa que pudo haber provocado su asesinato?

—Bueno, tráfico de droga, no sé. Pero hubo algo en su pasado. Horrible. —Titubeó—. No debería decirlo… Ozmian me hizo firmar un contrato de confidencialidad con el acuerdo del divorcio.

Su voz se fue apagando.

Harriman se sintió como un buscador de oro cuyo pico acababa de rebotar contra una veta de oro puro. Solo tenía que escarbar y quitar un poco de tierra. Se obligó a actuar con calma; había aprendido que en lugar de proseguir con una pregunta inquisitiva, la mejor forma de que algo así saliese era el silencio. La gente se sentía obligada a llenar el silencio. Fingió que echaba un vistazo a sus notas, esperando a que el segundo martini surtiese efecto.

—Podría contárselo. Podría. Ahora que está muerta, seguro que el contrato de confidencialidad ya no es válido, ¿no cree?

Más silencio. Bryce sabía que no debía responder a una pregunta como esa.

—Al final de nuestro matrimonio… —Respiró hondo—. Un día que estaba borracha y colocada, Grace atropelló a un niño de ocho años. Se quedó en coma. Murió dos semanas más tarde. Fue espantoso. Sus padres tuvieron que desconectarlo de la máquina que lo mantenía vivo.

—Oh, no —exclamó Harriman, sinceramente horrorizado.

—Oh, sí.

—¿Qué pasó entonces?

—Su padre consiguió que se librase del castigo.

—¿Cómo?

—Un abogado hábil. Dinero.

—¿Y dónde fue eso?

—En Beverly Hills. ¿Dónde si no? Ordenó cerrar todos los expedientes. —La mujer hizo una pausa, terminó la segunda copa y la dejó triunfalmente con un golpe seco—. Tampoco es que eso importe ya, al menos para ella. Al final, a esa chica se le acabó la suerte.

9

El despacho de Howard Longstreet en el gran edificio del FBI en Federal Plaza era exactamente como Pendergast lo recordaba: decorado con sobriedad, lleno de libros sobre todas las materias imaginables... y sin ordenador. Un reloj colgado en una pared informaba a todo el que estuviera interesado de que eran las cinco menos diez. Con las dos polvorientas butacas orejeras y la mesita de té colocadas sobre una alfombra de Kashan en medio de la estancia, el espacio parecía más el salón de un antiguo club de caballeros inglés que una oficina en la que se aplicaba la ley.

Longstreet estaba sentado en una de las butacas, con el omnipresente Arnold Palmer en un posavasos sobre la mesa. Movió su cuerpo fornido para pasarse la mano por su largo cabello gris y empleó la misma mano para señalar a Pendergast en silencio el otro asiento.

El agente se sentó. Longstreet bebió un sorbo de su bebida y volvió a colocar el vaso sobre el posavasos. Deliberadamente, no le ofreció uno a Pendergast.

El silencio se alargó y se alargó hasta que el director adjunto de inteligencia del FBI decidió hablar.

—Agente Pendergast —empezó en tono conciso—, preséntame tu informe. En concreto, quiero conocer tu opinión sobre la posibilidad de que los dos asesinatos fuesen cometidos por la misma persona.

—Me temo que no tengo nada que añadir al dossier que ya tienes sobre el primer homicidio.

—¿Y el segundo?

—No he intervenido en él.

Una expresión de sorpresa asomó al rostro de Longstreet.

—¿Que no has intervenido? ¿Por qué demonios no lo has hecho?

—No he recibido la orden de investigarlo. No parece que sea un caso federal, a menos que las dos muertes estén relacionadas.

—Serás hijo de puta —murmuró Longstreet, mirando a Pendergast con el ceño fruncido—. Pero estás al tanto del segundo asesinato.

—Sí.

—¿Y no crees que estén relacionados?

—Prefiero no especular.

—¿Especular? ¡No me fastidies! ¿Nos enfrentamos a un asesino o a dos?

Pendergast cruzó una pierna por encima de la otra.

—Revisaré las distintas opciones. Una, el mismo asesino cometió los dos crímenes; un tercero lo convertiría en asesino en serie. Dos, el asesino de la primera víctima dejó el cadáver, y la cabeza fue cortada por un tercero no vinculado que luego pasó a experimentar con el asesinato con decapitación. Tres, el segundo asesinato fue un simple crimen que imitaba el primero. Cuatro, los asesinatos no guardan ninguna relación, y las dos decapitaciones son una casualidad. Cinco...

—¡Basta! —gritó Longstreet.

—Disculpa, jefe.

Longstreet dio un sorbo a la bebida, la dejó y suspiró.

—Mira, Pendergast... Aloysius... mentiría si te dijera que no te asigné el primer asesinato como castigo por tu conducta rebelde en el caso de Halcyon Key del mes pasado. Pero estoy dispuesto a enterrar el hacha de guerra. Porque, sinceramente, necesito tus particulares aptitudes en este caso. Ya se está saliendo de madre, como sabrás por los periódicos.

Pendergast no contestó.

—Es crucial que averigüemos la conexión entre esos dos homicidios, si es que la hay, o que demostremos que no existe relación. Si nos enfrentamos a un asesino en serie, podría ser el principio de algo terrible. Y los asesinos en serie son tu especialidad. El problema es que aunque dijimos que el primer cuerpo había sido traído de New Jersey y dejado en Queens, en realidad no existe ninguna prueba de que fuese un crimen interestatal, y eso convierte nuestra investigación en un asunto delicado en términos de protocolo. No puedo implicar de forma oficial a nadie más de nuestro departamento hasta que la policía de Nueva York nos pida ayuda, y ya sabes que ese momento no va a llegar a menos que se trate de un acto terrorista. Así que necesito que intervengas e investigues a fondo el segundo homicidio. Si es obra de un asesino en serie primerizo, quiero saberlo. Si se trata de dos asesinos distintos, nos retiraremos y dejaremos que la policía se ocupe.

—Entiendo, jefe.

—¿Quieres dejar de decir «jefe»?

—Muy bien.

—Conozco al capitán Singleton. Es un buen tipo, pero no tolerará nuestra intervención mucho tiempo sin un mandato federal. También sé que tienes un largo historial con el teniente… ¿Cómo se llama? D'Agosta.

Pendergast asintió con la cabeza.

Longstreet le lanzó una larga mirada apreciativa.

—Ve a la escena del segundo homicidio. Averigua si se trata del mismo asesino o no, e infórmame.

—Muy bien. —Pendergast se preparó para levantarse.

Longstreet levantó la mano para detenerlo.

—Veo que no eres el de siempre. Aloysius, necesito que estés en plena forma. Si hay alguna cuestión que te lo impida, tengo que saberlo. Porque hay algo en estos homicidios que me resulta… no sé… extraño.

—¿En qué sentido?

—No lo sé, pero mi instinto casi nunca me engaña.

—Entendido. Puedes estar seguro de que daré lo mejor de mí.

Longstreet se reclinó y empleó la mano alzada para hacer un gesto desdeñoso. Pendergast se levantó, inclinó desapasionadamente la cabeza, se volvió y salió del despacho.

10

Una hora más tarde, Pendergast volvía a estar en sus tres apartamentos conectados del edificio Dakota, con vistas a Central Park West y la calle Setenta y dos Oeste. Durante varios minutos recorrió nervioso las numerosas habitaciones, tomando un objeto de arte y dejándolo luego, sirviéndose una copa de jerez pero olvidándola en un aparador. Resultaba curioso lo poco que disfrutaba últimamente de las distracciones que antes le interesaban y gratificaban. La reunión con Longstreet le había puesto de mal humor, aunque no había sido tanto la reunión en sí como los comentarios inquisitivos e irritantes con los que había terminado.

«Veo que no eres el de siempre.»

Frunció el ceño al acordarse. Gracias a su adiestramiento en la disciplina del Chongg Ran, sabía que los pensamientos que uno más se esfuerza por apartar son los que con más insistencia vuelven a meterse en la cabeza. La mejor forma de no pensar en algo es poseerlo por completo y luego practicar la indiferencia.

Pasó a la zona más privada del piso y entró en la cocina, donde mantuvo una breve conversación en lengua de signos con su asistenta, la señorita Ishimura, sobre el menú de la cena de esa noche. Después de un pequeño tira y afloja, al final acordaron que la cena consistiría en tortitas *okonomiyaki* con crema de boniato, pulpo y panceta de cerdo.

Habían pasado más de tres semanas desde que la pupila de Pendergast, Constance, había abandonado su hogar en el 891 de Riverside Drive, tras una repentina declaración, para irse a vivir con su hijo a un monasterio apartado de la India. Tras su partida, Pendergast se había sumido en un estado emocional de lo más raro en él. Pero a medida que pasaban los días y las semanas, y las voces que sonaban en su cabeza se iban callando una tras otra, una voz permaneció: la voz que, como bien sabía, se hallaba en el seno de esa extraña inquietud.

«¿Puedes amarme como deseo que me ames? ¿Como necesito que me ames?»

Apartó esa voz de su mente con súbita violencia.

—Lo dominaré —murmuró para sí.

Salió de la cocina y recorrió el pasillo hasta un cuarto pequeño y ascético sin ventanas, muy parecido a la celda de un monje. El mobiliario consistía en un escritorio de madera lisa sin barnizar y una silla con el respaldo recto. Pendergast se sentó, abrió el único cajón del escritorio, sacó los tres artículos que contenía de uno en uno y los puso sobre la mesa: un cuaderno de tapa dura, un camafeo y un peine. Se quedó sentado un instante mirando cada objeto.

«Te... te quiero. Pero tú me dejaste muy claro que no me correspondes.»

El cuaderno estaba fabricado en Francia, tenía una cubierta naranja de cuero sintético italiano y contenía hojas en blanco de papel vitela Clairefontaine ideal para plumas estilográficas. Era como la que Constance había usado durante los últimos doce años, desde que su proveedor inglés de diarios encuadernados en piel favorito había cerrado. Pendergast lo había cogido de las dependencias privadas de ella en el subsótano de la mansión: era su diario más reciente, que había dejado incompleto por culpa de su repentina partida.

Todavía no lo había abierto.

A continuación se centró en el antiguo peine de carey y el viejo y elegante camafeo en un marco de oro de dieciocho quilates. El segundo había sido tallado a partir del cotizado sárdonix del *Cassis madagascariensis*.

Los dos objetos se encontraban entre las posesiones más preciadas de Constance.

«Sabiendo lo que sé, habiendo dicho lo que hemos dicho, seguir viviendo bajo el mismo techo sería insoportable…»

Pendergast recogió los tres artículos del escritorio, salió del cuarto, recorrió el pasillo y abrió la discreta puerta que llevaba a su tercer piso, el más íntimo de todos. Detrás de la puerta había una pequeña habitación que terminaba en un *shoji*, un tabique corredero de madera y papel de arroz. Y detrás del *shoji*, oculto en lo más profundo de los enormes muros del viejo y elegante bloque de pisos, un jardín de té, recreado por Pendergast con absoluta minuciosidad.

Cerró despacio el tabique situado detrás de él y se detuvo a escuchar el suave arrullo de las palomas y a aspirar el aroma a eucalipto y sándalo. Todo —el sendero de piedras planas que serpenteaba ante él, los pinos enanos, la cascada, el *chashitsu* o casa de té que se hallaba medio escondido entre el follaje más adelante— estaba moteado de luz brumosa e indirecta.

Enfiló el sendero hasta la casa de té, dejando atrás los faroles de piedra. Entró en los oscuros confines del *chashitsu*. Cerró su *sadouguchi*, dejó con cuidado a un lado los tres objetos que había llevado y miró a su alrededor para asegurarse de que todo lo necesario para la ceremonia del té —*mizusashi*, batidores, cucharones, brasero y tetera de hierro *kama*— estaba listo. Dejó el cuenco de té y el recipiente de matcha en polvo en su sitio, y acto seguido se sentó en el tatami.

Durante los siguientes treinta minutos se sumergió por completo en la ceremonia: limpió ritualmente los distintos utensilios; calentó el agua; caldeó el cuenco de té *chawan* y, después de verter por fin agua caliente con un cucharón, incorporó la proporción adecuada de té matcha. Solo entonces, una vez que hubo completado cada paso con exactitud casi reverencial, probó el té, bebiéndolo a sorbos apenas perceptibles. Y mientras lo hacía dejó, por primera vez en casi un mes, que el peso de la pena y la culpabilidad ocupasen por completo su mente y, al hacerlo, disminuyesen poco a poco.

Por fin, recobrada la ecuanimidad, siguió los últimos pasos de la ceremonia con cuidado y parsimonia, volviendo a limpiar los instrumentos y devolviéndolos a su sitio. Entonces miró otra vez los tres artículos que había llevado con él. Tras un instante, cogió el cuaderno y, por primera vez, lo abrió al azar y se permitió leer un párrafo. La personalidad de Constance se manifestó enseguida a través de sus palabras escritas —su tono mordaz, su serena inteligencia, su forma un poco cínica y macabra de ver la vida—, todo filtrado a través de una perspectiva decimonónica.

Fue un gran alivio poder leer el diario con cierto desapego.

Puso con cuidado el diario al lado del peine y el camafeo: las paredes simples y sobrias del *chashitsu* le parecieron por primera vez el mejor sitio donde guardarlos, y en un futuro próximo quizá volviese para contemplarlos, y también a su dueña. Pero ahora tenía otros asuntos de los que ocuparse.

Salió de la casa de té, recorrió el sendero, abandonó el jardín y se dirigió con paso firme y enérgico a la puerta principal del piso a través de una serie de pasillos. Mientras lo hacía, sacó el móvil del bolsillo de la chaqueta de su traje y llamó a un número usando la marcación rápida.

—¿Vincent? —dijo—. Reúnase conmigo en la casa de Cantucci, por favor. Estoy listo para la inspección de la que me habló.

Después de guardar el teléfono, se puso un abrigo de vicuña y salió de casa.

11

A D'Agosta no le hacía mucha gracia volver a la escena del crimen de Cantucci prácticamente en mitad de la noche, aunque fuese para ver a Pendergast, quien por fin había accedido a examinar el lugar. El sargento Curry le dejó entrar por la puerta principal, y un momento más tarde D'Agosta vio el enorme Rolls-Royce de época de Pendergast deslizándose hacia la acera, con Proctor al volante.

El agente especial bajó y Pendergast pasó junto a Curry.

—Buenas noches, mi querido Vincent.

Caminaron por el recibidor.

—¿Ve todas esas cámaras? —preguntó D'Agosta—. El criminal hackeó el sistema de seguridad y evitó todas las alarmas.

—Me gustaría ver el informe.

—Tengo uno completo para usted —le aseguró D'Agosta—. Informe forense, pelos y fibras, huellas, lo que quiera. El sargento Curry se lo dará al salir.

—Excelente.

—Entró por la puerta principal —continuó el teniente—. El sistema de seguridad hackeado le dejó pasar. El asesino recorrió gran parte de la casa. Esto es lo que pasó, a nuestro juicio. Parece que mientras el asesino estaba en el recibidor, Cantucci se despertó. Creemos que consultó el circuito cerrado de televisión y vio al tipo abajo. Se puso la bata y cogió su pistola, una Beretta de nueve milímetros. Creía que el tipo subía en el ascensor, así que cuando llegó disparó un montón de balas a través de la puerta, pero el asesino le engañó e hizo subir el ascensor vacío. De modo que Cantucci, probablemente después de volver a consultar el circuito cerrado, bajó al tercer piso, donde el criminal estaba trasteando con la caja fuerte en la que guardaba su Stradivarius. Y ahí es donde fue cazado por sorpresa. Le disparó tres flechas, una detrás de otra. Las tres le atravesaron el corazón. Entonces el asesino lo decapitó, casi al mismo tiempo que el corazón dejó de latir, si hacemos caso al forense.

—Debió de ser una operación bastante sanguinaria.

D'Agosta no estaba seguro de a qué se refería Pendergast y lo dejó correr.

—El asesino fue entonces al desván, donde estaba la caja fuerte que contenía el sistema de seguridad, la abrió usando el código hackeado, sacó los discos duros y se fue. Salió también por la puerta principal. Según nuestro experto, solo un empleado o exempleado de la empresa que instaló el sistema de seguridad podría haberlo llevado a cabo. Está todo en el informe.

—Muy bien. Procedamos, entonces. Planta por planta, de habitación en habitación, por favor, incluso aquellas en las que no pasó nada.

D'Agosta condujo a Pendergast por la cocina a la sala de estar de la planta baja, abriendo todas las puertas de los armarios a petición suya. Subieron por la escalera al segundo piso, recorrieron la planta y luego ascendieron a la tercera. Allí era donde había tenido lugar casi toda la acción. Había dos habitaciones en la parte trasera de la estrecha casa y una gran sala de estar en la delantera.

—El asesinato se produjo en la entrada de la sala de música —informó D'Agosta, señalando el lugar donde se habían clavado las flechas.

En la pared de paneles había tres marcas astilladas de las que descendía una abundante lluvia de sangre, y en la alfombra del suelo un enorme charco de sangre seca. Pendergast se detuvo y se arrodilló allí. Comenzó a investigar con la ayuda de una linterna. De vez en cuando sacaba una pequeña probeta del bolsillo del traje, recogía algo con unas pinzas, lo metía en su interior y tapaba el tubo. A continuación examinó la alfombra y las marcas de flecha con una lupa sujeta al ojo. D'Agosta no se molestó en recordarle que la brigada de la policía científica ya lo había registrado bien todo; había visto a Pendergast descubrir nuevas pistas hasta en la escena del crimen más impoluta.

Una vez que hubo terminado de inspeccionar la zona inmediata del asesinato, Pendergast continuó en silencio, explorando lenta y concienzudamente la sala de música, la caja fuerte y las otras dos habitaciones de ese piso. Acto seguido, se dirigieron a las plantas superiores y luego subieron al desván. El agente federal se puso otra vez a cuatro patas entre el polvo enfrente y dentro de la caja fuerte, recogiendo y guardando más pruebas en probetas.

Se incorporó lo que pudo bajo el techo de escasa altura.

—Curioso —murmuró—, curiosísimo.

D'Agosta no tenía ni idea de qué encontraba tan curioso, pero sabía que, si le preguntaba, no obtendría respuesta.

—Ya le he dicho que tuvo que ser alguien que trabajó en Sharps & Gund. El asesino sabía exactamente cómo funcionaba el sistema. Y cuando digo «exactamente» quiero decir exactamente.

—Una excelente línea de investigación que seguir. Ah, en relación con el otro asesinato, ¿han descubierto algo más sobre la hija?

—Sí. Hemos conseguido copias de unos expedientes cerrados de la policía de Beverly Hills. Hace un año y medio, la chica mató a un niño cuando conducía bajo los efectos del alcohol; lo atropelló y luego se dio a la fuga. Ozmian consiguió que se librase del castigo gracias a un abogado muy bueno. La familia del niño se lo tomó muy mal; hubo amenazas.

—Otra línea de investigación clara.

—Por supuesto. La madre del niño se suicidó, y al parecer el padre volvió al este. Ahora estamos intentando averiguar su paradero para hablar con él.

—¿Lo considera sospechoso?

—Tiene un móvil de peso.

—¿Cuándo se marchó?

—Hace seis meses más o menos. Lo estamos llevando todo con la máxima discreción, por motivos obvios, hasta que lo localicemos.

Descendieron a la planta baja, donde Pendergast se volvió hacia Curry y el pequeño grupo de policías que le acompañaba.

—Me gustaría echar un vistazo a esos informes, si es usted tan amable.

Curry sacó una carpeta de acordeón de su maletín y se la dio a Pendergast. El agente se sentó en una silla, la abrió y empezó a hojearla, extrayendo informes, mirándolos de arriba abajo y guardándolos de nuevo uno detrás de otro.

D'Agosta consultó con disimulo su reloj. Las doce y diez.

—Ejem —dijo—, es un informe bastante largo. Tal vez prefiera llevárselo a casa. Es todo suyo.

Pendergast alzó la vista, con un brillo de fastidio en sus ojos plateados.

—Quiero asegurarme de que no se me ha pasado nada por alto antes de abandonar el lugar.

—Claro, claro.

El teniente permaneció en silencio mientras Pendergast seguía revolviendo los papeles. Todo el mundo aguardó con creciente impaciencia a medida que pasaban los minutos.

De repente, Pendergast le miró.

—¿Dónde está el móvil del señor Cantucci?

—Aquí dice que no lo encontraron. Cuando le llaman salta el buzón de voz. El teléfono está apagado. No sabemos dónde narices está.

—Debería haber estado en su mesilla de noche, donde tenía el cargador.

—Seguramente lo dejó en otra parte.

—¿Han registrado su despacho?

—Sí.

—El señor Cantucci ha sobrevivido a dos audiencias ante el gran jurado y ha recibido más de una docena de órdenes de registro, por no hablar de infinidad de amenazas de muerte. Él no perdería de vista su móvil. Jamás.

—Está bien. Entonces ¿qué insinúa?

—El asesino le quitó el teléfono antes de asesinarlo.

—¿Cómo lo sabe?

—El asesino subió arriba, le quitó el móvil de la mesilla mientras Cantucci dormía y luego bajó a la planta baja.

—Eso es absurdo. Si hizo eso, ¿por qué no mató a Cantucci allí mismo, en la cama?

—Excelente pregunta.

—A lo mejor le quitó el teléfono después de matarlo.

—Imposible. El señor Cantucci habría llamado a la policía con el móvil al darse cuenta de que había un intruso en su casa. Es inevitable concluir que no tenía el teléfono cuando se despertó y persiguió al intruso.

D'Agosta meneó la cabeza.

—Y hay otro misterio sin resolver, Vincent.

—¿Cuál?

—¿Por qué el asesino se esforzó tanto por desactivar el sistema de alarma pero no desconectó el circuito cerrado de televisión?

—Eso es fácil —respondió el teniente—. Utilizó el sistema para localizar a la víctima: para ver en qué parte de la casa estaba Cantucci.

—Pero al haberle quitado el teléfono, ya sabía dónde estaba la víctima: en la cama, durmiendo.

Eso, partiendo del supuesto de que Pendergast tenía razón cuando afirmaba que el asesino sustrajo el móvil y bajó a la planta baja sin matar a Cantucci en el acto.

—Lo siento, pero no me lo creo.

—Piense en lo que hizo el señor Cantucci cuando se despertó. No llamó a la policía… porque no encontró su teléfono. Se dio cuenta de que la alarma había sido desactivada, pero el circuito cerrado de televisión seguía funcionando. Cogió su pistola de inmediato y utilizó las cámaras de vigilancia para localizar al intruso. Lo encontró y vio que estaba armado con un arco de caza. El señor Cantucci, por su parte, tenía un arma de fuego con un cargador de quince balas y era un experto tirador. Según el informe, había sido campeón en competiciones de armas cortas. Supuso que su pistola y su habilidad eran muy superiores al arco de caza del intruso. Eso le animó a acechar al desconocido, y me permitiría sugerirle que eso es exactamente lo que quería el intruso. Se trataba de una trampa. La víctima fue entonces sorprendida y asesinada.

—¿Cómo sabe todo eso?

—¡Mi querido Vincent, no pudo haber ocurrido de otra forma! Toda esta situación fue hábilmente coreografiada por un individuo que actuó de forma serena, metódica y parsimoniosa en todo momento. No fue un asesino a sueldo profesional. Fue alguien mucho más sofisticado.

D'Agosta se encogió de hombros. Si Pendergast quería salirse por la tangente, estaba en su derecho; no sería la primera vez.

—Se lo preguntaré de nuevo: si tiene razón en lo del móvil, entonces ¿por qué no lo mató en la cama?

—Porque su objetivo no era solo matarlo.

—Entonces ¿cuál era?

—Esa, mi querido Vincent, es la pregunta que debemos contestar.

12

Anton Ozmian desayunó a las seis de la mañana en su despacho: un té rojo ecológico, las claras revueltas de dos huevos de pato corredor indio de granja y una onza de chocolate con un cien por cien de cacao. Su desayuno no había variado en diez años. Ozmian tenía que tomar muchas decisiones empresariales difíciles a lo largo del día, y para compensarlo organizaba el resto de su vida de forma que tuviese que tomar el menor número de decisiones posible, empezando por el desayuno.

Comió solo en su gran despacho con vistas a la extensión del río Hudson, que se deslizaba a la luz rojiza de antes del amanecer como una lámina de acero líquido. Llamaron suavemente a la puerta y un asistente le trajo un montón de periódicos que dejó sobre la mesa de granito para, acto seguido, desaparecer sin hacer ruido. Ozmian los clasificó, echando un vistazo a los titulares en el orden habitual: el *Wall Street Journal*, el *Financial Times*, el *New York Times* y el *New York Post*.

El *Post* era el último de la lista, y lo leía no por su valor periodístico sino por interés antropológico. Cuando su mirada se detuvo en la portada y su habitual titular a cuerpo setenta y dos, se quedó paralizado.

NIÑO ATROPELLADO
La hija de Ozmian conducía borracha y se dio a la fuga

POR BRYCE HARRIMAN

Grace Ozmian, la hija del magnate Anton Ozmian reciente-
mente asesinada y decapitada, arrolló a un niño de ocho años
con su BMW X6 Typhoon en Beverly Hills en junio del año
pasado. La joven huyó de la escena del accidente y dejó morir
al niño en la calle. Un testigo tomó el número de matrícula, y
la policía local la detuvo a tres kilómetros del lugar. Un análisis de sangre determinó que tenía un nivel de 0,16 de alcohol
en sangre, el doble de la tasa permitida por la ley.

Su padre, el director general de DigiFlood, contrató entonces a un equipo de abogados de uno de los bufetes más
caros de Los Ángeles, Crosbie, Whelan & Poole, para defender a su hija. La joven fue condenada a prestar cien horas de
servicios a la comunidad y los expedientes del caso fueron
cerrados. Los servicios en cuestión consistieron en untar tos-
tadas de mantequilla y servir tortitas en un albergue para in-
digentes del centro de Los Ángeles dos mañanas por semana...

Empezaron a temblarle las manos mientras leía el artículo de
la primera a la última palabra. Pronto el temblor era tan violento que tuvo que dejar el periódico en la mesa para poder acabar.
Cuando terminó, se levantó y, lanzando un grito de ira incipien-
te, cogió el vaso de cristal del té y lo arrojó al otro lado de la
habitación, contra un cuadro de una bandera estadounidense
pintado por Jasper Johns. El vaso se hizo añicos, atravesó el lien-
zo y dejó una mancha marrón.

Llamaron a la puerta con insistencia.

—¡Déjame en paz, coño! —gritó, al mismo tiempo que buscaba y agarraba un meteorito metálico de un kilo que lanzó contra el Johns.

La roca rasgó la imagen, la partió por la mitad y derribó el cuadro de la pared. Finalmente, agarró una pequeña escultura de bronce de Brancusi y asestó al cuadro roto, que ahora estaba tirado en el suelo, unos cuantos golpes que lo hicieron trizas, completando así su destrucción.

Se detuvo con el pecho palpitante y dejó caer la escultura de Brancusi a la alfombra. La devastación del cuadro que había comprado por veintiún millones de dólares en Christie's tuvo el efecto de ayudarle a dominar la ira. Permaneció inmóvil, controlando la respiración, dejando que las hormonas asociadas a la reacción de lucha o huida se sosegasen, esperando a que su ritmo cardíaco descendiese. Cuando sintió que había vuelto a un estado fisiológicamente estable, regresó a la mesa de granito y examinó el artículo del *Post* otra vez. Había un detalle crucial que había pasado por alto en la primera lectura: la firma.

Allí estaba: Bryce Harriman.

Pulsó el botón del interfono.

—Joyce, quiero a Isabel en mi despacho ahora mismo.

Se acercó al Johns y lo miró. Siniestro total. Veintiún millones de dólares, y al haberlo destrozado él mismo, no había forma de cobrar el seguro. Pero obtuvo una extraña satisfacción al hacerlo. Veintiún millones de dólares no podían compararse al mar de su ira. Ese tal Bryce Harriman iba a enterarse muy pronto de lo hondo que era ese mar, porque, llegado el caso, ahogaría a ese cabrón en él.

13

D'Agosta se había negado en redondo a ir en el Rolls-Royce de Pendergast estando de servicio —¿qué imagen daría?—, y por ese motivo Pendergast tuvo que ir con él en su coche patrulla, callado y molesto. Hacía mucho tiempo que no trabajaba tan estrechamente con Pendergast y había olvidado lo insoportable que podía ser el agente del FBI.

Mientras el sargento Curry conducía a través del atasco de la autopista de Long Island, D'Agosta desenrolló el ejemplar del *Post* que había comprado esa mañana y miró el llamativo titular una vez más. Singleton le había echado un rapapolvo por no contactar con Izolda Ozmian antes que Harriman y meterle el miedo en el cuerpo para que no hablase con la prensa. La noticia había sido astutamente diseñada para captar la atención del público, aumentar el nivel de histeria y garantizar a Harriman un ritmo constante de futuras «exclusivas».

Al teniente le había puesto de un humor de perros ya de buena mañana, y no había hecho más que empeorar a medida que transcurría el día. Se dijo que no podía hacer nada con respecto al artículo y que debía adelantarse y resolver el caso lo antes posible. Ya habían descubierto el lugar en el que se había instalado el padre del niño muerto: Piermont, Nueva York, donde trabajaba de camarero. Cuando terminasen con el interrogatorio en Long Island, Piermont sería su siguiente parada.

Al aparcar en el centro comercial semivacío de Jericho que

albergaba las oficinas de Sharps & Gund, le sorprendió que una empresa de seguridad tan importante tuviese su sede central en un sitio como ese. Parecía que habían ocupado el extremo más alejado del centro comercial, un espacio que antes albergaba un gran establecimiento comercial, e incluso se podía ver el tenue contorno de SEARS en el muro exterior ahora vacío. No había nada que hiciese pensar que estaba ocupado, salvo una hilera de plazas de aparcamiento reservadas llenas de coches; buenos coches. Parecía que Sharps & Gund no solo era una empresa discreta; era realmente invisible.

El sargento Curry aparcó en una plaza para visitantes y se apearon del vehículo. Era un día frío y gris, y el viento gélido arrastró una vieja bolsa de plástico sobre la acera por delante de ellos cuando se acercaban a la puerta de dos hojas de cristal. Allí, por fin, encontraron un logotipo de Sharps & Gund. Discreto, con buen gusto.

Las puertas no estaban cerradas. D'Agosta entró seguido de Pendergast y Curry y se encontró en una recepción elegante y sencilla decorada con maderas nobles, con un mostrador de seis metros de largo ocupado por tres recepcionistas que no parecía que hiciesen nada aparte de esperar con las manos juntas.

—Policía de Nueva York y FBI. Venimos a ver a Jonathan Ingmar —anunció D'Agosta, apoyándose en el mostrador y sacando su placa—. Tenemos una cita.

—Por supuesto, caballeros —respondió una de las recepcionistas—. Siéntense, por favor.

Ninguno se sentó. Esperaron ante el mostrador mientras la recepcionista hacía una llamada.

—Enseguida saldrá alguien —comunicó con una sonrisa pintada de lápiz de labios rojo brillante—. Puede que tarde unos minutos.

Al oírlo, Pendergast se dirigió a la zona con asientos, se sentó, cruzó las piernas, cogió una revista y empezó a pasar las páginas. La despreocupación del acto irritó a D'Agosta. El teniente permaneció de pie ante el mostrador unos minutos, hasta que por fin fue a sentarse frente al agente.

—Más vale que no nos haga esperar.

—Claro que nos hará esperar. Vaticino treinta minutos como mínimo.

—Tonterías. Entonces entraré ahí.

—No conseguirá pasar los montones de puertas cerradas y asistentes fieros como pitbulls.

—Entonces conseguiré una citación y lo llevaré a rastras a la comisaría para interrogarlo allí.

—Un hombre como el director general de Sharps & Gund tendrá abogados que retrasarán y dificultarán eso.

Pendergast pasó otra página de la única revista que había en la zona de espera. D'Agosta reparó en que era *People* y en que parecía estar echando un vistazo a un artículo sobre las Kardashian.

Con un suspiro, D'Agosta volvió a enrollar el *Post* y se lo metió en el bolsillo, se cruzó de brazos y se recostó. El sargento Curry permaneció de pie, impasible.

No fueron treinta minutos; fueron cuarenta y cinco. Por fin, un hombre menudo y flaco que podría haber sido de Brooklyn por su barba, gorro de hipster y camisa de seda negra, vino a por ellos. Atravesaron varias series de oficinas cada vez más elegantes y sobrias antes de que les hiciesen pasar a la de Jonathan Ingmar. Su despacho era blanco y austero, y no parecía tener aparatos electrónicos aparte de un teléfono anticuado sobre una mesa del tamaño de una hectárea. Ingmar era un hombre delgado de unos cincuenta años con un rostro juvenil y una mata despeinada de cabello rubio. Tenía una expresión tan alegre que ofendía.

Para entonces, D'Agosta estaba que se subía por las paredes y tenía que hacer serios esfuerzos por controlarse. Le molestaba que Pendergast pareciese tan despreocupado, tan indiferente a la larga espera.

—Mis disculpas, caballeros —dijo el director general de

Sharps & Gund, agitando una mano perfectamente cuidada—, pero ha sido un día ajetreado. —Consultó su reloj—. Puedo concederles cinco minutos.

D'Agosta encendió una grabadora portátil y la dejó sobre la mesa. A continuación sacó su libreta y la abrió de golpe.

—Necesitamos una lista de todos los empleados antiguos y actuales que trabajaron o tuvieron algo que ver con la cuenta de Cantucci.

—Lo siento, teniente, pero nuestros expedientes de personal son confidenciales.

—Entonces conseguiremos una orden judicial.

Ingmar extendió las manos.

—Si consiguen esa orden, obedeceremos la ley.

—Mire, señor Ingmar, está claro que el asesinato de Cantucci fue un crimen planeado y ejecutado por alguien que trabajaba en su empresa y tenía acceso a su código fuente. No nos harán gracia las interferencias.

—Eso es pura especulación, teniente. Yo llevo mi negocio con mano dura. Mis empleados son sometidos a una investigación tan exhaustiva como la de cualquier recluta de la CIA, si no más. Puedo asegurarle que se equivoca. Entenderá que una empresa de seguridad como la nuestra debe tener cuidado con la información sobre nuestra gente, ¿no?

A D'Agosta no le gustaba ni un pelo el tono de aquel hombre.

—Está bien, Ingmar, ¿quiere hacerlo por las malas? Si no colabora ahora, conseguiremos una orden judicial, reclamaremos como pruebas sus expedientes de personal remontándonos hasta el nacimiento de George Washington y lo llevaremos detenido a One Police Plaza para interrogarlo.

Se detuvo, jadeando. Ingmar le devolvió una mirada serena.

—Hagan lo que les plazca. Sus cinco minutos han terminado, caballeros. El señor Blount los acompañará a la puerta.

El hipster impaciente volvió a aparecer, pero en ese momento Pendergast, que no había dicho nada y ni siquiera había mostrado interés por la conversación, se volvió hacia D'Agosta.

—¿Puedo ver ese ejemplar del *Post*?

El teniente se lo dio, preguntándose qué demonios tramaba. Pendergast desenrolló el periódico delante de Ingmar y lo sostuvo frente a su cara.

—Ha leído el *Post* de hoy, ¿no?

Ingmar agarró el periódico con desdén, le echó un vistazo y lo apartó bruscamente.

—¡Pero no ha leído el artículo de portada de Bryce Harriman!

—No me interesa. Blount, acompáñalos a la puerta.

—Pues debería, porque en la portada de mañana aparecerá su empresa... y usted.

Se hizo un silencio gélido. Un momento después, Ingmar habló:

—¿Está amenazando con filtrar información a la prensa?

—¿Filtrar? En absoluto. La palabra es «divulgar». El público reclama información sobre el asesinato de Cantucci. El alcalde DeLillo está preocupado. La ley tiene la responsabilidad de mantener al público al tanto de nuestros progresos. Usted y su empresa serán el ejemplo perfecto de esos progresos.

—¿A qué se refiere?

—La teoría principal del crimen es que el asesino era un empleado de su empresa. «Su» empresa. Eso le convierte a usted en una persona de interés. ¿No le gusta esa expresión, «persona de interés»? Tan cargada de sugerencias siniestras, tan llena de insinuaciones turbias... sin decir nada en realidad.

D'Agosta vio que un cambio de lo más extraordinario y satisfactorio se producía en el rostro de Jonathan Ingmar; la expresión serena y arrogante desapareció entre las venas hinchadas y la piel colorada.

—Eso es pura difamación. Le voy a empapelar vivo.

—Solo es difamación si no es cierto. Y en realidad es cierto: usted es una persona de interés en este caso, sobre todo después de su caprichosa negativa a colaborar. ¡Por no hablar de que nos ha hecho esperar en recepción sin más compañía que las Kardashian!

—¿Me está amenazando?

Pendergast rio entre dientes de una forma de lo más crispante.

—Qué inteligente es.

—Voy a llamar a mi abogado.

Pero antes de que Ingmar pudiese actuar, Pendergast le había quitado el móvil y estaba marcando un número.

—¿Es la sección de noticias de la ciudad? Me gustaría hablar con el señor Harriman, por favor.

—¡Un momento! Basta. Cuelgue.

Pendergast apagó el teléfono.

—A ver, señor Ingmar, ¿cree que podríamos abusar de su amabilidad unos minutos, o puede que unas horas, más? Empecemos por los empleados que instalaron el sistema de Cantucci. Me alegro mucho de saber que realizan un proceso de selección como el de la CIA. Por favor, vaya a por los expedientes de esos individuos. Ah, y también necesitaremos su expediente.

—Pienso armar un buen escándalo por esto. No olvide lo que digo.

D'Agosta intervino entonces. Su mal humor había empezado a mejorar.

—Veamos, Ingmar. ¿Qué dijo antes? «Hagan lo que les plazca.» Gracias, eso haremos. Así que vaya a por esos expedientes, y pronto.

14

Pendergast alegó una vaga excusa por la que no podía acompañarlos a hablar con el padre del niño muerto en Piermont, así que Curry lo dejó en el Dakota mientras que él y D'Agosta se dirigían a la autopista del West Side, cruzaban el puente de George Washington y recorrían la autovía Palisades. El pueblo de Piermont, en Nueva York, se hallaba al lado de la ruta 9W, en la orilla occidental del río Hudson, cerca de la línea de New Jersey. Curry era el más taciturno de los sargentos, y D'Agosta lo agradecía. Mientras Curry conducía, el teniente hojeó los expedientes de Sharps & Gund que habían copiado.

Dos técnicos habían instalado el sistema de Cantucci. Uno seguía en la empresa y parecía bastante honrado; el otro se había ido hacía cuatro meses. En realidad lo habían despedido. Se llamaba Lasher y había empezado con el expediente limpio, pero en el último año todo parecía haber ido cuesta abajo. Su historial laboral estaba salpicado de cartas de advertencia por llegar tarde, alguna que otra observación políticamente incorrecta y dos comentarios subidos de tono dirigidos a unas compañeras de trabajo que ambas habían denunciado. El expediente terminaba con un informe que documentaba un arrebato de Lasher cuyos detalles no se especificaban, salvo que había sido una «diatriba airada» que le había acarreado el despido inmediato.

Recostado en el asiento mientras Curry sorteaba un atasco de tráfico, el humor de D'Agosta mejoró aún más. Ese tal Lasher parecía el sospechoso principal del asesinato de Cantucci. Se le antojaba la clase de capullo descontento capaz de tomar represalias contra la empresa que lo había despedido. A lo mejor Lasher mató él mismo a Cantucci; o a lo mejor se asoció con el asesino y le prestó sus imprescindibles y privilegiados conocimientos. En cualquier caso, era una pista muy buena, y se aseguraría de que ese tipo fuese interrogado lo antes posible.

D'Agosta estaba más convencido que nunca de que los dos asesinatos no guardaban relación entre sí y debían abordarse como casos diferentes. La prueba era que estaban surgiendo pistas totalmente distintas en ambos frentes. El padre del niño atropellado, Jory Baugh, a quien iban a ver, era un posible implicado en el asesinato de Ozmian. Podía suponer un doble triunfo para él: resolver dos casos importantes al mismo tiempo. Si eso no le granjeaba un ascenso, nada lo haría.

Se volvió hacia Curry.

—Le hablaré del tipo de Piermont, Baugh. El niño muerto era su único hijo. Grace Ozmian, la conductora que lo atropelló y se dio a la fuga y cuya muerte estamos investigando, prácticamente se fue de rositas. Después de la muerte del niño, la familia se deshizo. La madre se volvió alcohólica y acabó suicidándose. El padre pasó una época en una clínica psiquiátrica y perdió su negocio de jardinería en Beverly Hills. Se mudó al este hace seis meses. Ahora trabaja en un bar.

—¿Por qué se mudó al este? —preguntó Curry—. ¿Tiene familia allí?

—No, que yo sepa.

Curry asintió con la cabeza. Era un hombre corpulento con la cabeza redonda y el cabello rojizo cortado al rape. No parecía inteligente, ni hacía comentarios inteligentes, pero con el tiempo D'Agosta había descubierto que era listo, muy listo. Simplemente no abría la boca hasta que tenía algo que decir.

Salieron de la autovía Palisades hacia el norte por la ruta 9W. Eran las cuatro, y todavía no era hora punta. A los pocos minutos llegaron al pueblo de Piermont. Se trataba de un rincón encantador, situado a orillas del río, con un puerto deportivo junto a un gigantesco embarcadero, bonitas casas de madera encaramadas en las colinas que se alzaban por encima del Hudson y una vista espectacular del puente Tappan Zee. D'Agosta sacó el móvil y abrió Google Maps.

—El bar se llama The Fountainhead. En Piermont Avenue.

Indicó a Curry cómo llegar y poco después se detenían ante un atractivo local. Un viento tempestuoso procedente del Hudson les azotó cuando bajaron del coche y entraron al bar. A las cuatro y cuarto todavía estaba casi desierto, y solo había un solitario camarero tras la barra. Era un tipo corpulento, con la constitución de un estibador, ataviado con una camiseta de tirantes que mostraba unos musculosos brazos llenos de tatuajes.

D'Agosta se acercó a la barra, sacó la placa y la dejó encima.

—Teniente D'Agosta, departamento de homicidios de la policía de Nueva York. Este es el sargento Curry. Estamos buscando a Jory Baugh.

El grandullón los miró fijamente con unos fríos ojos azules.

—Lo han encontrado.

D'Agosta se sorprendió, pero no dejó que se le notase. Había conseguido un par de fotografías borrosas de Baugh en internet, pero el hombre de las imágenes no se parecía a aquel cabrón hinchado. Era un tipo difícil de descifrar; tenía una cara muy inexpresiva.

—¿Podemos hacerle unas preguntas, señor Baugh?

—¿Sobre qué?

—Estamos investigando el asesinato de Grace Ozmian.

Baugh dejó el paño, cruzó sus enormes brazos y se apoyó en la barra.

—Dispare.

—Quiero que sepa que en este momento no es usted sospechoso y que esta entrevista es voluntaria. Si se convierte en sospechoso, interrumpiremos la entrevista, le explicaremos cuáles son sus derechos y le daremos la oportunidad de que le acompañe un abogado. ¿Lo entiende?

Baugh asintió con la cabeza.

—¿Recuerda qué hizo el miércoles, 14 de diciembre?

El hombre metió la mano debajo de la barra, sacó un calendario y le echó un vistazo.

—Estuve trabajando en el bar desde las tres hasta medianoche. Voy al gimnasio cada mañana, de ocho a diez. Entremedias estuve en casa. —Guardó el calendario—. ¿De acuerdo?

—¿Hay alguien que pueda confirmar sus actividades?

—En el gimnasio. Y aquí, en el bar. Entre un sitio y otro, no.

El forense había acotado la hora de la muerte a las diez de la noche del 14 de diciembre, cuatro horas arriba o abajo. Para llegar desde allí a la ciudad, matar a alguien, darle a la víctima tiempo a que se desangrase, trasladar el cadáver al garaje de Queens, volver quizá un día más tarde para cortarle la cabeza... D'Agosta tendría que hacer los cálculos por escrito.

—¿Contento? —preguntó Baugh, con un dejo de agresividad en la voz.

El teniente lo miró. Podía sentir la ira del hombre bullendo bajo su piel. Le palpitaba un músculo de uno de sus brazos cruzados.

—Señor Baugh, ¿por qué se mudó aquí? ¿Tiene amigos o familiares en Piermont?

Baugh se inclinó hacia delante sobre la barra y acercó la cara a D'Agosta.

—Lancé un dardo a un puto mapa de Estados Unidos.

—¿Y dio en Piermont?

—Sí.

—Es curioso lo cerca que cayó el dardo del sitio donde residía la asesina de su hijo.

—Oiga, amigo... ha dicho que se llama D'Agosta, ¿no?

—Así es.

—Oiga, agente D'Agosta. Durante más de un año he fantaseado con matar a la zorra rica que atropelló a mi hijo y lo dejó morir desangrado en medio de la calle. Ya lo creo que sí. He pensado matarla de tantas formas que he perdido la cuenta: prendiéndole fuego, rompiéndole todos los huesos del cuerpo con un bate de béisbol, haciéndola picadillo con un cuchillo. Así que, sí, es curioso lo cerca que cayó el dardo. ¿Verdad? Si cree que yo la maté, estupendo. Deténgame. Cuando mi hijo murió, mi vida terminó. Deténgame y acabe lo que ustedes, la pasma, y los abogados y los jueces empezaron el año pasado: la destrucción de mi familia.

El hombre pronunció aquel pequeño discurso en un tono grave y amenazante sin el más mínimo asomo de sarcasmo. D'Agosta se preguntó si el tipo había cruzado la línea y se había convertido en sospechoso, y decidió que sí.

—Señor Baugh, quiero informarle de cuáles son sus derechos en este momento. Tiene derecho a permanecer en silencio y a no hacer declaraciones. Cualquier cosa que diga podrá ser utilizada en su contra ante un tribunal. Tiene derecho a un abogado. Si lo desea, puede llamarle ahora, antes de que sigamos interrogándolo. Si decide responder a las preguntas, puede interrumpir el interrogatorio en cualquier momento y llamar a un abogado. Si no puede permitirse uno, le será asignado uno de oficio. Señor Baugh, ¿entiende los derechos que le he explicado?

Al oír eso, el camarero se echó a reír; un murmullo grave que finalmente estalló como un profundo ladrido canino.

—Igualito que en la tele.

D'Agosta aguardó.

—¿Quiere saber si lo he entendido?

—Sí.

—Pues le diré lo que yo entiendo: cuando a mi niño lo atropellaron y lo dejaron morir, y descubrieron que la conductora era Grace Ozmian, la preocupación de todo el mundo se desvió. De golpe. —Baugh chasqueó los dedos tan fuerte que D'Agosta tuvo que esforzarse por no dar un respingo—. La poli, los abogados, los del seguro... De repente solo les preocupaba ella y todo el dinero, el poder y la influencia que su padre empezó a derrochar. Y a mi familia y a mí, nada. Oh, no es más que un puto jardinero. A Ozmian la condenan a hacer tortitas dos meses y el expediente se entierra, mientras que a mí me condenan a perder a mi familia para siempre. ¿Quiere saber lo que yo entiendo? Lo que entiendo es que el sistema de justicia penal de este país está jodido. Es para los ricos. Los pobres no tenemos derecho a nada. Así que si ha venido a detenerme, deténgame. No puedo hacer nada para evitarlo.

—¿Mató usted a Grace Ozmian? —preguntó en tono sereno.

—Creo que necesito el abogado de oficio que me ha prometido.

D'Agosta lo miró fijamente. En ese momento no tenía suficientes pruebas para detenerlo.

—Señor Baugh, puede llamar a los servicios jurídicos —anotó el número— en cualquier instante. Voy a confirmar su coartada de la noche del 14 de diciembre. Eso quiere decir que hablaremos con su jefe, entrevistaremos a clientes del bar y consultaremos las cintas de la cámara de seguridad de esa esquina de ahí arriba.

Señaló con el dedo. Ya habían reclamado como pruebas las cintas de seguridad al dueño del bar y sabía que estaban a buen recaudo; D'Agosta esperaba que Baugh cometiese una tontería e intentase destruirlas.

Baugh rio con aspereza.

—Claro, hagan lo que les salga de los cojones.

15

A las dos de la madrugada, la mansión de East Hampton, en Nueva York, estaba en silencio. La casa de mil setecientos metros cuadrados ocupaba un solar de casi cinco hectáreas entre Further Lane y el océano Atlántico, en medio de una extensión de césped digna de un parque, un campo de minigolf y un estanque artificial, y un «capricho» diseñado para parecer un templo egipcio en miniatura. La casa propiamente dicha era una construcción modernista de tres plantas hecha con cemento, cristal, acero y cromo que parecía la exclusiva consulta de un dentista. Sus ventanales de cristal laminado brillaban discretamente en el aire nocturno y arrojaban una cálida luz sobre los gigantescos jardines que la rodeaban.

El hombre estaba en la playa, vacía en el mes de diciembre, a la sombra de un rompeolas de piedra, y examinaba la casa con unos prismáticos de visión nocturna. El frío Atlántico bramaba y se mecía a sus espaldas. La luna se había puesto, y el tenue río de luz que era la Vía Láctea se alzaba del horizonte del mar y describía un arco por encima de su cabeza. La finca tenía todo el aspecto de un lugar silencioso y en calma.

El hombre de los prismáticos era perfectamente consciente de que eso solo era una ilusión.

Escudriñó los jardines, los pisos de la casa y las ventanas, memorizando cada detalle. Desde su lugar estratégico no podía ver la planta baja, pero conocía a fondo el plano de la vivienda, que había sacado del sistema informático central increíblemente expuesto y desprotegido de Cutter Byquist, el famoso arquitecto que la había diseñado. Eso incluía esquemas en CAD-CAM de planos de obra, planos mecánicos y eléctricos, sistemas de seguridad, tuberías e incluso el equipo de música. El sistema de seguridad electrónico era bastante sencillo. El dueño era un individuo chapado a la antigua que no se fiaba de los aparatos electrónicos y prefería seres humanos cualificados y bien remunerados, muchos de ellos antiguos soldados de las fuerzas especiales sudafricanas del tristemente célebre y ya disuelto Octavo Regimiento de Comandos de Reconocimiento.

En sus cincuenta y cinco años de vida, el objetivo a quien pertenecía esa fortaleza-finca se había ganado muchísimos enemigos temibles. Había varios individuos y organizaciones a los que les habría encantado matarlo, bien por venganza, bien para hacerlo callar, o simplemente para enviar un mensaje. Por consiguiente, su finca tenía que estar preparada contra cualquier tipo de intrusión.

Después de unos minutos de reconocimiento, el hombre notó una débil y rápida vibración procedente del móvil de su bolsillo. Era el primero de los muchos avisos cronometrados que recibiría.

La operación empezaría ahora.

Había planeado los pormenores con precisión militar, hasta el último detalle. Por supuesto, esperaba lo inesperado —y también estaba preparado para ello—, pero siempre le gustaba empezar siguiendo un programa en el que cada paso que daba, cada acto que realizaba, había sido coreografiado.

Bajó los prismáticos y los metió en la mochila. Revisó la Glock; el cuchillo SOG; el dispositivo de GPS. Todavía no tenía prisa. El plan era lento y metódico en esa fase inicial. Más tarde, al final, habría que apresurarse. Se debía al único punto débil del plan: el objetivo tenía una habitación del pánico construida entre su dormitorio y el de su esposa. Si una alarma saltaba demasiado pronto, al objetivo le daría tiempo de refugiarse dentro y habría que abortar la operación. La habitación del pánico parecía inexpugnable. Era el único elemento tecnológico reforzado de un sistema por lo demás sencillo. Además de las sofisticadas cerraduras electrónicas, tenía múltiples pestillos. De nuevo, la mentalidad anticuada: no se podía forzar un pestillo.

El hombre avanzó entonces playa arriba, despacio, sin salir de las sombras, y pronto estaba entre las dunas. Iba vestido con un conjunto ceñido de seda negra y llevaba la piel descubierta oscurecida con maquillaje negro. Había elegido para la operación una noche entre semana de finales de diciembre sin luna. La playa y el pueblo estaban totalmente muertos.

Avanzó sin hacer ruido entre las dunas, manteniéndose en las zonas bajas, hasta que llegó a la elevación del terreno que llevaba a la finca. Una pendiente de maleza terminaba en un muro de piedra de casi tres metros que marcaba el límite de la propiedad, rematado con una hilera de pinchos de hierro. Al otro lado había un denso seto de boj alrededor de un jardín largo, liso y descubierto que conducía a los pórticos delanteros de la mansión.

Deslizó la mano por la superficie del muro. La piedra era áspera y ofrecía suficientes puntos de apoyo para que un experto montañista como él trepase por ella. Esperó la segunda vibración, y cuando se produjo escaló rápidamente el muro con unos cuantos movimientos sencillos. Sabía que los pinchos de hierro eran más una medida disuasoria que de protección, y que unos sensores infrarrojos recorrían la parte superior a modo de alarma perimetral.

Al pasar por encima del muro, se aseguró de interrumpir el rayo infrarrojo.

Bajó por el otro lado al espacio oculto entre el seto y el interior del muro. Se agachó en un rincón oscuro, invisible a la sombra, esperando. A través de los huecos del seto vio la vasta extensión de césped y la fachada de la casa. El brillo indirecto de las ventanas, junto con algunos focos distribuidos con gusto, emitía suficiente luz ambiente para iluminar el césped. La iluminación era al mismo tiempo una suerte y una desgracia.

Pronto oyó a dos guardias de seguridad con un perro que

atravesaban el césped en el lado opuesto. Otra vibración del móvil señaló la hora a la que estimaba que aparecerían. Llegaban, por así decirlo, según lo previsto. Le tranquilizó lo acertado de su plan. Sabía que unos sensores infrarrojos de exterior como los que había allí experimentaban frecuentes alarmas falsas activadas por animales y pájaros. Probablemente pensarían que también era el caso de ese rayo de luz. Pero para asegurarse, durante las últimas noches, había lanzado a intervalos regulares un trocito de lona con un peso por encima del muro y luego había tirado de él para interrumpir el rayo, lo que había desencadenado la misma investigación rutinaria que había cronometrado para ese preciso momento.

Oyó los jadeos del perro a medida que el grupo se acercaba al seto y los murmullos irritados de los dos hombres. Los soldados de las fuerzas especiales estaban adiestrados para que no hablasen y usasen solo señas manuales. Y no solo eso, sino que también olió humo de cigarrillo.

Esos hombres habían levantado la guardia.

—Espero que esta vez Scout pille al bicho —dijo uno de los hombres.

—Sí, será una puta ardilla.

De repente, el perro gimió. Lo había olido.

Uno de ellos se dirigió al perro.

—Scout, ve a por él. Ve a por él, chico.

Soltaron al perro, y el animal atravesó como una flecha un hueco del seto, directo hacia él, sin ladrar, sin avisar: un perro adiestrado para matar. Se preparó, y cuando el perro se abalanzó sobre él le asestó una sola puñalada en el pescuezo con el cuchillo SOG que le seccionó la tráquea. Con una tos ahogada, el animal le dio de refilón al caer y se desplomó a sus pies.

—Eh, ¿has oído eso? —preguntó uno de los hombres en voz baja—. ¿Scout? ¿Scout? Vuelve, Scout. Vuelve.

Silencio.

—Pero ¿qué coño…?

—Scout, vuelve. —Esta vez un poco más alto.

—¿Pedimos refuerzos?

—Todavía no, por el amor de Dios. Estará persiguiendo a la ardilla. Voy a ver.

Oyó que el primer hombre se abría paso a través del seto. Estaba empezando a resultar demasiado fácil. Pero se complicaría; estaba convencido.

Se agachó, listo para saltar, oculto aún en la oscuridad. Cuando el ruido de pasos torpes se aproximó, se levantó de un salto y le clavó el cuchillo al guardia en la garganta, dio un tirón de lado y le cortó también la tráquea antes de que su víctima pudiese hacer el menor ruido. Cuando el hombre cayó de bruces, lo apartó de un empujón y corrió hacia delante. Atravesó el seto como un defensa de fútbol americano, salió de repente por el otro lado y se abalanzó sobre el segundo guardia, que se encontraba a tres metros al descubierto, fumando un cigarrillo. Dejando escapar un grito, el hombre alargó la mano para coger su arma. Solo había logrado sacarla a medias de la pistolera cuando el intruso, que parecía volar por los aires, le rajó el cuello. El guardia se desplomó hacia atrás y el hombre cayó encima de él con la cara llena de sangre arterial. El arma se fue rebotando por el césped, sin disparar.

El hombre permaneció tumbado sobre el cuerpo mientras se sacudía unos segundos antes de quedarse quieto. Esperó, inmóvil, escuchando. El ajetreo había tenido lugar a trescientos metros de la casa, y estaban lo bastante lejos como para que la oscuridad les ocultase. Dudaba que alguien hubiese oído el grito ahogado del guardia. Había unos focos que se encendían en caso de alarma general o emergencia por intrusión, pero no pasó nada.

Cuando el intruso se hubo asegurado de que no había saltado la alarma, se levantó de encima del guardia muerto. Se arrodilló, registró el cadáver y extrajo una radio, dos tarjetas magnéticas de acceso, una linterna y el gorro del hombre. Encendió la radio y vio que estaba sintonizada en el canal 15 de la frecuencia VHF. La dejó en modo de recepción y se la metió en el cinturón, dejó la pistola donde estaba, se puso el gorro en la cabeza e introdujo las tarjetas magnéticas en el bolsillo de su camisa.

Agarró el cadáver por los pies, lo arrastró hasta el seto y lo escondió cerca de donde yacía su compañero. A continuación se dirigió al oeste por el hueco entre el seto y el muro. Cuando llegó a la esquina de la finca, se volvió y se encaminó hacia el norte, una distancia —según el GPS— de quinientos metros. Ahora estaba en el lado opuesto de la casa y solo tenía que cruzar una extensión de césped de ciento cincuenta metros.

Allí esperó a que la débil vibración del temporizador del móvil marcase el inicio de la siguiente fase.

Cuando llegó, se caló el gorro del guardia muerto en la cabeza y avanzó a través del césped, caminando con determinación, moviendo la linterna encendida de un lado a otro. Aunque el gorro no engañaría a nadie de cerca, de lejos no desentonaba.

El intruso estaba empapado en sangre de los pies a la cabeza, y sabía que si otros perros lo olían, se pondrían como locos. Pero eso no ocurriría a menos que el viento, que venía del este, cambiase de dirección, y no lo haría con las condiciones meteorológicas de esa hora de la noche.

Atravesó el espacio sin que lo viesen y se confundió con los arbustos repartidos a lo largo de un flanco de la casa, justo cuando un hombre de patrulla con un perro se acercaba por la parte delantera, andando por la hierba. El movimiento del aire seguía favoreciéndole. Esperó en la oscuridad a que hubiesen doblado la esquina y avanzó entre los arbustos y la casa hasta el principio del patio de adoquines que rodeaba la piscina. Había una larga pérgola junto al patio, y la usó como protección para llegar a una pequeña choza que albergaba la bomba y los filtros de la piscina. La puerta estaba cerrada con llave, pero era la original del cobertizo y por tanto rudimentaria. La forzó, entró en el espacio estrecho y oscuro, y la cerró solo parcialmente.

De nuevo esperó la vibración.

Entonces levantó la radio y se la llevó a los labios, al tiempo que sacaba un pequeño imán. Pulsó el botón para transmitir mientras sostenía el imán cerca del micrófono.

—Estoy en la piscina —susurró—. Tengo una serpiente muy

grande, necesito ayuda. —Su voz, amortiguada por la estática gracias al imán, era casi ininteligible.

—¿Qué has dicho de una serpiente? —le contestaron—. No te he recibido bien, repite.

Repitió el mensaje alejando un poco el imán para reducir la estática.

—Recibido. ¿Quién habla? —le respondieron.

Entonces emitió solo estática.

—Vale, voy para allá.

Sabía que sería el transmisor más próximo: el hombre del perro que acababa de pasar por delante de él. Como esperaba, el guardia volvió a doblar la esquina con el animal atado con una correa y se detuvo, moviendo la linterna de un lado a otro.

—Oye, ¿dónde estás? ¿Eres Pretorious?

Permaneció en la oscuridad, esperando.

—Hijo de puta —murmuró el guardia, y acto seguido hizo lo que era de esperar; soltó el perro y dijo—: Ve a por la serpiente. A por ella.

El perro, que había olido al hombre de la choza, fue directo a él y cruzó la puerta a toda velocidad, donde se encontró con el destello del SOG. El perro se desplomó en silencio.

—¿Sadie? ¿Sadie? ¿Qué coño pasa?

El guardia sacó su arma y, con ella en la mano, corrió hacia la cabaña, solo para encontrarse con el mismo cuchillo en la garganta. La pistola disparó y el hombre cayó abatido.

Eso sí que era una desgracia. Ahora la alarma saltaría demasiado pronto. Pero conociendo la psicología de su objetivo —el instinto machista del hombre, su brutalidad, su aversión a la cobardía— estaba seguro de que un disparo no bastaría para mandarlo a la habitación del pánico. No, ese hombre se armaría, llamaría a sus guardias, averiguaría qué pasaba y no se movería, al menos de momento.

Iba bastante adelantado con respecto al plan, con tres hombres y dos perros abatidos, que era exactamente la mitad de la dotación de seguridad. Pero ahora tendría que ir mucho más rápido, antes de que los otros vigilantes descubriesen el alcance de sus pérdidas, se organizasen y cerrasen filas para defender al objetivo.

Toda esa reflexión duró menos de un segundo en la mente del intruso. Recogió la radio del guardia moribundo y se lanzó sobre su cuerpo, que todavía se sacudía y gorjeaba. Sacó otro imán del bolsillo y un trozo de cinta adhesiva, pulsó el botón de transmisión de la radio del hombre y lo pegó, dejándolo apretado, enganchó el imán y lo dejó todo en el césped.

Naturalmente, el sonido de disparos había alertado a los demás guardias de seguridad, y en su radio habían empezado a solaparse las preguntas mientras trataban de contactar entre ellos, averiguar dónde estaba cada uno y determinar quién podía faltar. Con el imán y la cinta había inutilizado su canal principal, y con la radio del otro guardia hizo lo mismo con el canal auxiliar de emergencia. Eso sembraría la confusión durante al menos unos minutos, hasta que los guardias restantes lo descubriesen y acordasen un canal despejado.

Solo necesitaba unos minutos.

Los focos se estaban encendiendo. Sonó una sirena. Tenía que moverse muy rápido. Ya no tenía sentido ser sigiloso: lanzó un mueble del porche a través de las puertas correderas de cristal, se activó otra alarma, saltó por el hueco y corrió a través de la sala de estar hasta la escalera. Subió los escalones de tres en tres hasta la segunda planta.

—¡Eh! —Oyó que un guardia corría detrás de él.

Se detuvo, se dio la vuelta e hincó una rodilla. Disparó con la Glock; le levantó la tapa de los sesos al guardia y luego abatió a otro que apareció doblando la esquina como un rayo.

Cinco guardias, dos perros.

Avanzó a toda velocidad por el pasillo del segundo piso y llegó a la puerta del dormitorio del objetivo. Estaba hecha de acero macizo y, como era de esperar, se hallaba cerrada con llave. Metió la mano en la mochila, pegó un paquete de C-4 con un detonador y una almohadilla adhesiva a la cerradura, dobló la esquina corriendo y se metió en el cuarto de la esposa. Se habían divorciado hacía poco, y la puerta de acero de su habitación vacía estaba abierta de par en par, como él esperaba. La habitación del pánico se encontraba entre la habitación del objetivo y la de su esposa, y cada una tenía su propia puerta de acceso.

La puerta de la habitación del pánico estaba detrás de un panel de la pared, que retiró de un tirón. Estaba cerrada, pero todavía no se había bloqueado por completo y se podía abrir con una sola carga de C-4, a diferencia de la enorme puerta de acero del dormitorio del objetivo.

Pegó una segunda carga a la puerta de la habitación del pánico de la mujer, retrocedió hasta situarse a una distancia prudencial y, empleando un detonador a distancia, voló las dos cargas a la vez, la de la puerta del dormitorio del objetivo y la de la puerta de la habitación del pánico de la esposa, de forma que sonasen como una sola explosión. La carga de la puerta de acero del dormitorio no era lo bastante potente para abrirla; simplemente estaba pensada para acojonar al dueño.

Pero la carga de la puerta de la habitación del pánico era más fuerte y reventó la puerta mal cerrada. El intruso entró en la habitación del pánico. El aire en el interior estaba lleno de humo y polvo. Las luces permanecían apagadas. Se situó justo al lado de la puerta de la pared del fondo del pequeño cuarto: es decir, la puerta que daba al dormitorio del objetivo. Casi de inmediato oyó que el objetivo abría la puerta y entraba dando traspiés, asustado y confundido debido a la ineficaz explosión que acababa de oír al otro lado de la puerta de su habitación. El hombre se volvió, cerró la puerta y echó los cerrojos. A continuación avanzó a tientas junto a la pared, encontró el interruptor y encendió las luces.

Y entonces vio al intruso dentro de la habitación del pánico y abrió mucho los ojos. Sí, efectivamente, el objetivo acababa de encerrarse en la habitación del pánico con su futuro asesino. El intruso disfrutó muchísimo de ese momento de ironía. El objetivo llevaba unos boxers por toda vestimenta, la cortinilla de pelo ladeada, los ojos inyectados en sangre e hinchados, los carrillos flácidos temblando y la barriga prominente. Desprendía un olor fuerte y amargo a vodka.

—El señor Viktor Alexeievich Bogachyov, supongo.

La víctima lo miró presa del más absoluto terror.

—¿Qué... quién... es... usted... y por el amor de Dios... por qué?

—¿Por qué no? —respondió el intruso, levantando el cuchillo.

Dos minutos y quince segundos más tarde, el intruso saltó el muro de piedra y cayó al otro lado. Oyó sonidos de múltiples alarmas en el recinto y, más allá, a lo lejos, unas sirenas de policía que se acercaban. Había matado al último guardia al salir, pero había tenido el detalle de perdonar al perro, que había resultado más inteligente que los humanos y había caído temblando y gimiendo a sus pies, se había orinado encima y así había salvado la vida.

Atravesó la playa corriendo hasta el rompeolas de piedra y avanzó por él hasta una pequeña lancha motora, escondida entre dos grandes rocas al abrigo del malecón, cuyo silencioso motor de cuatro tiempos seguía en punto muerto. Lanzó la mochila ahora llena al bote, subió de un salto, bajó suavemente la palanca del acelerador y se internó en el negro y agitado océano Atlántico. Mientras se adentraba en la noche a toda velocidad, le vinieron a la mente agradables pensamientos de la puesta en escena que la policía estaba descubriendo en ese mismo momento al entrar en la finca y empezar a registrar el terreno.

16

Esta vez Pendergast insistió en llevar a Proctor y el Rolls, y D'Agosta estaba demasiado cansado para protestar. Era 22 de diciembre, solo faltaban tres días para Navidad, y durante la última semana apenas había tenido tiempo para dormir unas pocas horas, y no digamos ya para pensar qué iba a regalarle a su esposa, Laura.

Proctor los había llevado a East Hampton aquella mañana gris y gélida. D'Agosta acabó agradeciendo el espacio extra que ofrecía la parte trasera del gran vehículo, por no hablar de la mesa plegable de madera perfectamente pulida que le permitió ponerse al día con el papeleo. Cuando el coche entró en Further Lane, aparecieron la finca y la actividad que tenía lugar a su alrededor. Habían levantado cordones policiales a través de la carretera, había cintas de la escena del crimen que vibraban con el frío viento de diciembre y el arcén estaba lleno de furgonetas aparcadas de la policía científica y el forense. Un montón de agentes uniformados andaban de un lado a otro, algunos con carpetas, intentando no morir congelados.

—Joder —masculló D'Agosta—. Ha venido demasiada gente.

Mientras paraban en la improvisada zona de aparcamiento, acotada en una parcela de hierba con cinta de plástico y señales, vio cómo todos se volvían y miraban boquiabiertos el Silver Wraith de Pendergast.

El teniente bajó por un lado y Pendergast por el otro.

D'Agosta se ajustó bien el abrigo para protegerse del viento glacial procedente del Atlántico y se dirigió a la furgoneta de mando y control. Pendergast le seguía de cerca.

Dentro del reducido espacio encontró al jefe de policía de East Hampton. D'Agosta había hablado antes con él por teléfono y le había tranquilizado su actitud profesional, y le agradó aún más cuando lo vio en persona: un hombre mayor, de rasgos duros, con pelo y bigote entrecano y aire relajado.

—Usted debe de ser el teniente D'Agosta —saludó. Luego se levantó y le dio un firme apretón de manos—. Jefe Al Denton.

Muchos policías de provincias no soportaban trabajar con el Departamento de Policía de Nueva York, tal vez con motivo, pero esta vez D'Agosta tuvo la impresión de que obtendría la colaboración que necesitaba. Se giró para que Pendergast pudiera presentarse, pero le sorprendió ver que el agente había desaparecido.

—¿Le enseño esto? —preguntó Denton.

—Ejem, claro. Gracias.

«Típico de Pendergast», pensó.

Denton se puso un abrigo, y D'Agosta salió a la ventosa mañana detrás del jefe. Cruzaron Further Lane y llegaron a la verja principal del complejo, una valla enorme parcialmente dorada para envolver las toneladas de hierro forjado. La verja estaba abierta y vigilada por dos policías, uno de los cuales tenía una carpeta sujetapapeles. Había un perchero con monos de protección, mascarillas, guantes y calzas, pero el jefe Denton le indicó que pasase.

—La policía científica ya ha terminado de registrar la casa —informó— y casi todo el terreno.

—Qué rapidez.

—Con el tiempo que hace aquí en invierno, tenemos que ir rápido para que las pruebas no se deterioren. Por eso hemos llamado a agentes de la científica de todo el East End. Por cierto, ¿dónde está el agente del FBI que dijo que venía con usted?

—Está por aquí, en alguna parte.

El jefe frunció el ceño, y D'Agosta no lo culpó por ello: se consideraba de mala educación no colaborar con la autoridad local. Cruzaron la verja, atravesaron la base de operaciones montada bajo una carpa y enfilaron el camino de grava que conducía a la mansión. Era una gigantesca monstruosidad de cemento, como un montón de bloques apilados unos encima de otros y apuntalados con cristal, tan cálida y acogedora como el Kremlin.

—Entonces, ese ruso... ¿Cómo se llamaba?

—Bogachyov.

—Bogachyov. ¿Cuánto tiempo llevaba en East Hampton?

—Compró el terreno hace algún tiempo, tardó un par de años en construir la casa y se instaló hace seis meses.

—¿Le ha causado problemas?

Denton meneó la cabeza.

—Nada más que problemas. Desde el principio. Cuando compró el terreno, el vendedor dijo que lo había estafado y lo demandó. El caso sigue en los tribunales. Una noche, Bogachyov tiró abajo una casa de piedra histórica. Declaró que no sabía que era un monumento protegido. Demanda al canto. Luego construyó esta monstruosidad, que infringía un montón de ordenanzas municipales, y sin los permisos adecuados. Más demandas. Y luego no pagó a los obreros, ni al servicio; ni siquiera pagó a los que le cortaban el césped. Demandas a diestro y siniestro. Es esa clase de cretino que hace lo que le sale de las narices. No exageraría si le dijese que tal vez sea el hombre más odiado de este pueblo. Bueno, era.

—¿De dónde sacaba el dinero?

—Era uno de esos oligarcas rusos. Un traficante de armas internacional o algo igual de feo. La casa, el terreno, todo es propiedad de una empresa fantasma, o al menos eso es lo que aparece en el registro tributario.

—Eso significa que hay muchísima gente que querría verlo muerto.

—Ya lo creo. La mitad del pueblo. Y eso sin contar a la gente a la que ha pisoteado o asesinado en sus negocios.

D'Agosta divisó a Pendergast cuando se acercaban a la casa. El agente del FBI doblaba en ese momento la esquina del fondo andando a paso rápido.

Denton también lo vio.

—Eh, ese tipo no debería estar aquí dentro.

—Es...

—¡Oiga, usted! —gritó Denton.

Comenzó a trotar y D'Agosta lo siguió. Pendergast se detuvo y se giró. Con su largo abrigo negro y su cara demacrada de color marfil, tenía un asombroso parecido con la Parca.

—¡Señor...!

—Ah, jefe Denton —saludó Pendergast, que avanzó a grandes zancadas, se quitó un guante de piel negro de su pálida mano y le estrechó la suya al jefe con una rápida inclinación—. Agente especial Pendergast.

A continuación se volvió otra vez y reanudó la marcha, dando largos y veloces pasos a través del césped en dirección al alto seto situado en el lado de la finca que daba al mar.

—Ejem, si necesita algo... —gritó el jefe a su espalda.

Pendergast agitó la mano detrás de él.

—Necesito a Vincent. ¿Viene?

D'Agosta partió tras él, esforzándose por alcanzarlo, con el jefe justo detrás.

—¿No quiere examinar la casa? —logró preguntar D'Agosta.

—No. —Pendergast aceleró el paso aún más, con el abrigo agitándose a su espalda, un poco inclinado hacia delante, como si combatiese el fuerte viento.

—¿Adónde va? —inquirió el teniente, pero no obtuvo respuesta.

Por fin llegaron al seto, y D'Agosta pudo apreciar que ocultaba un alto muro de piedra. Allí, Pendergast se dio la vuelta.

—Jefe Denton, ¿ha examinado ya esta zona la policía científica?

—Todavía no. Hay mucho terreno que abarcar y esto está bastante lejos de la escena del crimen...

Pero antes de que pudiese terminar la frase, Pendergast se había apartado y caminaba junto al seto, mirando a un lado y a otro, pisando con cuidado, como un gato. De repente, se detuvo y se agachó.

—Sangre —anunció.

—De acuerdo —asintió Denton—. Buena pesca. Deberíamos retirarnos de esta zona y llamar a la policía científica antes de que alteremos algo...

Pero Pendergast ya se había levantado y volvía a moverse con la cabeza agachada siguiendo las manchas, que se adentraban en el seto. Fue entonces cuando D'Agosta distinguió algo blanco dentro de la maraña verde. Escudriñaron las profundidades, donde D'Agosta descubrió una imagen espantosa.

—Dos cadáveres y un perro muerto —dijo Pendergast. Luego se volvió hacia Denton y se retiró despacio—. Sí, traiga a la policía científica, por favor. Mientras tanto, voy a acercarme al muro.

—Pero...

—Iré un poco más abajo para no alterar esta zona. Vincent, venga conmigo, por favor. Necesitaré ayuda.

El jefe Denton se quedó cerca de la escena de la matanza mientras avisaba a la policía científica por radio, al tiempo que D'Agosta seguía a Pendergast por la hilera de setos a lo largo de treinta metros.

—Este parece un buen sitio. —El agente del FBI se metió en el seto seguido de D'Agosta. Salieron al hueco situado entre el seto y el muro.

Pendergast presionó contra el muro, como si lo estuviese tanteando.

—Con este abrigo tan grueso, necesitaré ayuda para subir.

D'Agosta no le llevó la contraria; le ayudó a subir.

El agente trepó a la parte superior como una araña, pasó por encima de los cortos pinchos de hierro y luego se puso de pie y miró a su alrededor con unos prismáticos. Acto seguido, llamó a D'Agosta.

—Vuelva al coche, dígale a Proctor que dé la vuelta y vaya a la playa. Me reuniré allí con ustedes.

—De acuerdo.

Pendergast desapareció al otro lado del muro y D'Agosta se dio la vuelta. Al salir del seto vio a una brigada de la policía científica que corría por el césped, ataviados con trajes, mascarillas y calzas, mientras Denton señalaba la zona donde habían hallado los cadáveres. El jefe se reunió con él cuando regresaba por la hierba.

—¿Cómo demonios lo ha logrado tan rápido? —preguntó—. Nosotros lo habríamos acabado encontrando, pero él ha ido allí directamente, como si hubiese un letrero de neón encima.

D'Agosta meneó la cabeza.

—Yo no pregunto, y él no me lo cuenta.

Sentado otra vez en la parte trasera del Rolls, D'Agosta observó cómo Proctor entraba en una zona de aparcamiento pública al lado de la playa, a casi un kilómetro al sur de la casa de la víctima. El hombre bajó, soltó una cantidad de aire determinada de los neumáticos y volvió a subir, y entonces aceleró y bajó rápidamente a través de una pista de arena por la que pudo entrar con el coche en la playa. Pronto el Rolls corría hacia el norte por la orilla, con el estruendoso Atlántico a la derecha y las mansiones de los ricos a la izquierda. En un momento D'Agosta pudo ver la figura delgada de Pendergast de pie en el extremo de un rompeolas rocoso. Cuando Proctor paró derrapando, Pendergast volvió por el rompeolas, avanzó a grandes zancadas playa arriba y se sentó en el asiento trasero.

—Vino y se fue en una pequeña embarcación que escondió al lado de ese rompeolas —aseguró Pendergast, señalando con el dedo. A continuación abrió la mesa plegable, que incluía un delgado MacBook que encendió y utilizó para conectarse con Google Earth—. Al abandonar la escena del crimen, el asesino era extremadamente vulnerable y estaba muy expuesto en el agua, incluso de noche. Se desharía del bote a la menor oportunidad. Y todo debía de estar planeado de antemano.

Miró con detenimiento la imagen de Google Earth, moviéndola alrededor de su ubicación actual.

—Mire, Vincent: hay una ensenada aquí mismo, a escasos diez kilómetros, que lleva a la laguna de Sagaponack. Y dentro de la ensenada hay una marisma con un aparcamiento público justo al lado. —Se inclinó hacia el asiento delantero—. Proctor, llévanos allí cuanto antes, por favor. La laguna de Sagaponack. No te preocupes por la carretera; sigue la playa.

—Sí, señor.

D'Agosta se agarró al asiento mientras el Rolls aceleraba, cambiaba de sentido con un derrape en medio de un torbellino de arena, y enfilaba la playa a toda velocidad con gran estruendo, dentro de la zona de marea alta donde la arena era más dura. A medida que aceleraban, balanceándose de un lado a otro, el coche empezó a ser zarandeado por el viento y la espuma del mar, y de vez en cuando atravesaba el agua de una ola que retrocedía y levantaba una cortina de espuma. Dejaron atrás a una pareja de ancianos que paseaban cogidos de la mano y que los miraron boquiabiertos cuando el Silver Wraith de 1959 pasó retumbando a casi cien kilómetros por hora.

En menos de diez minutos habían llegado a la ensenada, donde la playa se interrumpía y otro rompeolas se adentraba en el gris y espumoso Atlántico. Proctor paró en seco el Rolls y derrapó levantando otro gran chorro de arena. Antes de que el vehículo se hubiese detenido por completo, Pendergast ya había salido por la puerta y caminaba por la playa dando grandes zancadas. D'Agosta tuvo que correr una vez más para alcanzarlo. Le asombraba la energía de Pendergast después de los días anteriores de apatía y aparente pereza. Parecía que esa serie de asesinatos por fin había despertado su interés.

Saltaron una cerca de la playa, cruzaron una zona de dunas cubiertas de maleza y pronto apareció una capa de agua color pizarra, rodeada de una extensa marisma. Pendergast se metió en el agua y sus zapatos John Lobb confeccionados a mano se hundieron en el terreno embarrado. D'Agosta lo siguió con escaso entusiasmo, mientras notaba cómo el lodo y el agua helados invadían sus bostonianos. Pendergast se detuvo varias veces para mirar a su alrededor, moviendo la nariz en el aire casi como un sabueso, antes de avanzar en otra dirección, siguiendo senderos empapados y casi invisibles trazados por animales.

De repente llegaron a la orilla de la marisma, y allí, a menos de seis metros siguiendo el borde, asomando del agua marrón, se hallaba la proa de un esquife hundido.

Pendergast miró atrás, con los ojos plateados brillantes.

—Y ahora, mi querido Vincent, creo que hemos encontrado la primera prueba de verdad dejada por el asesino.

D'Agosta se acercó despacio y miró el bote.

—Ya lo creo.

—No, Vincent. —Pendergast señalaba algo en el suelo—. Esto: una huella clara del pie del asesino.

—¿No se refiere al bote?

Pendergast agitó la mano con impaciencia.

—Estoy seguro de que era robado y todas las pruebas se habrán borrado por completo. —Se agachó en la marisma—. ¡Pero esto…! Un zapato del número cuarenta y siete, como mínimo.

17

La sala de conferencias de One Police Plaza era un gran espacio diáfano situado en la tercera planta. D'Agosta había llegado pronto con Singleton, el subcomisario de información, el alcalde DeLillo y una fila de agentes uniformados, de modo que cuando la prensa entrase viera un impresionante muro compacto azul y dorado, respaldado por hombres trajeados y el mismísimo alcalde. La idea era dar una imagen tranquilizadora para las noticias de la noche. A lo largo de sus años en la policía, D'Agosta había visto cómo el departamento había pasado de dar inadecuadas respuestas concretas a la prensa a convertirse en eso: un cuerpo profesional, bien organizado, que reaccionaba con presteza a los acontecimientos más recientes.

Le habría gustado tener la misma seguridad en sí mismo. Lo cierto era que, con el auge de los blogueros y demás charlatanes digitales, ahora había muchos más medios de comunicación en una rueda de prensa normal, y se comportaban peor. La mayoría eran auténticos gilipollas, la verdad sea dicha, sobre todo los de las redes sociales, y esa era la gente cuyas preguntas D'Agosta tenía que contestar, con una confianza en sí mismo que brillaba por su ausencia.

A medida que la prensa se amontonaba, las cámaras de televisión al fondo como insectos negros, la NBC y la ABC y la CNN y el resto de la sopa de letras, la prensa escrita en primera fila y los idiotas de los medios digitales prácticamente por todas partes, parecía que iba a ser un acto extraordinario. Se alegraba de que Singleton fuese el encargado de empezar la sesión informativa, pero al mismo tiempo empezó a sudar al pensar en el momento en que le tocase salir al estrado.

Se produjeron pequeñas discusiones mientras todos maniobraban para conseguir los mejores asientos. En la sala ya hacía calor antes de que llegase la multitud, y el ambiente se estaba caldeando rápidamente. En invierno, una absurda norma del ayuntamiento de Nueva York les prohibía encender el aire acondicionado a pesar de que la ventilación de la sala era pésima.

Cuando la segunda manecilla del gran reloj de pared se movió hacia la hora, el alcalde subió al estrado. Los focos de las televisiones se encendieron y los fotógrafos avanzaron entre empujones, codazos e improperios, con el sonido de sus obturadores cual innumerables alas de langosta.

El alcalde DeLillo agarró los lados del atril con sus manos largas y huesudas y lanzó a la sala una mirada general de competencia, determinación y gravedad. Era un hombre grande en todos los sentidos: alto, robusto, con una tupida mata de pelo blanco, unas manos enormes, una cara de mejillas caídas y unos grandes ojos que brillaban bajo unas cejas pobladas.

—Damas y caballeros de la prensa y pueblo de la gran ciudad de Nueva York —empezó con su legendaria voz grave—. Nuestra policía tiene por norma mantener a la comunidad informada de los asuntos de interés público. Por eso estamos hoy aquí. Les aseguro que todos los recursos de la ciudad se han puesto al servicio de esta investigación. El capitán Singleton les hablará ahora de los detalles del caso.

Cedió la palabra al capitán. No hubo apretones de manos; era un asunto serio.

Singleton ocupó su lugar en el estrado y esperó a que el nivel de ruido disminuyese hasta que hubiera silencio.

—A las dos y catorce de esta madrugada —comenzó a decir—, la policía de East Hampton respondió a las múltiples alarmas que saltaron en una residencia de Further Lane. Al llegar encontraron siete cadáveres en el terreno y la casa de una gran finca. Las víctimas del homicidio múltiple fueron seis guardias de seguridad y el dueño de la finca, un ciudadano ruso llamado Viktor Bogachyov. Además, el señor Bogachyov fue hallado decapitado, y la cabeza había desaparecido.

Esa revelación provocó un frenesí de actividad entre el público. Singleton siguió adelante.

—La policía de East Hampton solicitó la ayuda del Departamento de Policía de Nueva York para determinar si el homicidio estaba relacionado con el reciente asesinato y la decapitación del señor Marc Cantucci en el Upper East Side...

Singleton habló y habló del caso en términos generales, consultando una carpeta con apuntes que D'Agosta le había preparado. A diferencia del alcalde, la voz del subcomisario era inexpresiva y monótona, llena de jerga policial —un tono objetivo y sin adornos de ningún tipo—, y pasaba cada página con un movimiento pausado. Habló durante unos diez minutos, durante los cuales resumió los tres asesinatos, empezando por el último y retrocediendo hasta el de la chica. Cuando empezó a recitar información que casi todo el mundo ya conocía, D'Agosta notó que la impaciencia de la multitud aumentaba. Sabía que él era el siguiente.

Finalmente, Singleton se detuvo.

—Cedo la palabra al teniente D'Agosta, de la Brigada de Investigación, que les proporcionará más detalles y responderá a sus preguntas sobre los homicidios, las posibles conexiones entre ellos y algunas pistas en las que su equipo está trabajando.

Se apartó, y D'Agosta subió al estrado tratando de proyectar la misma solemnidad que el alcalde y Singleton poseían. Echó un vistazo a la prensa congregada, mientras se le humedecían los ojos bajo las radiantes luces. Miró sus notas, pero eran una temblorosa masa gris. Sabía por experiencia que eso no se le daba bien. Había tratado de decírselo a Singleton y de excusarse, pero el capitán no había sido nada comprensivo.

—Salga ahí y hágalo. Si quiere un consejo, procure ser lo más aburrido posible. Deles solo la información imprescindible. Y por el amor de Dios, no deje que esos cabrones se hagan con el control de la sala. Usted es aquí el macho alfa; no lo olvide. —Acompañó el retrógrado consejo con una viril palmada en la espalda.

De modo que allí estaba él.

—Gracias, capitán Singleton. Y gracias también a usted, alcalde DeLillo. El departamento de homicidios está siguiendo varias líneas de investigación interesantes. —Hizo una pausa—. Ojalá pudiese entrar en detalles, pero casi todo lo que tenemos hasta ahora entra en la categoría de «información no divulgable», que el departamento define como: uno: información que supone un riesgo innecesario para la seguridad personal de los miembros del departamento, las víctimas u otros. Dos: información que puede interferir con las operaciones policiales. Y tres: información que afecta negativamente a los derechos de un acusado o de la investigación o de la acusación de un crimen.

Se detuvo y oyó lo que parecía un quejido colectivo de la muchedumbre. Bueno, Singleton le había dicho que fuese aburrido.

—Como ya conocen casi todos los detalles sobre los dos primeros homicidios, me centraré en lo que hemos descubierto hasta ahora sobre lo ocurrido anoche en East Hampton.

D'Agosta continuó y describió el tercer asesinato con mucho más detenimiento que Singleton. Habló de los seis guardaespaldas muertos, del descubrimiento del bote y las demás pruebas, pero se abstuvo de mencionar el número de pie del cuarenta y siete; quería reservarse ese detalle crucial. Habló de las numerosas demandas y los turbios negocios de Bogachyov. Se decía, por ejemplo, que el ruso había estado negociando con material nuclear desmantelado y partes de misiles a través de empresas fantasma chinas vinculadas al régimen de Corea del Norte.

Luego volvió al crimen, alabando el buen trabajo del Departamento de Policía de East Hampton, hasta que una voz lo interrumpió.

—Pero ¿están relacionados los asesinatos? —gritó alguien.

D'Agosta se detuvo; se había desconcentrado. ¿Había sido el hijo de puta de Harriman? Desde luego parecía él. Tras ojear un momento sus notas, continuó hablando de la colaboración de su departamento con el de East Hampton hasta que la voz volvió a interrumpirlo.

—¿Están relacionados o no? ¿Puede darnos una respuesta?

Era el puñetero Harriman. D'Agosta levantó la vista de los papeles.

—De momento estamos abordando los tres homicidios como casos independientes, pero eso no quiere decir que no creamos que pueden estar relacionados.

—¿Qué significa eso? —gritó Harriman.

—Significa que no lo hemos decidido.

—Tres decapitaciones en una semana, ¿y dice que no están relacionadas? Y este nuevo asesinato… es como el segundo, ¿no?

—En efecto, el tercer homicidio guarda parecido con el segundo —reconoció D'Agosta.

—¿Pero no con el primer asesinato? ¿Es eso lo que está diciendo?

—Todavía estamos investigándolo… —De repente, D'Agosta se dio cuenta de que estaba dejando que Harriman hiciese exactamente lo que Singleton le había desaconsejado: apropiarse de la sala—. Me gustaría terminar lo que estaba diciendo antes, por favor. Según el Departamento de Policía de East Hampton, las líneas de investigación incluyen…

—Entonces ¿insinúa que hay dos asesinos? ¿El que mató a Grace Ozmian y otro asesino que acabó con la vida de la segunda y la tercera víctima? En otras palabras, ¿que el primer asesinato inspiró a un asesino en serie a cometer los otros? Y en realidad, no solo hay que hablar de segunda y tercera víctima. Contando a los guardias muertos que ha mencionado, técnicamente son nueve.

La situación se le estaba yendo de las manos.

—Señor Harriman, reserve las consultas para la sesión de preguntas y respuestas.

Pero el grupo estaba perdiendo la disciplina y ya gritaban varias preguntas más al estrado. Singleton dio un paso al frente, levantó la mano, y se hizo el silencio. D'Agosta se ruborizó.

—Creo que podemos pasar a las preguntas —terció Singleton, volviéndose hacia el teniente.

Hubo un griterío de cuestiones formuladas a la vez.

—Señorita Levitas, de *Slate* —dijo D'Agosta, señalando a una mujer de atrás, lo más lejos posible de Harriman.

—Continuando con la pregunta anterior, ¿cómo es posible que no estén relacionados los asesinatos?

Maldito Harriman; incluso cuando no hacía preguntas, seguía dirigiendo la rueda de prensa.

—Estamos considerando todas las posibilidades —respondió D'Agosta impasible.

—¿Es un asesino en serie?

Esa pregunta formulada a gritos era también de Harriman. ¿Cómo narices había conseguido ponerse en primera fila? La próxima vez se encargaría de que lo desterrasen al fondo de la sala o, a ser posible, al pasillo.

—Como ya he dicho repetidas veces, estamos estudiando todas las posibilidades...

—¿Posibilidades? —gritó Harriman—. ¿Quiere decir que un asesino en serie es una posibilidad?

Singleton habló con firmeza:

—Señor Harriman, hay más periodistas en la sala. Cedemos la palabra al señor Goudreau, del *Daily News*.

—¿Por qué está implicado el FBI?

—Estamos destinando todos los recursos de la ley —contestó Singleton.

—Pero ¿cuál es la competencia federal? —continuó Goudreau.

—En el primer homicidio se encontraron indicios del posible transporte interestatal del cadáver. Y el tercer homicidio, con sus posibles repercusiones internacionales, ha reforzado la necesidad de la intervención federal. Estamos agradecidos al FBI por permitirnos contar con su experiencia.

El público prorrumpió en un estruendo de preguntas lanzadas a voz en grito.

—¡Una pregunta más! —accedió Singleton, mirando a su alrededor. A continuación se produjo otro estallido.

El capitán señaló con el dedo.

—Señorita Anders, de Fox.

La presentadora de la cadena intentaba hablar, pero su voz se perdía en el estruendo de sus colegas, que no paraban de vocear preguntas.

—¡Silencio, por favor! —rugió Singleton.

Funcionó. Se hizo el silencio.

—Mi pregunta es para el alcalde. ¿Qué medidas está tomando usted para mantener la ciudad a salvo?

El aludido dio un firme paso adelante.

—Aparte de destinar cuarenta detectives y otros cien agentes uniformados al caso, vamos a poner a dos mil agentes a hacer horas extra para patrullar las calles, y estamos tomando muchísimas medidas más que no puedo enumerar por motivos de seguridad. Le garantizo que se está haciendo todo lo posible para mantener a nuestros ciudadanos a salvo.

—Teniente, ¿dónde están las cabezas?

Harriman otra vez, el muy cabrón.

—Ya le ha oído —intervino D'Agosta—. ¡No hay más preguntas!

—¡No! —repuso otro—. ¡Conteste a la pregunta!

El nivel de ruido aumentó a medida que más periodistas se unían a la cantinela. «¿Dónde están las cabezas?» «¿Y las cabezas?» «¡Conteste a la pregunta!»

—Ya estamos trabajando en ello —respondió D'Agosta—. Y ahora…

—Quiere decir que no lo sabe, ¿verdad?

—Como he dicho…

Pero no le dejaron terminar.

—¿Tienen idea de por qué el asesino corta las cabezas? —chilló otro.

—Todavía no, pero…

Singleton intervino con tacto.

—Le hemos pedido a la Unidad de Análisis de Conducta de Quantico que nos ayude con esa cuestión.

Eso era una novedad para D'Agosta, y se dio cuenta de que debía de ser algo que Singleton se acababa de sacar de la manga, aunque era una idea muy buena.

—¿Cuándo sabrán…?

—Gracias, damas y caballeros. ¡La rueda de prensa ha terminado! —zanjó el subcomisario, y apagó el micro. Mientras los presentes se dispersaban, Singleton pasó junto a él y masculló en voz baja—: A mi despacho, por favor.

Cuando D'Agosta se volvió para recoger sus papeles, echó un vistazo en dirección al alcalde y vio que el hombre lo estaba observando con una mirada siniestra en sus grandes ojos brillantes.

18

Sentado en el asiento del pasajero de un coche patrulla conducido por el sargento Curry, D'Agosta gozó de un raro momento de paz y silencio para pensar. La bronca en el despacho de Singleton no había sido tan terrible como temía. El capitán había señalado, más con paternalismo que como reprimenda, que D'Agosta había dejado que Harriman monopolizase la rueda de prensa justo como él le había desaconsejado, pero que, a pesar todo, podía haber sido peor, y estaba seguro de que D'Agosta había aprendido una valiosa lección.

—Consiga algo, lo que sea —le ordenó Singleton—, para mañana por la noche, que podamos publicar en los periódicos. Tenemos que mostrar progresos. Usted tráigame algo bueno y todo quedará olvidado.

Al salir, le dio una palmada en la espalda con la misma actitud paternal y a continuación le apretó el hombro en señal de advertencia.

Eso había sido la tarde anterior. Le quedaban doce horas para conseguir algo.

Justo después de la orden de Singleton, como una maldición, llegaron los resultados de la cámara de seguridad del bar The Fountainhead de Piermont. Confirmaban sin lugar a dudas que el día que Grace Ozmian fue asesinada, Baugh había estado efectivamente en el bar sirviendo bebidas desde las tres de la tarde hasta pasadas las doce de la noche. Cuando D'Agosta calculó el tiempo necesario para ir de Piermont a Queens y volver, y lo comparó con el espacio de incertidumbre sobre el momento en que ocurrió el asesinato de la chica, comprendió que no había forma de que Baugh la hubiese asesinado. De modo que esa pista que tanto prometía quedaba descartada. A menos que Baugh hubiese contratado a un asesino, lo que le parecía muy poco probable: Baugh era la clase de hombre que habría querido hacerlo él mismo.

Curry frenó y murmuró un juramento cuando una limusina extralarga negra le cortó el paso mientras sorteaba el embotellamiento de la entrada del túnel Holland. Para D'Agosta, la mejor opción de hacer un descubrimiento de interés periodístico era la entrevista a la que se dirigía en ese momento, una pista sobre el asesinato de Cantucci muy prometedora. Sabía que el asesino era, casi sin ningún género de duda, alguien relacionado con la empresa de seguridad Sharps & Gund: un empleado o un exempleado. Iba a verse con un tal William Paine, uno de los dos técnicos de la compañía que habían instalado el sistema de seguridad en casa de Cantucci.

Aunque el teniente D'Agosta ya sabía que Paine no era sospechoso —había verificado que el hombre había estado en Dubái las tres últimas semanas instalando un complejo sistema—, estaba convencido de que podría señalarle a otras personas de interés. Y lo más importante, Paine podría confirmar que había sido un crimen cometido por alguien de dentro. Por encima de todo, necesitaba información concreta que conectase a Sharps & Gund con el asesinato de Cantucci; no simples especulaciones, sino algo lo bastante fiable como para hacerlo público.

Salieron del túnel Holland y siguieron camino a través del condado de Hudson, la bahía y el páramo del puerto de Newark, hasta que por fin llegaron al enclave de Maplewood. Una curva, otra y otra más, y habían llegado a su destino. Allí, aparcado junto a la acera, estaba el Rolls de Pendergast, con la silueta oscura de Proctor esperando al volante.

La casa era una modesta vivienda de estilo colonial de dos

pisos y madera blanca, con el césped marrón y el jardín marchito por el frío de principios de invierno. «En New Jersey debió de nevar la semana pasada», pensó D'Agosta al ver las capas de hielo que quedaban en algunas zonas de la hierba.

Curry aparcó detrás del Rolls, se apearon del coche, subieron los escalones de la entrada y llamaron al timbre. Un hombre corpulento que se movía pesadamente abrió y se presentó como Paine.

—El FBI ya ha llegado —anunció con voz áspera mientras lo seguían a la sala de estar.

Pendergast estaba sentado en el sofá, demacrado y pálido como siempre. D'Agosta sacó su iPad, en el que a veces tomaba notas, mientras Curry cogía su cuaderno de taquigrafía. Pendergast nunca tomaba notas y parecía que tampoco llevaba encima papel y bolígrafo.

—Teniente —dijo el agente especial—, he estado esperándole y he resistido las ganas de hacer preguntas.

D'Agosta asintió con la cabeza en señal de agradecimiento. Él y Curry se sentaron. Paine les imitó.

—En primer lugar, no es usted sospechoso —aclaró D'Agosta—. ¿Entendido?

Paine asintió con la cabeza, juntando las manos. Tenía un aspecto un tanto desastrado, con los ojos inyectados en sangre, la ropa arrugada y el pelo revuelto. ¿Jet lag, quizá?

—Quiero ayudarles en todo lo que pueda —declaró, en un tono que daba a entender justo lo contrario.

D'Agosta le hizo las preguntas iniciales sobre su edad, domicilio, el tiempo que hacía que trabajaba en Sharps & Gund, etc., y recibió respuestas breves y poco reveladoras. Luego llegó al meollo del interrogatorio.

—Me gustaría que nos describiese el sistema de seguridad de Cantucci: cómo funcionaba, cómo se instaló y, sobre todo, cómo lo burlaron.

Al oír eso, Paine se cruzó de brazos y empezó a describir el sistema en términos generales, como Marvin había hecho antes que él. D'Agosta escuchó tomando algunas notas, y mientras lo hacía tuvo la clara impresión de que el individuo ocultaba algo. Hizo unas cuantas preguntas inquisitivas sobre detalles del sistema y obtuvo más respuestas vagas y evasivas, hasta que Paine dijo por fin:

—La verdad es que no puedo contestar a más preguntas de tipo técnico.

—¿Por qué no?

—Deben saber que he firmado acuerdos de confidencialidad sobre todos estos asuntos y no puedo hablar del tema. Podrían despedirme, incluso demandarme.

—¿Le ha amenazado Ingmar con tomar represalias contra usted si habla con nosotros? —preguntó D'Agosta.

—No de forma expresa, pero el mensaje general estaba claro.

—Señor Paine, ¿desea poner fin a la entrevista? Quiero que entienda que si lo hace, conseguiremos una citación, lo llevaremos a la comisaría y será obligado a responder a nuestras preguntas bajo juramento.

—Lo entiendo.

—¿Es eso lo que quiere que hagamos?

—Sí, la verdad. Porque así estaré protegido.

«Hijo de puta.» El tipo le estaba retando a cumplir sus amenazas. D'Agosta se inclinó hacia delante.

—Créame, no olvidaremos lo mucho que nos ha ayudado y le devolveremos el favor.

Paine le devolvió la mirada, y sus ojos parpadearon tras sus grandes gafas.

—Que así sea. Cuanto más duros sean conmigo, mejor quedará a ojos de Ingmar. Mire, teniente, necesito mi trabajo.

Al oír eso, Pendergast intervino en tono afable y melifluo.

—Entonces ¿lo que necesita es que lo obliguen, señor Paine?

—Eso es.

—Como tenemos poco tiempo, y conseguir una citación llevará varios días, me pregunto si no hay otra forma de que podamos obligarlo aquí y ahora.

Paine lo miró fijamente.

—¿Cómo? ¿Es una amenaza?

—¡No, por Dios! Solo estoy pensando en hacer un poco de teatro. Sargento Curry, supongo que lleva un ariete en el coche.

—Siempre.

—¡Excelente! Haremos lo siguiente. Saldremos de la casa, nos iremos con los coches y volveremos en breve con las sirenas puestas. Señor Paine, usted se negará a abrir la puerta. Sargento Curry, usted entrará en escena y derribará la puerta de forma espectacular y contundente como la ocasión requiere, para que todos los vecinos lo oigan. Sacaremos al señor Paine de casa esposado (después de desaliñarle la ropa y el pelo y, por ejemplo, arrancarle unos cuantos botones de la camisa) y lo llevaremos a la comisaría, donde podremos terminar el interrogatorio. Todo sin necesidad de solicitar una citación porque, señor Paine, usted reconocerá en vídeo (a efectos legales, ya me entiende, y sin que su jefe se entere) que todo ha sido voluntario y que comprende sus derechos y todo lo demás.

Silencio. Paine miró a D'Agosta y luego volvió a mirar a Pendergast.

—¿Quién me pagará la puerta?

Pendergast sonrió.

—Considere qué le costará más: una puerta nueva o el abogado con una minuta de cuatrocientos dólares la hora que tendrá que contratar si el teniente le entrega una citación y lo lleva a la comisaría para someterlo a un interrogatorio de como mínimo doce horas, que es posible que se alargue varios días… a menos, claro, que quiera arriesgarse con uno de los abogaduchos de oficio que proporciona el Estado.

Largo silencio.

—Está bien —accedió Paine, esbozando incluso una especie de sonrisa cínica—. Será interesante.

—Excelente —celebró Pendergast mientras se ponía en pie—. Volveremos. ¿Dentro de, pongamos, una hora?

19

Después del gran escándalo que habían armado en Maplewood —D'Agosta advirtió satisfecho que todos los vecinos se habían quedado pegados a las ventanas—, llevaron a Paine a One Police Plaza, y ahora se encontraba cómodamente instalado en una pequeña sala de conferencias, donde se había convertido en un testigo de lo más colaborador y afable. El marco oficial parecía soltarle la lengua, y había hablado del sistema de seguridad de Cantucci con todo lujo de detalles técnicos. A continuación se centraron en la empresa Sharps & Gund.

—Yo fui el encargado de la instalación de Cantucci —estaba diciendo Paine—. Tengo que tratar con muchas personas difíciles, pero Cantucci era una auténtica mosca cojonera. Había muchas cosas que no le gustaban, detalles estéticos, sobre todo, como la situación de las cámaras o el color de los monitores del circuito cerrado de televisión, y no paró de poner pegas a todo lo que hacíamos. Era la clase de hombre al que no le agradaba rebajarse a hablar con mindundis como yo. Siempre se quejaba directamente al señor Ingmar, hasta de los detalles más insignificantes. A Ingmar le sacaba de quicio que Cantucci solo quisiese hablar con él, que lo llamase a todas horas del día y de la noche y lo tratase como a su perrito faldero. Ingmar llegó a odiarlo, e incluso habló de perderlo como cliente, pero ese hombre nos debía mucho dinero. Una vez tuvieron una discusión a gritos por teléfono.

—¿Sobre qué discutieron? —preguntó D'Agosta.

—Dinero. Cantucci no pagaba las facturas. Decía que no abonaría un centavo hasta que la instalación estuviese terminada a su gusto.

—¿Y al final pagó?

—No todo. Estafó a Ingmar la última factura poniendo peros al más mínimo detalle y descontándolo del total. Creo que cobramos un ochenta por ciento del total, más o menos. Estoy seguro de que Ingmar tuvo pérdidas con ese trabajo.

—¿Cuánto era el total?

Paine pensó un momento.

—Yo diría que en torno a los doscientos. Más una tarifa mensual de dos mil.

D'Agosta cambió de postura y consultó sus notas. Estaba llegando al meollo de sus preguntas.

—¿Habría sido Ingmar capaz, en caso de tener los conocimientos necesarios, de burlar el sistema de seguridad como lo hizo el asesino?

—Sí. Desde luego.

—¿Qué otros empleados de Sharps & Gund habrían tenido los conocimientos suficientes para hacer lo que hizo el asesino saltándose el sistema?

—Mi compañero de instalación, Lasher. Puede que el tío que dirige el departamento de informática, y a lo mejor el jefe de programación y diseño. Pero la verdad es que no sé si alguno de ellos sabía cómo estaba instalado el sistema de Cantucci o tenía acceso a la caja de seguridad técnica. —Hizo una pausa, reflexionando—. En realidad, probablemente Ingmar y Lasher sean los dos únicos, aparte de mí, claro.

«Esto me gusta —pensó D'Agosta—. Me gusta mucho.»

—¿Usted y Lasher fueron los técnicos que llevaron a cabo la reparación de la avería que al parecer había amañado el asesino?

—Yo sí, pero para entonces ya habían despedido a Lasher, así que fui con otro técnico.

—¿De quién se trata?

—Hallie Iyer. Todavía trabaja en la empresa.

—¿Tendría esa tal señorita Iyer los conocimientos suficientes para burlar el sistema?

—No. Ni de coña. Hace muy poco que está en la empresa, no llega a un par de meses.

—Háblenos de su excompañero, Lasher —le pidió D'Agosta—. El que le ayudó en la instalación original. ¿Qué clase de individuo era?

—Era raro. Me daba repelús, pero no desde el primer día. Fue algo progresivo. Al principio se mostraba muy callado, no decía palabra, pero conforme empezamos a trabajar juntos, bajó la guardia. Entiendo por qué lo contrató Ingmar. Conocía su trabajo, de eso no hay duda, pero decía cosas muy raras.

—¿Como qué?

—Que el aterrizaje del *Apolo* en la Luna había sido mentira, que las estelas de los aviones que se ven en el cielo son en realidad rastros de productos químicos que el gobierno está echando sobre la gente para lavarles el cerebro, que el calentamiento global es un bulo de los chinos. Unas chorradas increíbles.

Pendergast, que había estado callado, intervino.

—¿Cómo pasó un individuo con esas opiniones el sistema de selección de Sharps & Gund, que supuestamente está al nivel del de la CIA?

Paine rio.

—¿Al nivel del de la CIA? ¿Es eso lo que les ha dicho Ingmar? —Sacudió la cabeza—. Ingmar contrata por poco dinero, no da ventajas laborales, hace trabajar muchas horas, sin pagar las horas extra, con montones de desplazamientos. El único proceso de selección que realiza es asegurarse de que no tienes antecedentes penales, y aun así te contrataría porque así le saldrías más barato. Lasher parecía normal al principio, pero luego se volvió cada vez más raro.

—¿Algún detalle en concreto? —inquirió D'Agosta.

—Era sobre todo con las mujeres. Un pedazo de asqueroso. No sabía tratar con ellas y les pedía una cita delante de toda la oficina. Además, siempre estaba cabreado y hacía comentarios despectivos, contaba chistes tontos, alardeaba. Hablaba mucho de tetas grandes… ya saben a qué tipo de hombre me refiero.

D'Agosta asintió con la cabeza. Sabía a qué tipo de hombre se refería.

—Tendrían que haberlo despedido la primera vez que pasó. Ingmar intentó hacer como si nada, pero al final tuvo que tomar cartas en el asunto. Si no, habría perdido a algunas de sus mejores empleadas. Aunque lo más probable sea que fueran las continuas quejas de Cantucci las que acabaron poniendo a Lasher de patitas en la calle.

El tal Lasher cada vez parecía más sospechoso. Y todavía tenían un tiempo considerable antes de que venciese el plazo de treinta y seis horas que les había dado Singleton.

—¿Sabe dónde vive Lasher? —preguntó D'Agosta.

—Sí. En la calle Catorce Oeste. Al menos es donde vivía cuando lo despidieron.

Hora de poner fin al interrogatorio.

—Agente Pendergast, ¿tiene más preguntas?

—No, gracias, teniente.

D'Agosta se levantó.

—Gracias, señor Paine. Un coche patrulla lo llevará a casa. —Salió de la sala acompañado de Pendergast. Una vez que la puerta estuvo cerrada, el teniente dijo—: Bueno, ¿qué le parece? En mi opinión tenemos dos sospechosos: Lasher y el propio Ingmar.

Pendergast no contestó, y D'Agosta no logró descifrar su rostro.

—Ingmar tiene el medio, el móvil y la capacidad.

—Ingmar nunca ha sido sospechoso.

—¿A qué se refiere? Le dijo que era una «persona de interés» delante de sus narices.

—Solo para intimidarlo. Él no está detrás del asesinato.

—¿Cómo puede estar tan seguro?

—En primer lugar, él no habría necesitado entrar en la furgoneta para cambiar la tarjeta del móvil; podría haberla sustituido en la oficina. Entrar en una furgoneta en plena calle es arriesgado, y no había garantías de que los dos hombres la dejasen sin vigilar.

—Lasher también podría haberlo hecho en la oficina.

—No. Lasher había sido despedido antes de la llamada al servicio técnico.

—Vale, pero sigo pensando que Ingmar es sospechoso.

—Mi querido Vincent, si Ingmar quisiese matar a Cantucci, ¿por qué lo haría de una forma que perjudicase a su empresa? Si Ingmar quería a Cantucci muerto, lo habría hecho fuera de su casa.

D'Agosta gruñó. Debía admitir que tenía sentido.

—Entonces, eso deja a Lasher como único sospechoso. ¿Es eso lo que piensa?

—Yo no pienso nada. Y le recomendaría que hiciese lo mismo hasta que tengamos más pruebas.

D'Agosta no estaba de acuerdo, pero no pensaba discutir con Pendergast de ninguna de las maneras. En el silencio que siguió, Curry alzó la vista de su teléfono y dijo:

—Lasher todavía vive en la calle Catorce Oeste.

—Bien, enviemos enseguida un equipo para que le hagan un interrogatorio preliminar. Nada en profundidad, solo para ver si es un sospechoso plausible y si tiene cortada. —Se volvió hacia Pendergast—. ¿Quiere ir? Yo no puedo; tengo que hacer un montón de papeleo.

—Por desgracia, tengo un compromiso.

D'Agosta observó cómo su silueta vestida de negro salía de la oficina. Rezaba para que sus chicos volviesen con la noticia que Singleton y el alcalde deseaban con tanta urgencia para el final del día; de lo contrario, no se libraría nunca de ellos.

20

Cuando Pendergast entró esta vez en el despacho, Howard Long-street —que se hallaba sentado en una cómoda butaca de cuero agrietada leyendo un informe en una carpeta con el sello rojo de «Confidencial»— le hizo señas para que se sentase en la otra butaca. Pendergast se instaló en el asiento que le ofrecía.

Longstreet pasó otro minuto o dos examinando el documento y luego guardó los papeles en una caja fuerte abierta situada junto a su mesa, la cerró y giró la combinación. Luego miró a su agente.

—Tengo entendido que te has implicado en la investigación de los asesinatos con decapitación.

Pendergast asintió.

—Tal vez puedas ponerme al corriente del más reciente.

—El tercer asesinato, al igual que el segundo, fue planeado y ejecutado con minuciosidad. Los guardias de seguridad fueron neutralizados en una secuencia aparentemente precisa y ordenada. La dificultad que suponía que la víctima tuviese una habitación del pánico fue superada de una forma de lo más ingeniosa. Se diría que todo fue coreografiado hasta el último paso.

—Lo dices como si fuese un ballet.

—Lo fue.

—¿Alguna prueba nueva?

—Tenemos la marca y el modelo de la lancha con la que escapó el asesino, además del número de chasis. Sin embargo, no han resultado unas pistas muy reveladoras. Se denunció el robo de la lancha de un puerto deportivo de Amagansett esa misma noche, y no quedan pruebas físicas. No obstante, hemos logrado una huella de pie extraordinariamente clara del número cuarenta y siete cerca de la escena.

Longstreet gruñó.

—¿Colocada a propósito?

Una sonrisa.

—Tal vez.

—¿La policía sigue colaborando?

—Al jefe de East Hampton no le hizo gracia cierto paseo en coche que di por la playa. Pero él y la policía neoyorquina agradecen nuestra ayuda.

Longstreet bebió un sorbo de su Arnold Palmer, colocado en un posavasos en la mesa de al lado.

—La última vez que hablamos, Aloysius, nos enfrentábamos a dos asesinatos cuyas víctimas habían sido decapitadas. Te pedí que determinases si existía una relación entre los homicidios; si los dos eran obra de un solo asesino. Ahora tenemos tres asesinatos con esas características, además de otros seis que podrían describirse como daños colaterales, y la pregunta es todavía más urgente. ¿Nos enfrentamos a un asesino en serie? —Arqueó las cejas, inquisitivo.

—Supongo que estás al tanto de la teoría del Departamento de Policía de Nueva York.

—¿Te refieres a que un individuo mató a Grace Ozmian, y ese asesinato inspiró un segundo y un tercer homicidio cometidos por otra persona? ¿Tú también piensas eso?

Pendergast hizo una pausa antes de contestar.

—Los parecidos entre los modus operandi con los que fueron asesinadas la segunda y la tercera víctima son llamativos. En ambos casos el asesino se mostró metódico, sereno, pausado y extraordinariamente bien preparado. Es probable que sean obra de un solo individuo.

—¿Y el primero?

—Es muy anómalo.

—¿Y el móvil?

—No está claro. En los dos primeros asesinatos nos centramos en dos sospechosos con móviles muy poderosos. El del asesinato de Ozmian quedó descartado. El segundo sospechoso, un exempleado de Sharps & Gund, será interrogado pronto. De momento promete.

Longstreet sacudió la cabeza.

—Eso es lo más raro. Las víctimas parecen tener tan poca relación que cuesta imaginar un móvil que las conecte. ¿Qué tiene que ver un abogado de la mafia con un traficante de armas ruso y una vividora irresponsable?

—Te diría que esa aparente falta de móvil podría ser en realidad el propio móvil.

—Ya estás otra vez con acertijos, Aloysius.

En lugar de contestar, Pendergast agitó la mano.

—Sigues eludiendo mi pregunta: ¿estás de acuerdo o no con la teoría de que el primer asesinato fue cometido por una persona distinta que los asesinatos dos y tres?

—Todo gira en torno a la anomalía de la primera decapitación: ¿por qué esperar veinticuatro horas? Las otras dos se produjeron casi antes de que las víctimas estuviesen muertas.

—Sigues eludiendo la pregunta.

—Otro punto que me resulta interesante. Por muy violentos o descuidados que puedan ser los asesinatos, las decapitaciones se realizaron con gran meticulosidad. Eso contradiría la hipótesis de que el primer homicidio fue cometido por otro asesino. Además, el primer cadáver, a diferencia de los otros, parece que fue escondido a propósito.

Longstreet gruñó.

—Interesante, como tú dices, pero por sí solo no es concluyente.

—Estamos ante un dilema lógico. Podría tratarse, como la policía supone, de la obra de un imitador, sobre todo considerando que los asesinatos dos y tres tienen numerosos puntos en común que no se hallan en el primero. Sin embargo, según esa misma lógica, la coincidencia de tres decapitaciones en el espacio de una semana hace pensar poderosamente en un solo asesino. Sufrimos de exigüidad de pruebas.

—Tú y tus «exigüidades» y tus «dilemas lógicos» —gruñó Longstreet—. Casi nos cuestan la vida con aquel grupo de mercenarios ugandeses, ¿recuerdas?

—Y sin embargo aquí estamos, ¿verdad?

—Cierto, aquí estamos. —Estiró la mano y pulsó el timbre de un interfono—. ¿Katharine? Por favor, tráele un Arnold Palmer al agente Pendergast.

21

Anton Ozmian estaba sentado tras su enorme mesa de granito negro mirando por las ventanas orientadas al sur de su despacho esquinero. Podía abarcar con la mirada la infinidad de luces del Lower Manhattan reflejadas en un cielo invernal encapotado.

Miró más allá de la mole de la Freedom Tower, más allá de los edificios del Battery, a la otra orilla de la bahía de Nueva York, hacia el contorno oscuro de la isla de Ellis. A sus abuelos, que habían venido en barco del Líbano, los habían atendido allí. Ozmian se alegraba de que ningún burócrata prepotente y xenófobo hubiese querido americanizar su apellido y lo hubiese convertido en Oswald u otra sandez por el estilo.

Su abuelo había sido relojero, y también su padre. Pero a medida que el siglo xx tocaba a su fin, se convirtió en una profesión en vías de extinción. De niño, Ozmian se pasaba horas en el taller de su padre, fascinado con los movimientos mecánicos de los relojes de calidad: los sistemas increíblemente diminutos de muelles, engranajes y rotores que hacían visible el inefable misterio llamado «tiempo». Pero conforme crecía, empezó a interesarse por otro tipo de sistemas complejos: los registros de instrucción, los acumuladores, los contadores de programa, los punteros de pila y otros elementos de los que estaban compuestos los ordenadores, y el lenguaje ensamblador que los gobernaba todos. Era un sistema parecido al de un buen reloj suizo, cuyo objetivo final era aprovechar al máximo la mínima cantidad de energía. Así era como funcionaba la codificación en lenguaje ensamblador: si eras un auténtico acólito de la programación, te esforzabas siempre por reducir el tamaño de tus programas y lograr que cada línea de código rindiese el doble o el triple.

Criado en las afueras de Boston, después de la universidad Ozmian se sumergió de lleno en varias aficiones poco comunes: la composición musical, la criptografía, la pesca con mosca e incluso, durante una temporada, la caza mayor. Pero dejó de lado sus aficiones cuando descubrió una forma de combinar su interés por la música y las cifras con su fanatismo por el código reducido. Fue esa unión de intereses lo que le ayudó a desarrollar las tecnologías de streaming y codificación que se convertirían en la columna vertebral de DigiFlood.

Se ruborizaba al pensar en su empresa, el precio de cuyas acciones se había disparado durante años, y que ahora estaba sufriendo el revés de la filtración no autorizada de sus algoritmos más valiosos por internet.

Pero de repente, como le ocurría a menudo, sus pensamientos volvieron al asesinato de su única hija... y los trapos sucios que había sacado a la luz aquel periodista de mierda, Bryce Harriman.

Tres golpecitos inconfundibles en la puerta interrumpieron esos pensamientos.

—Pasa —gritó Ozmian sin apartar la vista de la ventana.

Oyó que la puerta se abría; los pasos tenues de alguien al entrar; la puerta que volvía a cerrarse. No miró; sabía perfectamente quién acababa de entrar. Se trataba de su empleada más peculiar y enigmática, con el nombre noble, añejo y largo de Maria Isabel Duarte Alves-Vettoretto. A lo largo de los años, Alves-Vettoretto había trabajado para Ozmian desempeñando múltiples funciones: asistente, confidente, facilitadora... y sicaria. Notó que se detenía a una distancia prudencial de la mesa y se volvió para situarse de cara a ella. Era compacta, atlética y silenciosa, con una larga melena de color caoba. Iba vestida con unos vaqueros ceñidos y una blusa abierta de seda con perlas. En su vida había encontrado a alguien de una eficiencia tan implacable. Al parecer era portuguesa, tenía un concepto anticuado del honor, la venganza y la lealtad, y sus antepasados habían estado involucrados en intrigas maquiavélicas durante ochocientos años. Ese arte había alcanzado la perfección en ella.

—Adelante —pidió Ozmian, apartando la vista de su intenso rostro para mirar por la ventana mientras ella hablaba.

—Nuestros investigadores privados han presentado un informe preliminar sobre Harriman.

—Hazme un resumen.

—Todos los reporteros son de carácter cuestionable, así que omitiré los pecados veniales y los desliges. Aparte de ser un periodista especializado en escándalos que persigue ambulancias, propaga rumores y da puñaladas por la espalda, es un hombre recto. Producto de un colegio privado y de una familia de dinero; dinero que se está agotando con su generación. Lo importante es que está limpio. No tiene antecedentes penales. Nada de drogas. Trabajó para el *Times*, pero por motivos que no vienen al caso, se pasó al *Post*. Aunque puede parecer un suicidio laboral, en el *Post* le ha ido muy bien. En ese sentido no hay nada que podamos utilizar. —Pausa—. Pero... hay un dato digno de mención.

—Continúa.

—Su novia, con la que llevaba saliendo desde la universidad, murió de cáncer hace unos tres años. Él se implicó mucho para ayudarla a combatir la enfermedad. Y después de su muerte, se convirtió en una cruzada para él. Ha escrito artículos para concienciar a la población sobre el cáncer y sobre posibles nuevas curas, y ha dado a conocer a varios grupos que se dedican a la prevención de esta enfermedad. Y aunque no gana mucho como periodista, a lo largo de los años también ha hecho varias donaciones a causas relacionadas con el cáncer, algunas con su dinero y otras con el de fondos fiduciarios familiares: sobre todo a la American Cancer Society. También creó una pequeña fundación benéfica a nombre de su difunta novia.

Ozmian hizo un gesto despectivo con la mano. Las buenas obras de Harriman no le interesaban.

—¿Por qué dices que es digno de mención?

—Porque ese interés hace pensar en una forma de ejercer… una influencia extrema. En caso de necesidad.

—¿Ha escrito algo más sobre mi hija?

—No. Sus artículos más recientes se han centrado en los siguientes asesinatos. Está exprimiéndolos todo lo que puede.

Hubo una pausa mientras Ozmian contemplaba el paisaje urbano al otro lado de sus ventanas.

—¿Qué quiere que haga? —preguntó Alves-Vettoretto.

Ozmian permaneció en silencio un largo instante. A continuación exhaló un profundo suspiro.

—De momento nada —contestó—. Si esos nuevos asesinatos lo tienen entretenido, a lo mejor no publica más mierda sobre mi Grace. Eso es lo que me preocupa. Luchar contra la filtración de nuestros programas en internet me está consumiendo todo el tiempo; si él ya no es un problema, prefiero no distraerme si no me queda más remedio.

—Entendido.

Y entonces, por primera vez, Ozmian se dio la vuelta en su silla.

—Pero no lo pierdas de vista, ni tampoco lo que escribe. Si es necesario, lo aplastaremos como la cucaracha que es, pero solo si es necesario.

Alves-Vettoretto asintió con la cabeza.

—Por supuesto.

Ozmian se dio otra vez la vuelta y agitó de nuevo la mano al hacerlo. La puerta se abrió silenciosamente y se cerró. Pero Ozmian apenas la oyó. Estaba mirando al otro lado de la bahía; su mente ya se había ido muy lejos.

22

Eddy Lopez aparcó el coche patrulla en doble fila en la calle Catorce, informó de su llegada al operador de la central y bajó del vehículo con su compañero, Jared Hammer. Los dos detectives de homicidios se detuvieron a inspeccionar el entorno. El lugar, el 355 de la calle Catorce Oeste, era un anodino bloque de pisos de ladrillo de cinco plantas al lado de una funeraria. Se trataba uno de esos barrios que se habían encarecido repentinamente con el auge del distrito de Meatpacking, pero aquí y allá aún quedaban viejos edificios de mala muerte y pisos de alquiler controlado llenos de inquilinos patéticos.

Mientras Lopez contemplaba la fachada, una ráfaga de viento frío arrastró un viejo trozo de periódico por la calle delante de ellos. El sol ya se había puesto, y ni un rastro de luz crepuscular teñía el cielo hacia el oeste. Tiritó.

—Está refrescando por momentos —comentó Hammer.

—Acabemos de una vez con esto. —Lopez se tocó el bolsillo de la chaqueta del traje y comprobó que llevaba la placa, el arma y las esposas. A continuación consultó el reloj y dijo en voz alta—: Llegada a las cinco y cuarenta y seis de la tarde.

—Recibido.

Lopez sabía que D'Agosta era un purista en materia de papeleo y que se cabreaba cuando redondeaban las horas y omitían detalles. Quería el informe en su mesa a las siete y media, en menos de dos horas. Cuando Lopez hizo los cálculos pertinentes entre la hora tope de entrega y el momento actual, y estimó el tiempo que les llevaría tener ese informe en la mesa de D'Agosta, calculó que les quedaban veinte minutos para la entrevista. Muy poco tiempo para hacer hablar a alguien.

Tal vez ese tipo, Lasher, no estuviese en casa. A las cinco y cuarenta y seis del 23 de diciembre, dos días antes de Navidad, podía estar de compras. Esperaba que fuese el caso, porque así podría llegar a casa temprano por una vez y, con suerte, hacer él también las compras de Navidad.

Se acercó al portero automático. Los pisos tenían rótulos y, como era de esperar, en el de al lado del 5B ponía LASHER.

Pulsó el timbre, y esperaron.

—¿Quién es? —preguntó una voz débil.

Estaba en casa. Lástima.

—¿El señor Terence Lasher?

—Sí.

—Somos los detectives Lopez y Hammer, del Departamento de Policía de Nueva York. Nos gustaría subir y hacerle unas preguntas.

No hubo respuesta, pero la puerta se abrió con un zumbido. Lopez miró a Hammer y se encogió de hombros. Qué raro; normalmente les habrían hecho un montón de preguntas después de identificarse.

Empezaron a subir la lóbrega escalera.

—¿Por qué siempre nos toca subir a pata al último piso? —se quejó Hammer casi sin voz—. ¿Por qué nunca viven en el sótano?

Lopez no dijo nada. Hammer estaba demasiado gordo y no hacía ejercicio, mientras que su compañero se mantenía delgado y en forma y se levantaba a las cinco y media cada mañana para ir al gimnasio. Aunque Hammer le caía bien —era un tipo de trato fácil—, se arrepentía un poco de haberlo elegido como compañero porque le retrasaba. Y siempre quería parar a comprar donuts. Como policía, a Lopez no lo pillarían muerto en una tienda de donuts.

Subieron fatigosamente la escalera. Había dos pisos por planta, uno en la parte de delante y otro en la de detrás. El piso 5B estaba en la parte trasera del edificio. Llegaron al rellano y Lopez le dio a Hammer cinco minutos para que recobrase el aliento.

—¿Listo? —preguntó Lopez.

—Sí.

Llamó a la puerta.

—¿Señor Lasher? Policía.

Silencio.

Llamó más fuerte.

—Señor Lasher, ¿podemos pasar? Somos la policía. Solo queremos hacerle unas preguntas, nada serio.

—Policía —repitió la voz susurrante de detrás de la puerta—. ¿Por qué?

—Solo queremos hacerle unas preguntas sobre su antiguo puesto en Sharps & Gund.

No hubo respuesta.

—Si no le importa abrir —continuó Lopez—, no le robaremos mucho tiempo. Es algo totalmente rutinario...

Lopez oyó el débil chasquido metálico de una escopeta de cañón basculante al cerrarse y gritó: «¡Arma!». Se tiró al suelo antes de que una tremenda explosión hiciese un agujero en la puerta. Pero Hammer no fue tan rápido y recibió la descarga de lleno en la barriga. El impacto lo lanzó despedido hacia atrás contra la pared de enfrente, donde se desplomó.

Mientras acudía a auxiliar a su compañero, Lopez oyó un segundo estallido que impactó en la pared por encima de él. Agarró a Hammer por debajo de los brazos y lo puso a salvo arrastrándolo fuera de la línea de fuego, doblando la esquina del rellano, al mismo tiempo que desenfundaba su radio.

—¡Agente herido! —gritó sin demora—. ¡Tiroteo en curso, agente herido!

—Joder —masculló Hammer, jadeando, mientras se tapaba la herida con las manos.

La sangre le salía a borbotones entre los dedos. Lopez, agachado junto a su compañero decúbito supino, sacó su Glock y apuntó a la puerta. Estuvo a punto de apretar el gatillo, pero se detuvo; disparar a ciegas a un piso desconocido a través de una puerta cerrada era una violación de las reglas de enfrentamiento del departamento. Pero si aquel hijo de puta abría la puerta o volvía a disparar, lo abatiría.

No pasó nada más; se hizo el silencio al otro lado de los dos agujeros oscuros y desiguales de la puerta.

Ya se oían sirenas.

—Santo Dios —gimió Hammer, agarrándose el abdomen, mientras el carmesí brotaba a través de su camisa blanca.

—Aguanta, compañero —susurró Lopez, presionando la herida—. Tú aguanta. La ayuda está en camino.

23

Vincent D'Agosta estaba en la esquina de la Novena Avenida mirando calle Catorce abajo. Era un manicomio. Se había decretado el aislamiento de todo el vecindario y el edificio en cuestión había sido evacuado; contaban con el equipo de la unidad de emergencias y habían desplegado a dos negociadores, una grúa con cesta blindada, un robot, una unidad canina K-9 y un montón de francotiradores, y había un helicóptero dando vueltas por la zona.

Detrás de las barreras policiales se hallaba prácticamente todo el contingente de periodistas de la ciudad: cadenas de televisión en abierto, por cable, periódicos y revistas, blogueros... El sector en pleno. El tirador seguía escondido en el piso. De momento no habían logrado verlo, ni siquiera fugazmente. La grúa blindada estaba situándose en posición y pronto lo tendrían a tiro, y había cuatro hombres en la azotea tumbados sobre esteras de kevlar y haciendo agujeros a través de la membrana para introducir cámaras.

D'Agosta coordinaba el asalto por radio, coreografiándolo como un ballet, con múltiples líneas de acción que podían resolver el punto muerto en que se hallaban. La parte racional de su ser quería atrapar vivo a Lasher. Había pasado de ser una persona de interés a convertirse en el sospechoso número uno del asesinato de Cantucci, y muerto sería mucho menos útil. Por otra parte, aquel hijo de puta había disparado a un policía.

Pero la parte primitiva del cerebro de D'Agosta quería cargarse a aquel cabrón. Hammer estaba en el quirófano, herido de gravedad, y puede que no se recuperase.

Qué desastre. Singleton había conseguido su «progreso» con creces. ¿Quién iba a imaginarse que una misión relativamente rutinaria acabaría así? Se preguntaba qué marrón le caería ahora; pero se sacudió en el acto esos pensamientos. «Sal de esta con un resultado positivo; ya te preocuparás luego de las consecuencias», se dijo.

El sol se había puesto unas horas antes; un viento atroz rugía procedente del Hudson y recorría la calle Catorce, y la temperatura descendía con rapidez. Su radio crepitó y se encendió. Era Curry.

—El negociador acaba de establecer contacto. Canal cuarenta y dos.

D'Agosta sintonizó sus auriculares en el canal indicado y escuchó. El negociador, que hablaba tras un escudo antibalas, estaba conversando con el tirador a través de la puerta. Costaba distinguir lo que decía Lasher, pero a medida que la negociación continuaba, el teniente D'Agosta no tardó en deducir que se trataba de uno de esos tipos que se posicionaban contra el gobierno y que creían que los atentados del 11-S habían sido perpetrados por los Bush, que la matanza de la escuela de Sandy Hook era un bulo, y que la Reserva Federal y un contubernio de banqueros internacionales gobernaban el mundo en secreto y se habían confabulado para quitarle las armas. Por esos motivos no reconocía la autoridad de la policía.

El negociador hablaba en tono calmado, siguiendo la rutina habitual, tratando de convencerlo de que se rindiese y saliera, de que nadie le haría daño. Menos mal que el tipo estaba solo en el piso y no tenía rehenes. Los francotiradores estaban en su sitio, pero D'Agosta había resistido el impulso de ordenarles que disparasen sin previo aviso. Notaba la presión a su alrededor para que pusiese en marcha la cadena de acontecimientos que desembocarían en la muerte de Lasher. Sería bastante fácil, y nadie lo cuestionaría.

Pasaron otros diez minutos. El negociador no estaba logrando nada: el tal Lasher se había tragado a pies juntillas el rollo antisistema y estaba convencido de que si se rendía, lo matarían. Le aseguró al negociador que no lo dejarían con vida porque sabía demasiado. Solo él conocía lo que tramaban, sus planes diabólicos, y por eso lo ejecutarían.

No se podía razonar con aquel hijo de puta. D'Agosta se estaba helando e impacientando por momentos. Cuanto más durase aquello, peor quedaría como jefe.

—Está bien —dijo—. Retiren al negociador. Prepárense para lanzar una granada aturdidora a través del tejado y entrar por la puerta y por la pared al mismo tiempo. Sigan mis órdenes. Voy a subir.

Quería estar presente; no quería coordinar la operación a distancia. Recorrió la manzana y entró en el desvencijado edificio, dejó atrás a la unidad de emergencias, el equipo canino K-9, los camiones pesados y la grúa blindada. Les encantaban sus juguetitos, pensó con cierto afecto, y los sacaban a la mínima oportunidad que se les presentaba.

Subió por la escalera al cuarto piso, uno por debajo de la planta del conflicto. Confirmó que los cuatro hombres de la azotea habían abierto un agujero con cuidado y en silencio hasta el techo de mampostería del piso, y que estaba preparado para ser perforado y lanzar una bomba aturdidora a través de él. Las dos unidades de élite del quinto piso confirmaron que estaban listos y en posición.

—Muy bien —ordenó D'Agosta por radio—. Procedan.

Un momento más tarde oyó el brusco «bum» de la granada aturdidora, seguido del doble estruendo de las unidades de élite al traspasar al mismo tiempo la puerta y la pared y asaltar el piso. Sonó un disparo en el interior, y a continuación otro y otro… y luego se acabó.

—Desarmado y detenido —anunciaron por el canal.

D'Agosta subió corriendo los escalones de dos en dos y entró en el piso. Allí estaba Lasher, en el suelo, esposado, con dos policías encima, en medio de un cuchitril diminuto, desordenado y maloliente. Lo pusieron en pie gimoteando. Medía un metro sesenta más o menos, era flaco y tenía acné y una perilla rala. Sangraba abundantemente del hombro y el abdomen.

«¿Este es Lasher?», se sorprendió.

—Nos ha disparado, señor —informó uno de los agentes—, así que hemos devuelto el fuego para desarmarlo.

—Bien. —D'Agosta se apartó cuando un médico entró para atender las heridas de bala.

—¡Me habéis dado! —se quejó Lasher lloriqueando, y D'Agosta vio que se estaba meando encima.

El teniente escudriñó la habitación. Había pósters de grupos de death metal en las paredes, unas armas tiradas en un rincón, media docena de ordenadores desarmados y montones de aparatos electrónicos de función desconocida. Toda la casa resultaba cómica, absurda y espeluznante, como un decorado de una película distópica. Mirando a Lasher, con el pelo lleno de polvo de yeso, la sangre encharcada en el suelo sucio, el cuerpo delgado y tembloroso… ¿De verdad era ese el tipo que había acechado y matado a Cantucci con tanta precisión y crueldad? No lo veía. Pero por otra parte, era innegable que aquel capullo acababa de disparar a un policía con una escopeta recortada y luego había intentado matar a más.

—Duele —musitó Lasher débilmente, y acto seguido perdió el conocimiento.

—Llévenlo a Bellevue.

D'Agosta dejó escapar un profundo suspiro y se apartó. Interrogaría a ese cabrón cuando se hubiese estabilizado; sus heridas eran graves, pero no mortales. Pero esa noche no. Necesitaba dormir, y el papeleo seguía amontonándose.

Dios, cómo le dolía la cabeza.

24

A las cinco de la madrugada del 24 de diciembre, aproximadamente una hora antes de que amaneciese, el agente especial Pendergast apareció en la puerta del piso 5B del edificio situado en el 355 de la calle Catorce Oeste. La policía científica ya había terminado, y encontró al solitario policía que vigilaba la escena del crimen medio adormilado en su silla, aunque todavía despierto.

—Lamento mucho molestarle —empezó a decir Pendergast cuando el hombre se levantó de un brinco y el móvil que sostenía en la mano se le cayó al suelo.

—Lo siento, señor, estoy...

—Por favor —dijo Pendergast en tono tranquilizador. Sacó su placa del FBI y la mostró—. Solo quiero echar una ojeada, si le parece bien, claro.

—Por supuesto —convino el policía—, claro, pero ¿tiene autorización...? —Se le descompuso un poco el rostro cuando Pendergast negó muy serio con la cabeza.

—A las cinco de la mañana, mi buen amigo, es difícil conseguir una firma. Sin embargo, si considera que debo llamar al teniente D'Agosta, lo entendería.

—No, no, no es necesario —repuso apresuradamente—. Pero ¿ya le han autorizado a investigar el caso?

—Por supuesto.

—Bueno, entonces puede pasar.

—Muy bien.

Pendergast cortó la cinta de la escena del crimen, rompió el sello y entró en el piso. Luego encendió la linterna y cerró la puerta tras él. No quería que lo molestasen.

Enfocó el deprimente espacio con la luz girando al mismo tiempo, abarcándolo todo. Detuvo el haz en cada póster y luego pasó a las armas tiradas en el suelo sobre una alfombra sucia, y el montón de material informático, placas base y viejas pantallas catódicas, salpicadas ahora de sangre. Recorrió con la vista una tosca mesa de trabajo fabricada con madera de pino, cuya superficie estaba rayada y quemada; en la pared de detrás había herramientas colgadas. Pasó a la cama deshecha, recorrió el rincón de la cocina, inesperadamente ordenada, y volvió adonde había empezado.

Acto seguido, se dirigió a la mesa de trabajo. Ese era su foco de interés. La inspeccionó de izquierda a derecha, examinando hasta el último detalle con la linterna y en ocasiones con una lupa, recogiendo de vez en cuando algo con unas pinzas de joyero y metiéndolo en un tubo de ensayo. Su pálido semblante, iluminado por la luz de la linterna reflejada, flotaba como un rostro incorpóreo, con los ojos plateados brillando en la oscuridad.

Inspeccionó el lugar durante quince minutos, hasta que de repente se quedó inmóvil. En el rincón donde habían empujado la tosca mesa de pino contra la pared, su linterna había iluminado lo que parecían dos granos de sal amarillenta. El primero lo recogió con los dedos; examinó el polvo blanquecino resultante con las puntas de los dedos, lo olió y finalmente lo saboreó con la punta de la lengua. El segundo grano lo recogió con las pinzas y lo metió en una bolsita de plástico hermética, que cerró y guardó en el bolsillo de su chaqueta.

Se volvió y salió del piso. El policía de guardia, que esperaba con rigurosa atención, se levantó. Pendergast le dio un caluroso apretón de manos.

—Le agradezco su ayuda y su dedicación al deber, agente. Sin duda se lo comentaré al teniente la próxima vez que lo vea.

Y, acto seguido, bajó la escalera con el sigilo y la agilidad de un gato.

25

Casi doce horas exactas después de que Pendergast se marchase de casa de Lasher, Bryce Harriman se paseaba inquieto por su apartamento de una habitación en la Setenta y dos con Madison. El piso se hallaba en un edificio reformado de antes de la guerra, y con la remodelación había adquirido una extraña distribución que parecía un auténtico circuito: se salía de la sala de estar, se atravesaba la cocina, se entraba por una puerta del cuarto de baño, se salía por otra puerta que daba al dormitorio y de allí se volvía a la sala de estar por un breve pasillo lleno de armarios.

El edificio tenía techos altos, un elegante vestíbulo y portero las veinticuatro horas, pero el piso era de renta antigua y estaba a nombre de la tía de Harriman. Cuando ella falleciese, momento que no tardaría en llegar, tendría que irse y buscar un lugar más acorde a su sueldo. Un ejemplo más de la fortuna menguante de la familia Harriman.

Estaba amueblado con un estilo ecléctico consistente en distintos muebles viejos que le habían legado parientes ya difuntos. Muchos eran valiosos, y todos antiguos. El único objeto nuevo de todo el piso, aparte de los utensilios de cocina, era el ordenador portátil que había sobre una mesa de estilo Reina Ana de madera de arce brasileño veteada con patas cabriola, que había pertenecido a su tío abuelo Davidson, quien llevaba ya diez años bajo tierra.

Harriman dejó de pasearse y se acercó a la mesa. Además del

portátil con su pantalla brillante, había tres montones de papeles, uno por cada asesinato, con hojas llenas de notas, garabatos, monigotes, esquemas toscos y algún que otro signo de interrogación. Rebuscó nervioso entre ellas un momento y luego siguió paseándose.

Aquella persistente ansiedad profesional, que había disminuido un poco después de su golpe maestro con la entrevista a Izolda Ozmian, había vuelto a aflorar. Era consciente de las posibilidades periodísticas que tenían aquellos asesinatos, pero estaba teniendo bastantes problemas para cubrirlos. Una de las dificultades radicaba en que sus fuentes policiales no eran muy buenas, y no ardían en deseos de echarle una mano.

Su viejo archienemigo Smithback era un experto en hacerse amigo de los policías. Les invitaba a copas, les daba jabón y les sacaba exclusivas. Pero, aunque no soportaba reconocerlo, Harriman no tenía ese don. Tal vez se debía a su educación privilegiada, a los años en Choate y Dartmouth, a haberse codeado desde niño con habituales de clubes náuticos y cócteles, pero fuera cual fuese el motivo, no lograba relajarse con la policía ni entrar en su juego. Y ellos lo sabían. Y por eso sus noticias se resentían.

Pero había un problema aún mayor. Aunque hubiese sido amigo del alma de todos los polis del cuerpo, Harriman no estaba seguro de que esa vez le hubiese servido. Parecían tan confundidos con esos asesinatos como él. Circulaban un montón de teorías distintas: un asesino, dos asesinos, tres asesinos, un asesino imitador, un único asesino que fingía ser un imitador… La teoría del día era que la hija de Ozmian había sido liquidada por un asesino y decapitada más tarde por alguien que había pasado a cometer más crímenes a imitación del primero. La policía se negaba a decir por qué creía que el segundo y el tercer asesinato estaban relacionados, pero por lo que Harriman había podido descubrir, parecía bastante claro que el modus operandi de ambos casos era semejante.

De modo que tras la entrevista a Izolda Ozmian había llamado diligentemente a todas las puertas, se había presentado en todas las escenas del crimen y había dado las mejores noticias que había podido. Había intentado destacar lo máximo posible en la rueda de prensa celebrada dos días antes sin sujetar un rótulo de neón. Pero no se engañaba a sí mismo: destacar no servía para vender periódicos, y sus últimos reportajes estaban llenos de insinuaciones pero carecían de datos y pruebas.

Dio dos vueltas más por el piso y se detuvo otra vez en la sala de estar. Allí estaba el portátil, con el procesador de textos abierto y el cursor parpadeando como un provocador dedo corazón. Miró a su alrededor. Las paredes de la habitación estaban llenas de óleos, acuarelas y bocetos medio decentes que había heredado; la cuarta pared estaba dedicada a cuadros de su difunta novia, Shannon, y a unas cuantas placas y premios que había recibido por su labor para poner de relieve la investigación contra el cáncer. La placa más importante era de la Fundación Shannon Croix, una institución que había creado a su nombre con el fin de recaudar dinero para la investigación del cáncer de útero. Lo había conseguido con la ayuda del *Post*, que de vez en cuando participaba en campañas benéficas, en coordinación con una serie de artículos. La fundación había logrado un éxito modesto y había recaudado varios millones de dólares. Harriman era miembro de la junta. No podía hacer nada para resucitar a Shannon, pero al menos podía hacer todo lo posible para asegurarse de que no había muerto en vano.

Suspiró, se obligó a sentarse a la mesa y volvió a rebuscar entre los tres montones. Era verdaderamente extraño: tres decapitaciones, todas en la misma zona y en menos de dos semanas, pero sin ninguna relación clara entre ellas. Se trataba de tres personas de distintos orígenes, de diferentes estratos sociales, de distintas edades, profesiones y tendencias. Distintas en todo. Era muy raro.

«Ojalá tuviesen algo en común», pensó. Sería maravilloso. No tres noticias, sino una. Una gran noticia. Si pudiese hallar un hilo común que uniese esos asesinatos, esos tres montones de papeles, podría ser la noticia de su vida.

Se reclinó en la silla. Tal vez debería volver a la comisaría y tratar de obtener más información sobre el tiroteo de la noche anterior. La verdad es que habían llamado a la caballería. Sabía que tenía que ver con un presunto implicado en el asesinato de Cantucci, pero eso era todo lo que había averiguado.

No le convencían esas complejas teorías de imitadores y asesinos múltiples y motivaciones opuestas. Su instinto le decía que se trataba de un solo homicida. Y de ser así, los asesinatos debían tener algo en común aparte de las decapitaciones: una única motivación. Pero ¿qué? Después de todo, las víctimas eran tres cabrones forrados de dinero que nunca habían coincidido entre ellos, y sin embargo…

Al pensar en eso se detuvo. Tres cabrones forrados de dinero. ¿Podía ser eso? ¿Era posible que fuese eso?

Al final, tal vez las víctimas no fuesen tan distintas. Parecía muy sencillo. Muy claro. Tres cabrones ricos que, en la mente del asesino, merecían morir. Cuanto más pensaba en ello, más sentido tenía. Todo el sentido.

De hecho, era la única teoría que tenía sentido.

Notó la sensación de hormigueo que le recorría la columna cuando descubría algo importante.

Pero debía tener cuidado, mucho cuidado. Al fin y al cabo, era una teoría. No quería que se repitiese la historia de Von Menck de hacía unos años, aquel viejo científico chiflado que había vaticinado la inminente destrucción de Nueva York por el fuego. Esa noticia en concreto le metió en un buen lío. No; si de veras había descubierto algo, tenía que ser una teoría respaldada por una cobertura, unos datos y unas pruebas fiables.

Lenta, pausadamente, hojeó el primer montón de hojas, luego el segundo y por fin el tercero, pensando con atención al mismo tiempo, buscando puntos débiles en su teoría. Se trataba de tres personas de carácter manifiestamente negativo. Ozmian, una juerguista rica; Cantucci, un abogado de la mafia; Bogachyov, un traficante de armas y un gilipollas redomado. Pero resultó que Grace Ozmian tenía un terrible secreto. Y apostaría a que los otros dos también tenían algo malo y grotesco escondido en su pasado. Claro que sí. No eran unos malnacidos de tres al cuarto: cada uno habría hecho algo horrible, como Grace Ozmian, que nunca había recibido el castigo adecuado; sus profesiones lo hacían casi inevitable. Cuanto más lo pensaba, cuanto más examinaba las pruebas, más seguro estaba. Era tan simple, tan evidente, que lo había tenido delante de las narices todo el tiempo sin advertirlo.

Empezó a pasearse de nuevo por el piso, pero ahora de otra forma: excitado, animado. Nadie se había dado cuenta. La policía no tenía ni idea. Y cuanto más examinaba su descubrimiento desde todos los ángulos posibles, más seguro estaba, convencido, de hecho, de que tenía razón.

Volvió andando a grandes zancadas hasta la sala de estar, se sentó a la mesa de estilo Reina Ana y acercó el portátil hacia él. Permaneció un momento inmóvil, mientras ponía en orden sus ideas. Y entonces empezó a teclear: despacio al principio, luego más y más rápido, mientras las teclas chasqueaban en lo profundo de la noche nevosa. Sería una noticia del día de Navidad que todo el mundo tardaría en olvidar.

26

EL DECAPITADOR AL DESCUBIERTO
La relación entre los asesinatos con decapitación

Por Bryce Harriman,
New York Post, 25 de diciembre

Durante casi dos semanas, Nueva York ha vivido presa del pánico a un asesino. Tres personas han sido brutalmente asesinadas, y sus cabezas cortadas y hechas desaparecer, por un criminal o criminales desconocidos. Otros seis hombres, guardias de seguridad que al parecer se interpusieron en su camino, también fueron asesinados.

El Departamento de Policía de Nueva York está desconcertado. Han reconocido que no saben si se trata de un solo asesino o de dos, o incluso tres. No tienen ningún móvil. No tienen pistas fiables. La investigación ha buscado desesperadamente una relación, cualquiera, entre las principales víctimas, sin éxito.

Pero ¿nos encontramos ante un caso clásico de ramas que no dejan ver el bosque? Un examen exclusivo de las pruebas por parte del *Post* hace pensar en una relación, y también en un móvil, que la policía ha tenido problemas para encontrar.

El análisis de las pruebas del *Post* arroja ciertos datos sobre las principales víctimas.

Primera víctima: Grace Ozmian, joven juerguista de veintitrés años sin mayores aspiraciones en la vida que gastar el dinero de su padre, entregarse al consumo de drogas ilegales y llevar un estilo de vida parasitario cuando no estaba en los tribunales recibiendo un tirón de orejas por haber atropellado y matado a un niño de ocho años conduciendo borracha y haberse dado a la fuga.

Segunda víctima: Marc Cantucci, fiscal general convertido en abogado de la mafia, sesenta y cinco años, que amasó millones protegiendo a los más conocidos jefes del crimen, un hombre que superó todas las investigaciones del gran jurado sobre sus actividades, de malversación de fondos a extorsión, pasando por chantaje y asesinato.

Tercera víctima: Viktor Bogachyov, oligarca ruso, cincuenta y un años, que se ganaba la vida negociando con armas nucleares desmanteladas a través de China, y que abandonó su país natal para instalarse en una enorme finca en los Hamptons donde muy pronto se vio implicado en distintas demandas por no pagar impuestos, no remunerar a sus empleados y pisotear las normas municipales.

¿Puede alguien observar a estas tres víctimas y afirmar que no existe relación entre ellas? El análisis del *Post* muestra un claro punto en común: las tres carecían por completo de dignidad humana.

Esas tres «víctimas» eran extremadamente ricas, flagrantemente corruptas y totalmente reprensibles. No hay que ser un experto en perfiles criminales para hallar el hilo que las unía: no tenían ningún valor positivo. El mundo sería un lugar mejor si estuviesen muertas. Representaban la encarnación de lo peor de los ricos.

Entonces ¿cuál es el móvil para asesinar a esas tres personas? Ahora resulta evidente. Esos asesinatos pueden ser obra de una persona que se ha arrogado el papel de juez, jurado y verdugo; un asesino que sin duda es un lunático, puede que también un religioso o un absolutista moral, que elige a sus víctimas porque encarnan los aspectos más depravados y disolutos del mundo contemporáneo. ¿Y qué mejor sitio para encontrar esos símbolos del exceso que entre los multimillonarios de Nueva York? ¿Y qué lugar más idóneo para sembrar la venganza, para convertir Gotham, literalmente, en una ciudad que no descansa?

Aunque las tres víctimas fueron asesinadas de formas distintas, todas fueron luego decapitadas. La decapitación es el más antiguo y puro de los castigos. El Decapitador ejecuta a sus víctimas con la espada de la rectitud, la guadaña de la ira de Dios, y condena sus almas a la perdición.

¿Qué puede aprender, pues, Nueva York de esos asesinatos? Tal vez el Decapitador está sermoneando a la ciudad. Los asesinatos son una advertencia a Nueva York y al país. Esa advertencia consta de dos partes. La primera la deja claro el estilo de vida de las víctimas, y dice: «Multimillonarios, enmendaos antes de que sea demasiado tarde». La segunda parte de la advertencia resulta evidente en la forma en la que el Decapitador selecciona a sus víctimas entre los más invulnerables, protegidos y custodiados de nosotros. Y esa advertencia dice: «Nadie está a salvo».

27

A D'Agosta nunca le habían gustado los hospitales. Era más que aversión; en cuanto entraba en uno, con sus brillantes superficies, los fluorescentes, el ajetreo, los pitidos, el aire cargado de olor a alcohol y comida mala, empezaba a sentirse físicamente enfermo.

Le molestaba sobre todo tener que ir el día de Navidad a las cinco de la madrugada para interrogar a un hijo de puta chalado que disparaba a policías. Pese a lo comprensiva que era Laura —después de todo, era capitana en el Departamento de Policía de Nueva York—, no dejaba de fastidiarle que él se pasase media noche fuera de casa casi a diario y cuando regresaba no hiciese más que dormir, y que luego se levantase para volver a marcharse —la mañana de Navidad, nada menos, sin quedarse a tomar ni un café—, y encima solo tenía para ella unos pocos regalos comprados a toda prisa.

Encontró a Lasher en una habitación de un ala especial de reclusión de Bellevue, con cuatro policías que lo vigilaban y una monja que lo atendía. Las heridas de bala de aquel colgado habían sido graves, y los doctores habían tardado más de veinticuatro horas en estabilizarlo lo suficiente como para ser interrogado. Se pondría bien. En cambio, Hammer, el hombre de D'Agosta, seguía en la UCI, luchando por su vida.

Lasher estaba débil, pero las heridas no le habían hecho entrar en razón. Durante los últimos quince minutos, por cada pregunta que D'Agosta le había hecho, incluso las más triviales, la respuesta no había tardado en desviarse a las estelas químicas, el asesinato de JFK y el Proyecto MKUltra. El tipo estaba como una puta cabra. Por otra parte, no tenía coartada para el asesinato de Cantucci y había incurrido en varias contradicciones al intentar explicar su paradero y sus actividades la noche del asesinato y el día anterior. D'Agosta estaba casi seguro de que mentía, pero al mismo tiempo el tío estaba tan loco que costaba imaginarlo llevando a cabo un asesinato tan impecable como el de Cantucci, por muy informático que fuera.

Además, Pendergast se había marcado otro de sus números de desaparición y no contestaba a mensajes de texto, correos electrónicos ni llamadas telefónicas.

—Repasémoslo otra vez —dijo D'Agosta—. Dice que el 18 de diciembre pasó el día en su piso, conectado a la red, y que su historial de internet lo demostrará.

—Ya te lo he dicho, tío…

El teniente le ignoró y continuó:

—Pues hemos consultado su historial de internet de ese día y el ordenador estaba limpio. ¿Por qué borró el historial?

Lasher tosió e hizo una mueca.

—Me esfuerzo mucho para mantener mi historial de navegación en secreto porque la gente del gobierno como tú…

—Pero dijo que su historial de internet demostraría, cito textualmente, «que estuve conectado todo el día y toda la noche».

—¡Y lo demostraría! Lo demostraría si los drones del gobierno, los pinchazos digitales y los transmisores de ondas cerebrales no me obligasen a tomar medidas extremas para protegerme…

—Teniente —intervino la monja—, ya le he advertido de que no debe excitar a este hombre. Todavía está muy débil. Si insiste, me veré obligada a poner fin al interrogatorio.

D'Agosta oyó unos murmullos detrás de él y al volverse vio a Pendergast en la puerta, identificándose para entrar. Por fin. Sin hacer caso a la religiosa, se volvió otra vez hacia Lasher.

—Entonces, su prueba no es tal. A ver, ¿hay alguien en el edificio que pueda confirmar que usted estuvo allí todo el día?

—Por supuesto.

Pendergast ya había entrado en la habitación.

—¿Quién?

—Vosotros.

—¿Cómo?

—Habéis estado siguiéndome durante meses, vigilando todos mis movimientos. ¡Sabéis que no maté a Cantucci!

D'Agosta meneó la cabeza y se volvió hacia Pendergast.

—¿Quiere preguntarle algo a este gilipollas?

—No. Pero permítame hacerle una pregunta a usted, Vincent: ¿tiene ya los resultados del análisis de sangre del señor Lasher?

—Claro.

—¿Y ha dado positivo en la prueba de clorhidrato de metanfetamina?

—Ya lo creo. Estaba totalmente colocado.

—Eso pensaba. ¿Salimos de aquí?

D'Agosta salió de la habitación detrás de él.

—No necesito hacer ninguna pregunta —reconoció Pendergast— porque sé que este individuo no cometió el asesinato de Cantucci.

—¿Y cómo lo sabe?

—Encontré una muestra de metanfetamina en su apartamento. Enseguida reconocí que aquellos granos grandes y amarillentos que parecían sal eran de una «marca» especial de metanfetamina, por así decirlo, conocida por su forma cristalina, su color y su consistencia. Después de investigar un poco, descubrí que la DEA tenía vigilado al cocinero de esa variedad en concreto y se preparaba para detenerlo, y que el producto se vendía en determinado club nocturno. Así que un colega mío me dejó ver los vídeos de vigilancia que la DEA había estado tomando de las entradas y salidas en el club. Y, en efecto, Lasher fue visto entrando en el club nocturno y saliendo cuarenta y cinco minutos más tarde. Sin duda había estado comprando... exactamente en el período de tiempo en que Cantucci fue asesinado.

D'Agosta lo miró y al final rio y sacudió la cabeza.

—Cojonudo. No es Baugh, no es Ingmar, no es Lasher; todas las pistas decentes se han ido al carajo. Me siento como si empujase una bola de mierda por una montaña interminable.

—Mi querido Vincent, Sísifo estaría orgulloso.

Cuando salían de Bellevue, un gran camión del *New York Post* que estaba haciendo una entrega de madrugada había aparcado en el paso de peatones, y mientras lo rodeaban, el conductor lanzó un grueso paquete de periódicos en la acera al lado de ellos. El titular proclamaba:

¡¡EL DECAPITADOR AL DESCUBIERTO!!

28

—Esto no tiene precedentes —masculló Singleton mientras D'Agosta y el capitán salían del edificio municipal para emprender el breve paseo de One Police Plaza al ayuntamiento.

Era una mañana soleada con un frío atroz, y la temperatura rondaba los veinte grados bajo cero. Todavía no había nevado, y las calles eran como pasillos de luz solar helada.

D'Agosta estaba muerto de miedo. Nunca lo habían llamado al despacho del alcalde, y menos acompañado de su capitán.

—¿Tiene idea de lo que nos espera? —preguntó.

—Mire, no es bueno —contestó Singleton—. Ni siquiera es malo. Es horrible. Normalmente, el alcalde daba a conocer sus opiniones a través del inspector jefe. Ya le he dicho que esto no tiene precedentes. ¿Vio la mirada que lanzó después de la rueda de prensa?

Sin hablar más, giraron hacia City Hall Park y entraron en la opulenta rotonda neoclásica del ayuntamiento. Un lacayo con traje gris, que estaba esperando a que llegasen, les permitió esquivar la seguridad, les condujo escalera arriba y les llevó por un inmenso e intimidante pasillo de mármol con cuadros oscuros hasta una puerta de dos hojas. A continuación les hicieron pasar a una oficina exterior y de ahí al despacho privado del alcalde. Sin esperar.

Sin esperar. A D'Agosta le pareció el peor presagio de todos.

El alcalde estaba de pie detrás de su mesa. Sobre ella había dos ejemplares perfectamente doblados del *Post*: el del día anterior, con la gran primicia de Harriman, y al lado la edición de esa mañana, con la continuación del mismo articulista.

El alcalde no les ofreció asiento ni se sentó, ni tampoco les tendió la mano.

—Bueno —empezó, con un retumbo de su voz grave—, me están presionando por todos lados. Dijeron que tenían pistas que investigar. Necesito saber en qué punto estamos. Quiero conocer las últimas novedades.

Singleton había dejado claro de antemano que D'Agosta, como detective jefe del caso, sería quien hablase. Todo el rato. A menos que el alcalde se dirigiese expresamente al capitán.

—Alcalde DeLillo, gracias por su preocupación… —empezó a decir D'Agosta.

—Déjese de chorradas y dígame lo que quiero saber.

El teniente respiró hondo.

—Es… —Decidió decir la verdad—. Sinceramente, no es bueno. Al principio teníamos una serie de pistas, y varias prometían mucho, pero ninguna ha dado resultado. Ha sido una decepción.

—Por fin hablan claro. Continúe.

—En el primer asesinato, teníamos motivos para sospechar del padre del niño al que la víctima había atropellado antes de darse a la fuga. Pero tiene una coartada irrefutable. En el segundo asesinato estábamos seguros de que se trataba de alguien relacionado con el sistema de seguridad de la víctima. De hecho, todavía estamos seguros de ello, pero no hemos obtenido resultados con los tres sospechosos más probables.

—¿Y ese individuo, Lasher, el que disparó contra uno de sus hombres?

—Tiene una coartada.

—¿Cuál?

—La DEA lo captó en vídeo comprando droga a la hora exacta del asesinato.

—Joder. ¿Y el tercer homicidio?

—Todavía están analizando las pruebas en el laboratorio. Encontramos la lancha que usó el asesino; robada, por supuesto. Parece un callejón sin salida. No había pruebas en la lancha ni tampoco en el puerto deportivo de donde se la llevaron. Sin embargo, sí que hemos conseguido una huella clara del pie del asesino. Del número cuarenta y siete.

—¿Qué más?

D'Agosta titubeó.

—Por lo que respecta a pruebas sólidas, eso es todo de momento.

—¿Eso es todo? ¿Una puñetera huella? ¿Es eso lo que me está diciendo?

—Sí, señor.

—¿Y el FBI? ¿Han descubierto algo? ¿Les están ocultando información?

—No. Tenemos una magnífica relación con los federales. Parece que están tan confundidos como nosotros.

—¿Y la Unidad de Análisis de Conducta del FBI, los loqueros que estudian las motivaciones y crean perfiles? ¿Algún resultado?

—Todavía no. Por supuesto, les hemos remitido todo el material relevante, pero suelen tardar un par de semanas en sacar conclusiones. Sin embargo, hemos derivado nuestra solicitud y esperamos tener algo dentro de dos días.

—¿Dos días? Santo Dios.

—Haré todo lo que pueda para acelerarlo.

El alcalde cogió el ejemplar del *Post* del día anterior y lo agitó hacia ellos.

—¿Y esto? ¿Este artículo de Harriman? ¿Por qué ustedes no vieron esta posibilidad? ¿Por qué hace falta un condenado periodista para proponer una teoría viable?

—Estamos investigándolo.

—Investigándolo. ¡Investigándolo! Tengo tres cadáveres. Tres cadáveres sin cabeza. Tres cadáveres de personas ricas y de mala reputación sin cabeza. Y, además, tengo a un policía en estado vegetal. No hace falta que le diga la presión a la que estoy sometido.

—Señor alcalde, todavía no hay ninguna prueba fiable que confirme la teoría de Harriman de que se trata de un justiciero, pero estamos investigando esa posibilidad, como muchas otras.

El alcalde dejó el periódico en la mesa, indignado.

—La teoría de que ahí fuera hay una especie de psicópata que ha emprendido una cruzada y está juzgando a los malvados ha tenido impacto. Lo sabe, ¿verdad? Mucha gente de esta ciudad, gente importante, se está poniendo nerviosa. Y otros animan al criminal como si fuese una especie de Robin Hood asesino en serie. No podemos permitir que esta amenaza afecte al tejido social. Esto no es Keokuk ni Pocatello; es Nueva York, donde por fin todo el mundo vive en armonía y disfrutamos del índice de criminalidad más bajo de todas las grandes ciudades de Estados Unidos. No pienso permitir que eso se vaya al garete mientras yo pueda evitarlo. ¿Lo ha entendido? No mientras yo pueda evitarlo.

—Sí, señor.

—Es de risa. Cuarenta detectives, cientos de policías... ¡una huella! Como no vea progresos inmediatos, rodarán cabezas, teniente. Y capitán. —DeLillo golpeó la mesa con una enorme mano venosa, desplazando la mirada de uno al otro—. Rodarán cabezas.

—Señor alcalde, estamos haciendo todo lo posible, se lo aseguro.

El alcalde respiró hondo, hinchando su enorme cuerpo, y a continuación espiró expulsando una espectacular ráfaga de aire.

—Ahora lárguense y tráiganme algo mejor que una puñetera huella.

29

Cuando Alves-Vettoretto entró en el despacho de su jefe en el último piso de la torre de DigiFlood, Anton Ozmian estaba sentado detrás de su mesa, tecleando furiosamente en un ordenador portátil. Alzó la vista sin detenerse, la observó a través de sus gafas de montura metálica e hizo un gesto casi imperceptible con la cabeza. Ella se sentó en una de las sillas de cromo y cuero y se puso cómoda para esperar. El tecleo continuó —a veces rápido, otras lento— durante otros cinco minutos. Entonces, Ozmian apartó el portátil, apoyó los codos en el granito negro y miró a su asistente.

—¿La adquisición de SecureSQL? —preguntó Alves-Vettoretto.

Ozmian hizo un gesto de asentimiento, masajeándose el pelo canoso de las sienes.

—Tenía que asegurarme de que la píldora venenosa estaba colocada.

Ella asintió con la cabeza. Ozmian disfrutaba de las adquisiciones hostiles casi tanto como despidiendo a sus empleados.

Ozmian salió de detrás de la mesa y se sentó en otra silla de cromo y cuero. Su cuerpo alto y delgado parecía tenso como la cuerda de un arco, y ella se imaginaba por qué.

El empresario señaló un tabloide que había en la mesa situada entre ellos: un ejemplar de la edición navideña del *Post*.

—Supongo que has visto esto —dijo.

—Sí.

Lo levantó, torció la cara en una mueca como si estuviese tocando mierda de perro y pasó a la tercera página.

—«Grace Ozmian —leyó, con la voz llena de una ira apenas controlada—. Joven juerguista de veintitrés años sin mayores aspiraciones en la vida que gastar el dinero de su padre, entregarse al consumo de drogas ilegales y llevar un estilo de vida parasitario cuando no estaba en los tribunales recibiendo un tirón de orejas por haber atropellado y matado a un niño de ocho años conduciendo borracha y haberse dado a la fuga.» —Con un súbito gesto violento, rompió el tabloide en dos, luego en cuatro trozos, y los lanzó con furia al suelo—. Ese tal Harriman no piensa dejarlo. Le he dado la oportunidad de callarse y pasar a otra cosa. Pero ese cabrón comemierda sigue restregándomelo por la cara y mancillando la reputación de mi hija. Pues ha perdido su oportunidad.

—Muy bien.

—Sabes a qué me refiero, ¿verdad? Ha llegado el momento de aplastarlo como un mosquito. Quiero que esta sea la última bazofia que ese cerdo escribe sobre mi hija.

—Entendido.

Ozmian miró detenidamente a su ayudante.

—¿De verdad? No me refiero a asustarlo. Lo quiero neutralizado.

—Me aseguraré de ello.

Un tirón en los labios de Ozmian que podría haber sido una sonrisa cruzó la cara enjuta del hombre.

—Supongo que desde la última vez que hablamos del tema has estado pensando en una respuesta adecuada.

—Por supuesto.

—¿Y...?

—Tengo algo exquisito. No solo cumplirá el cometido deseado, sino que lo hará con una ironía que creo que usted apreciará.

—Sabía que podía contar contigo, Isabel. Cuéntame.

Alves-Vettoretto empezó a explicárselo, y Ozmian se recostó en su silla escuchando cómo su serena y clara voz exponía un plan de lo más delicioso. Mientras ella continuaba, la sonrisa volvió al rostro del hombre; solo que esta vez era genuina y permaneció allí un largo rato.

30

Bryce Harriman empezó a ascender los escalones de la entrada principal del edificio del *New York Post*, pero se detuvo. Había subido esos escalones miles de veces en los últimos años. Sin embargo, esa mañana era distinta. Esa mañana, día de San Esteban, su director, Paul Petowski, lo había llamado para asistir a una reunión no programada.

Algo así era muy raro. A Petowski no le gustaban las reuniones; prefería estar en medio de la sala de redacción y gritar órdenes a velocidad de vértigo, repartir encargos, artículos complementarios y trabajos de investigación como si fuera confeti sobre la plantilla. Harriman sabía por experiencia que a la gente solo la llamaban al despacho de Petowski por uno de dos posibles motivos: o para echarles la bronca o para despedirlos.

Subió los últimos escalones y entró en el vestíbulo por la puerta giratoria. No era la primera vez desde el día anterior que le asaltaban las dudas sobre su artículo, así como sobre la teoría que apoyaba. Sí, claro que lo habían repasado y le habían dado el visto bueno antes de publicarlo, como también habían hecho con su continuación, pero un pajarito le había dicho que había provocado una gran reacción. Pero ¿qué clase de reacción? ¿Había causado un efecto no deseado? ¿Había despertado rechazo? Entró en el ascensor, tragó saliva con dificultad y pulsó el botón de la novena planta.

Cuando salió en la sala de redacción, el lugar parecía extrañamente silencioso. Para Harriman, el silencio poseía un matiz inquietante: un elemento de observación y escucha, como si incluso las paredes esperasen que ocurriera algo malo. Joder, ¿era posible que hubiera metido la pata hasta el fondo? Su teoría parecía muy válida, pero ya se había equivocado antes. Si lo echaban del *Post*, tendría que irse de la ciudad si quería encontrar trabajo en el sector del periodismo. Y teniendo en cuenta que los periódicos cada vez tenían menos tirada y se veían obligados a recortar gastos, le costaría encontrar otro puesto, incluso con su reputación. Tendría suerte si conseguía trabajo cubriendo las carreras de galgos en Dubuque.

El despacho de Petowski estaba al fondo de la gran sala. La puerta permanecía cerrada y la persiana de la ventana, bajada; otra mala señal. Al abrirse camino entre las mesas pasó por delante de gente que fingía estar ocupada, pero aun así notó que todas las miradas lo seguían. Consultó el reloj: las diez en punto. Era la hora.

Se acercó a la puerta y llamó tímidamente.

—¿Sí? —exclamó la voz ronca de Petowski.

—Soy Bryce —contestó Harriman, procurando evitar que le saliese un tono chillón.

—Pasa.

Harriman giró el pomo y abrió la puerta. Dio un paso adelante y se detuvo. Tardó un instante en procesar lo que veía. El pequeño despacho estaba atestado de gente: no solo se hallaba el director, sino también la jefa de Petowski, la directora editorial; su jefe, el director ejecutivo; e incluso Willis Beaverton, el viejo y malhumorado editor. Al ver a Harriman, todos empezaron a aplaudir.

Oyó la ovación como si estuviese soñando; notó que le daban fuertes apretones de manos; percibió manos que le daban palmaditas en la espalda.

—¡Un artículo brillante, hijo! —exclamó Beaverton, el editor, lanzando una bocanada de aliento con olor a puro—. ¡Verdaderamente brillante!

—Tú solito has conseguido que doblemos la tirada —terció Petowski con una sonrisa codiciosa en lugar de su habitual ceño fruncido—. Ha sido el número de Navidad más vendido en casi veinte años.

A pesar de la temprana hora, alguien descorchó una botella de champán. Hubo brindis. aplausos y elogios; Beaverton pronunció un breve discurso. Y luego todos salieron en fila, no sin antes felicitar de uno en uno a Harriman al pasar. Al cabo de un minuto, en el despacho solo quedaban Petowski y él.

—Bryce, has topado con algo gordo —le dijo Petowski, que estaba de nuevo detrás de su mesa y en ese momento se servía el champán que quedaba en un vaso de plástico—. Los periodistas se pasan la vida entera buscando una noticia como esta. —Apuró el vaso y lo tiró a la papelera—. Sigue con la historia del Decapitador, ¿me oyes? Sigue con ella a fondo.

—Eso haré.

—Pero tengo una sugerencia.

—¿Sí? —preguntó Harriman, súbitamente cauteloso.

—El enfoque de los ricachones contra el común de los mortales ha tocado la fibra sensible del público. Exagéralo. Céntrate en esos cabrones rapaces y en lo que están haciendo con esta ciudad. Tipos como Ozmian, en sus torres de cristal, que tratan al resto como si fuesen sus dueños y señores. ¿Va a convertirse Nueva York en un paraíso para los megarricos mientras el resto apenas saca lo justo para vivir en el arroyo? ¿Entiendes lo que quiero decir?

—Claro que sí.

—Y la frase que usaste en el último artículo, «la ciudad que no descansa», es buena. Muy buena. Conviértela en un mantra e inclúyela en todos los artículos.

—Por supuesto.

—Ah, por cierto, te concedo un aumento de cien dólares a la semana de ahora en adelante. —Se inclinó por encima de la mesa y, dándole una última palmada en la espalda, le hizo salir de su despacho.

Harriman cruzó la puerta y entró en la gran sala de redacción. Le dolían los hombros del fuerte golpe de Petowski. Al mirar a su alrededor el mar de caras que lo observaban —en concreto, se fijó en las expresiones avinagradas de sus jóvenes rivales—, empezó a notar, con una especie de bienestar interno, que brotaba en él una sensación que no había experimentado nunca: una intensa, total y consumada revancha.

31

Baldwin Day extrajo el disco duro externo de cinco terabytes del ordenador de sobremesa y lo guardó en su maletín para emprender el breve trayecto al último piso del edificio del Seaside Financial Center situado junto al Battery Park. Hacía el mismo recorrido una vez al día, cargado con los valiosos datos que proporcionaban a su empresa, LFX Financial, beneficios y más beneficios. En el disco duro estaban los nombres y la información personal de muchos miles de personas que su equipo de marketing de datos había seleccionado como posibles clientes o, como los llamaban en el laberinto del centro de llamadas dividido en cubículos que ocupaba tres pisos del complejo Seaside, «coroneles».

Los posibles clientes eran en su mayoría veteranos retirados y esposas de soldados en servicio. Los «coroneles» más valiosos eran las viudas de veteranos que poseían casas con hipotecas amortizadas. Cada día a las cuatro de la tarde en punto, Day entregaba el disco duro el área ejecutiva del último piso del edificio, donde los fundadores y directores generales de la empresa, Gwen y Rod Burch, tenían sus despachos. Los Burch leían detenidamente las listas de posibles clientes y utilizaban su gran olfato para descubrir a los mejores entre el extraordinario montón de datos.

Ellos pasaban la lista revisada y anotada a la enorme sala de telemarketing de LFX Financial, donde los trabajadores se ponían manos a la obra llamando a miles de «coroneles», tratando de captarlos como clientes. Para Day, la palabra más adecuada para definir a esos teleoperadores sería «pringados». Cada uno de ellos tenía que contratar como mínimo a ocho clientes al día, cuarenta a la semana, o acababa de patitas en la calle.

Day buscaba otro empleo desde que había descubierto lo que la empresa hacía realmente. Estaba deseando largarse de LFX, no porque le pagasen mal y le hiciesen trabajar demasiado —en ese sentido no tenía quejas—, sino por la estafa a la que se dedicaban. Cuando entró en LFX como jefe de equipo en el grandilocuente Departamento de Análisis y se percató de lo que se cocía, se puso enfermo. Aquello no estaba bien.

Y, por supuesto, encima siempre cabía la posibilidad de que el gobierno se interesase por los chanchullos de LFX. Después de todo, trabajaba para los Burch.

Esos pensamientos pasaban por su mente cuando subió al abarrotado ascensor, pasó su tarjeta de seguridad por el lector y pulsó el botón del último piso. La empresa contaba con fuertes medidas de seguridad desde que un soldado dado de baja, que padecía daños cerebrales traumáticos provocados por un artefacto explosivo casero que le había herido en Irak, se coló en el vestíbulo con una pistola y disparó e hirió a tres personas antes de apuntarse a sí mismo con el arma. Su nombre figuraba en una de las listas que Day había llevado arriba unos tres meses antes del incidente. Eso es lo que tardó LFX en quitarle la casa al tipo: apenas tres meses. Después del tiroteo, en LFX no cambió nada con respecto a las prácticas e incentivos de la empresa, salvo que se aplicó un régimen de seguridad radical y cundió una sensación de paranoia. Una parte de ese sistema de seguridad consistía en el aislamiento y compartimentación de las redes informáticas, que era el motivo por el que ahora tenía que transferir los datos a la zona directiva a la antigua usanza: llevándolos a pie.

Las puertas del ascensor se abrieron ante el elegante vestíbulo del último piso del edificio Seaside. A los Burch les gustaba la opulencia y el exceso, montones de paneles de madera oscura, pan de oro, mármol falso, alfombras lujosas y falsas obras maestras de la pintura clásica en las paredes. Day atravesó el vestíbulo, saludó con la cabeza a los recepcionistas y volvió a pasar su tarjeta por el lector situado junto a la puerta. Luego presionó el dedo contra un lector de huellas dactilares; la puerta de madera se abrió y dejó ver el área ejecutiva exterior, llena de secretarias y asistentes que iban y venían. Esa era la hora de mayor actividad en LFX Financial, cuando llegaba la avalancha de contratos de la sala de telemarketing.

Day sonrió y saludó con la cabeza a las distintas secretarias y asistentes con los que se cruzó camino de la zona privada de los Burch.

Se presentó ante Iris, la mandamás de la oficina central, delante de la puerta. Iris era un hueso duro de roer, una persona sensata, «buena gente», como se solía decir. Cualquiera capaz de sobrevivir trabajando tan cerca de los Burch tenía que ser competente y duro.

—Creo que están reunidos —le dijo—. Al menos Roland ha salido hace pocos minutos.

—Sabes que tengo que entregar esto en persona.

—Solo te aviso, nada más. —Lo miró por encima de sus gafas y le dedicó una breve sonrisa.

—Gracias, Iris.

Cruzó la lujosa alfombra hasta la puerta de dos hojas que daba al sanctasanctórum y posó la mano en el frío pomo de latón. Siempre notaba una punzada en ese momento, justo antes de entrar. Detrás aguardaba un monstruoso espacio dorado, pintado de color oro y negro y ocupado por dos ogros verdaderamente horribles. Nueve de cada diez veces ni siquiera lo miraban cuando les dejaba el disco duro, pero de vez en cuando le soltaban un comentario despectivo, y en varias ocasiones lo habían reprendido por alguna infracción que habían detectado.

Cuando iba a abrir la puerta, descubrió que el pomo estaba bloqueado. Qué extraño.

—¿Iris? —Se volvió—. La puerta está cerrada.

La secretaria se inclinó por encima del interfono de su mesa y pulsó un botón.

—¿Señor Burch? El señor Day ha venido a dejarles los datos.

Esperó, pero no hubo respuesta.

—¿Señor y señora Burch? —preguntó otra vez.

Tampoco hubo respuesta.

—A lo mejor no funciona. —Se levantó, se dirigió a la puerta con enérgicas zancadas y dio dos firmes golpecitos.

Esperó.

Otros dos golpecitos, que repitió dos veces.

Esperó más.

—Qué raro. Sé que están ahí dentro. —Tiró del pomo con insistencia. A continuación cogió la tarjeta electrónica que le colgaba del cuello, la pasó por el lector y presionó el pulgar.

La puerta se destrabó con un chasquido.

Day entró en el imponente y chabacano espacio detrás de Iris. Por una fracción de segundo pensó que habían cambiado la decoración de la habitación y la habían pintado de rojo. Entonces se dio cuenta de que lo que estaba mirando era sangre, más sangre de la que había visto en su vida, más de la que creía posible que hubiese en los dos cadáveres decapitados que yacían sobre la alfombra empapada ante sus pies.

Day oyó un suspiro y se volvió justo a tiempo para atrapar a Iris cuando se desplomaba hacia el suelo. La sacó a rastras de la habitación chapoteando con los pies por la alfombra mojada. La puerta se cerró automáticamente detrás de él mientras la tumbaba en un sofá de la recepción. Los presentes en la oficina exterior los miraron consternados. Acto seguido, buscó un asiento para él y se sentó, apoyando la cabeza en las manos temblorosas.

—¿Qué sucede? —preguntó bruscamente una secretaria—. ¿Qué ha pasado?

Day no tenía la mente despejada para hablar. Pero era evidente lo que había ocurrido.

—¿Qué ha pasado? —volvió a preguntar la secretaria mientras él trataba de despejar la cabeza para contestar.

La gente empezaba a reunirse a su alrededor, y otros se acercaban a la puerta cerrada del despacho con vacilación.

—¡Por el amor de Dios, dinos lo que ha pasado!

Otros corrieron hacia la puerta del despacho e intentaron abrirla, pero el cerrojo de la puerta había vuelto a activarse automáticamente al cerrarse.

—Venganza —logró decir Day—. Venganza es lo que ha pasado.

32

La policía científica había montado un puesto de ropa de protección en la entrada del último piso, junto al ascensor, con perchas con trajes de polietileno, mascarillas, guantes y calzas. D'Agosta y Pendergast se pusieron el conjunto completo. El teniente no pudo por menos de fijarse en que al agente no le quedaba bien el traje; nada bien. El atuendo holgado parecía más una mortaja combinado con su piel pálida y su cuerpo demacrado.

Firmaron en la entrada improvisada, donde el sargento Curry, ya ataviado, les esperaba. Toda la planta había sido aislada como la escena del crimen, y los equipos forenses recogían pruebas, muchos a gatas, examinándolo todo con pinzas, tubos de ensayo y bolsas de plástico de cierre hermético. Una vez vestido, D'Agosta se detuvo a mirar. Tenían buena pinta, muy buena pinta. Por supuesto, con él y el FBI ahora presentes, a todos les convenía guardar las apariencias, pero esos agentes eran los mejores que el Departamento de Policía de Nueva York podía ofrecer, y su profesionalidad estaba a la vista de todos. Ojalá encontrasen algo sólido que pudiese llevarle al alcalde, y rápido. Después de ese nuevo homicidio doble, probablemente le quitasen el caso si no mostraba progresos serios. Con suerte, los dos que habían descubierto los cadáveres les revelarían algo importante.

—Este es un sitio absurdo para cometer un asesinato —comentó D'Agosta mientras echaba un vistazo.

Pendergast inclinó la cabeza.

—Tal vez no sea un asesinato, en sentido estricto.

D'Agosta lo dejó correr, como hacía con muchos de sus comentarios crípticos.

—¿Quieren recorrer todo el piso o solo ver la escena del crimen? —preguntó Curry.

D'Agosta miró a Pendergast, quien se encogió de hombros casi con indiferencia.

—Como desee, Vincent.

—Echemos un vistazo a la escena —pidió D'Agosta.

—Sí, señor.

Curry los llevó por la zona de recepción. Se respiraba el silencio del cuarto de un enfermo o de la sala de un hospital para enfermos terminales, y había un fuerte olor a productos químicos de uso forense.

—Hay cámaras por todas partes —observó D'Agosta—. ¿Las desactivaron?

—No —respondió Curry—. Estamos descargando los vídeos de los discos duros. Pero parece que lo captaron todo.

—¿Grabaron al asesino entrando y saliendo?

—Lo sabremos en cuanto los veamos. Después bajaremos a la oficina de seguridad, si quiere.

—Quiero. —Y añadió—: Me pregunto cómo el criminal salió de aquí con dos cabezas bajo los brazos.

Al fondo de las oficinas exteriores, D'Agosta divisó a un hombre vestido con un traje de protección que hacía fotos con un móvil metido en una bolsa de plástico. Resultaba claro que no era un policía ni un investigador de la científica, y estaba un poco pálido.

—¿Quién es ese tío? —preguntó.

—Es de la Comisión de Bolsa y Valores —contestó Curry.

—¿La Comisión de Bolsa y Valores? ¿Cómo le han dado permiso?

Curry se encogió de hombros.

—Vaya a buscarlo, sargento.

Curry fue a por él. El hombre era corpulento y calvo, llevaba gafas de pasta y un traje gris bajo el abrigo, y sudaba copiosamente.

—Soy el teniente D'Agosta —se presentó—, de la Brigada de Investigación. Y este es el agente especial Pendergast, del FBI.

—Agente supervisor Meldrum, del Departamento de Seguridad de la Comisión de Bolsa y Valores. Encantado de conocerlo. —Alargó la mano.

—Perdón, pero nada de apretones de manos en una escena del crimen —se excusó D'Agosta—. Ya sabe, podría haber un cruce de ADN.

—Cierto, me lo dijeron antes, perdone. —El hombre retiró la mano tímidamente.

—Disculpe que le pregunte —continuó D'Agosta—, pero ¿qué interés tiene la Comisión de Bolsa y Valores y quién le ha autorizado a estar en la escena del crimen?

—Tengo autorización de la Oficina del Fiscal Federal, Distrito Sur. Hace mucho que estamos detrás de estos dos.

—¿Ah, sí? —preguntó D'Agosta—. ¿Qué hicieron?

—Muchas cosas.

—Cuando terminemos la inspección —propuso D'Agosta— y nos libremos de estos malditos trajes, me gustaría que nos pusiera al corriente.

—Con mucho gusto.

Cruzaron el espacio abierto hacia un par de puertas de madera ornamentadas que habían forzado. La luz salía a raudales del interior del despacho, y el color principal que D'Agosta podía ver detrás era un vivo carmesí. Dentro había un equipo que se movía con exquisito cuidado sobre unas esteras colocadas encima de una alfombra empapada de sangre.

—Santo Dios. ¿Los dejó así el asesino?

—Los cadáveres no han sido movidos, señor.

Los dos cadáveres yacían estirados en el suelo, uno al lado del otro, con los brazos cruzados sobre el pecho, dispuestos con cuidado por el asesino o asesinos. Bajo las intensas luces instaladas por el equipo de la policía científica, aquello parecía falso, como un decorado cinematográfico. Pero el olor a sangre era genuino, una mezcla de hierro mojado y carne que empieza a pudrirse. La imagen resultaba espantosa, pero D'Agosta nunca se acostumbraba al olor. Nunca. Sintió asco e hizo un esfuerzo por calmar la sensación espástica que se había apoderado repentinamente de su estómago. Había sangre por todas partes. Era de locos. ¿Dónde se había metido el de las manchas de sangre? Allí estaba.

—Oiga, Martinelli. ¿Podemos hablar?

El aludido se levantó y se acercó.

—¿Qué pasa con la sangre? ¿Es una especie de pintura intencionada?

—Todavía tengo que hacer muchos análisis.

—¿Una impresión preliminar?

—Bueno, parece que las dos víctimas fueron decapitadas de pie.

—¿Cómo lo sabe?

—Por la sangre del techo. Está a casi cinco metros. Salió disparada hacia arriba, a chorro. Para que llegase a esa altura, el ritmo cardíaco y la tensión arterial debían de estar por las nubes.

—¿Qué provocaría eso? Me refiero a la tensión elevada.

—Yo diría que los dos sabían lo que les esperaba, al menos en los últimos momentos. Les hicieron ponerse en pie, y sabían que iban a ser decapitados, y eso les produjo tal terror que habría dado como resultado los picos de la tensión arterial y el ritmo cardíaco. Pero, repito, solo es mi primera impresión.

D'Agosta trató de asimilarlo.

—¿Con qué se las cortaron?

Martinelli señaló con la cabeza.

—Allí.

D'Agosta se volvió y allí estaba: un arma medieval tirada en el suelo, con la hoja totalmente manchada de sangre.

—Se llama hacha barbada. Vikinga. Una réplica, claro. Afiladísima.

D'Agosta miró a Pendergast, pero resultaba todavía más impenetrable que de costumbre con el traje de protección.

—¿Por qué no gritaron? Nadie oyó nada.

—Estamos bastante seguros de que se utilizó un arma secundaria. Probablemente una pistola. La usaron como amenaza para que estuviesen callados. Además, esas puertas son muy gruesas, y todo este espacio está muy bien insonorizado.

D'Agosta meneó la cabeza. Era de lo más absurdo matar a los directores generales de una empresa en su propio despacho a la hora con más actividad del día, con las cámaras funcionando y miles de personas en las inmediaciones. Miró otra vez a Pendergast. En contraste con su habitual trajín con las pinzas y los tubos de ensayo, esta vez permanecía callado, con la tranquilidad de quien sale a dar un paseo por el parque.

—Bueno, Pendergast, ¿tiene alguna pregunta? ¿Algo que quiera examinar? ¿Alguna prueba?

—Por ahora no, gracias.

—Yo solo soy el de las manchas de sangre —añadió Martinelli—, pero me parece que el asesino pretende transmitir algún tipo de mensaje. El *Post* dice que…

D'Agosta lo interrumpió con un gesto.

—Sé lo que dice el *Post*.

—Claro, disculpe.

Entonces Pendergast habló por fin.

—Señor Martinelli, ¿no acabaría el asesino lleno de sangre después de decapitar a dos personas que estaban de pie?

—Se podría pensar que sí. Pero el mango de esa hacha es extraordinariamente largo, y si estaba a cierta distancia, decapitó a cada uno de un golpe limpio y tuvo la agilidad para saltar a un lado y evitar los chorros de sangre arterial cuando los cadáveres cayeron, pudo haber escapado sin mancharse.

—¿Diría usted que dominaba el manejo del hacha?

—Visto de esa forma, sí. No es fácil decapitar a alguien de un solo golpe, sobre todo si está de pie. Y hacerlo sin mancharse de sangre… sí, yo diría que hace falta mucha práctica.

D'Agosta se estremeció.

—Gracias, eso es todo —dijo Pendergast.

Se reunieron con el agente de la Comisión de Bolsa y Valores en la oficina de seguridad situada en el sótano. Al bajar, cuando cruzaban el vestíbulo, habían visto a un grupo de gente enfrente del edificio. Al principio D'Agosta pensó que eran los habituales periodistas desobedientes, y alguno había, por supuesto, pero no solo eso. Las pancartas y las consignas ahogadas indicaban que se trataba de algún tipo de manifestación contra los ricos.

«Malditos neoyorquinos —pensó—. Aprovechan la menor excusa para protestar.»

—¿Charlamos allí? —dijo, señalando una zona con asientos de la sala de espera. Los informáticos de la policía estaban descargando y preparando los últimos vídeos de seguridad.

—Es tan buen lugar como cualquiera.

El agente financiero, Pendergast y D'Agosta se sentaron.

—Bueno, agente Meldrum —empezó el teniente—. Infórmenos sobre la investigación de la Comisión de Bolsa y Valores.

—Claro. —Meldrum les dio una tarjeta—. Haré que les envíen copias de nuestros informes.

—Gracias.

—Los Burch llevan, o más bien llevaban, casados... veintidós años. Durante la crisis económica urdieron un plan de inversión para aprovecharse de la gente con problemas para pagar sus hipotecas. En el año 2012 la empresa quebró, y fueron detenidos.

—¿Y no fueron a la cárcel?

Meldrum estiró amargamente los labios.

—¿La cárcel? Disculpe, teniente, ¿dónde ha estado los últimos diez años? Ya he perdido la cuenta de todos los casos en los que he trabajado en los que, en lugar de procesar a los acusados, negociamos un acuerdo y les impusimos una fianza. Esos dos timadores se llevaron un tirón de orejas y crearon en el acto otra empresa de estafas: LFX Financial.

—¿A qué se dedica?

—Su interés se centra en las cónyuges de soldados y veteranos retirados. Dos timos básicos. Tienes a un soldado en el extranjero. La cónyuge, normalmente la esposa, está en Estados Unidos y tiene problemas económicos. Así que la convences para que firme una hipoteca globo sobre la casa. Las cuotas iniciales son pequeñas, pero luego el tipo se regula a una cantidad que ella no se puede permitir. LFX se queda la casa, la vende y saca una pasta.

—¿Es legal?

—Casi todo. Salvo que existen normas especiales sobre la ejecución de la hipoteca de un soldado en activo que ellos no seguían. Y ahí es donde yo intervengo.

—¿Y el segundo timo?

—LFX identificaba a la viuda de un veterano que vivía en una buena casa terminada de pagar. La convencían para que firmase una pequeña hipoteca inversa. Nada del otro mundo, se hace continuamente. Pero entonces LFX forzaba una moratoria de la hipoteca por un motivo falso: el impago del seguro del propietario u otro incumplimiento inventado o nimio de las condiciones. Una excusa que les permitiese quedarse la casa, venderla y obtener una cantidad obscena de las ganancias en calidad de cargos por mora, multas, intereses, recargos y otras cantidades infladas.

—En otras palabras, esos dos eran una auténtica escoria humana —apuntó D'Agosta.

—Y que lo diga.

—Debían de tener muchos enemigos.

—Sí. De hecho, hace tiempo hubo un tiroteo en este mismo edificio: un soldado que perdió su hogar entró y acribilló el lugar antes de suicidarse.

—Ah, sí. Me acuerdo. ¿Cree que los dos fueron asesinados por una víctima que buscaba venganza?

—Es una hipótesis razonable, y es lo primero que pensé cuando me llamaron.

—Pero ya no lo piensa.

—No. Me parece bastante claro que es el mismo psicópata que mató a las otras tres personas decapitadas: un justiciero que castiga a hijos de puta ricos. Ya sabe, como dicen los artículos del *Post*.

D'Agosta sacudió la cabeza. Pese a lo mucho que detestaba al cabrón de Harriman, su teoría parecía cada vez más plausible. Miró a Pendergast y no puedo evitar preguntar:

—¿Usted qué piensa?

—Muchas cosas.

D'Agosta esperó, pero pronto quedó claro que no diría nada más.

—Es una locura. Dos personas decapitadas en pleno día en un concurrido edificio de oficinas. ¿Cómo pasó la seguridad el asesino, cómo entró en el despacho, cómo los mató, les cortó las cabezas y salió sin que nadie viese nada? Parece imposible, como uno de esos misterios de habitaciones cerradas de… ¿Cómo se llama? Dickson Carr.

Pendergast asintió con la cabeza.

—En mi opinión, las preguntas más importantes que debemos hacernos no son tanto quiénes eran las víctimas, por qué fueron elegidas o cómo se cometió el asesinato.

—¿Qué más importa en un asesinato que el quién, el porqué y el cómo?

—Mi querido Vincent, está el dónde.

33

El técnico de sonido sujetó el micrófono de solapa a la camisa de Harriman, lo ajustó y se retiró a su puesto.

—Diga unas cuantas palabras, por favor —indicó—. Con voz normal.

—Soy Bryce Harriman —empezó—. «Vayamos, pues, tú y yo, cuando la tarde se haya tendido sobre el cielo…»

—Vale, se oye bien. —El técnico levantó el pulgar en dirección al productor.

Harriman echó un vistazo al decorado del estudio. Los estudios de televisión siempre le hacían gracia: un diez por ciento se disponía para que pareciese el salón de una casa, o la mesa de un presentador, y el resto del espacio era un caos enorme, con suelos de hormigón, luces colgadas, fondos verdes, cámaras, cables y personas que andaban por ahí mirando.

Ese era el tercer programa al que asistía esa semana, y cada uno había sido más importante que el anterior. Era una especie de barómetro del éxito que había obtenido su artículo y los que le siguieron. Primero, la cadena de televisión local de Nueva York —en diferido, no en directo— le ofreció un espacio de dos minutos. Luego había aparecido en *La hora de Melissa Mason*, una de las tertulias más populares del área triestatal. Pero entonces había saltado la noticia del doble asesinato: un crimen que coincidía plenamente con sus predicciones. Y ahora iba a salir en la joya de la corona: *La mañana con Kathee Durant*, uno de los programas matutinos de difusión nacional con más audiencia del país.

Y allí estaba la mismísima Kathee, sentada a menos de un metro de él, mientras le retocaban la cara durante la pausa publicitaria. El plató de *La mañana* estaba decorado para que pareciese un exclusivo rincón para el desayuno, con cuadros naif de Estados Unidos en las paredes falsas y dos butacas con antimacasares una enfrente de la otra, con un monitor de pantalla grande en medio.

—Diez segundos —anunció alguien desde los oscuros recovecos del plató.

La maquilladora escapó, y Kathee se volvió hacia Harriman.

—Es un placer tenerte aquí —le aseguró con su sonrisa del millón de dólares—. Qué artículo tan formidable. Verdaderamente formidable.

—Gracias. —Harriman le devolvió la sonrisa. Observó una cuenta atrás en una pantalla digital, y a continuación una luz roja apareció en una de las tres cámaras que les enfocaban.

Kathee dirigió su sonrisa deslumbrante a la cámara.

—Esta mañana tenemos la suerte de contar con Bryce Harriman, el periodista del *Post* que, en opinión del público, ha hecho lo que la policía de Nueva York no ha conseguido: descubrir la motivación del asesino que ha sido apodado «el Decapitador». Y tras el reciente doble asesinato, que coincide con la teoría del señor Harriman, expuesta por primera vez en un artículo publicado el día de Navidad, la historia parece haber causado conmoción. Famosos, millonarios, estrellas de rock y hasta jefes de la mafia están huyendo de la ciudad.

Mientras hablaba, el monitor situado entre ellos, que hasta entonces había exhibido el logo de *La mañana*, se encendió, y aparecieron breves fragmentos de vídeo de gente que subía a limusinas; aviones privados que se deslizaban por pistas de aterrizaje; caras conocidas rodeadas de séquitos de guardaespaldas que corrían por delante de los paparazzi. Los fragmentos le resultaban familiares: Bryce los había visto todos antes. Y también había visto la situación en persona. Gente, gente poderosa, abandonaba Manhattan como las ratas huyen de un barco que se hunde. Y todo por él. Mientras tanto, el ciudadano de a pie veía cómo los acontecimientos se desarrollaban con la morbosa emoción de presenciar que los ricos recibían por fin su merecido.

Kathee se volvió hacia él.

—Bryce, bienvenido a *La mañana*. Gracias por venir.

—Gracias a ti por invitarme, Kathee —respondió Harriman. Se movió un poco y ofreció su mejor perfil a la cámara.

—Bryce, tu noticia es la comidilla de la ciudad —le comentó Kathee—. ¿Cómo averiguaste lo que no han descubierto las mejores mentes de la policía de Nueva York en semanas?

Harriman se estremeció al recordar las palabras de Petowski: «Los periodistas se pasan la vida entera buscando una noticia como esta».

—Bueno, no puedo atribuirme todo el mérito —dijo con falsa modestia—. En realidad, me basé en el trabajo preliminar que había hecho la policía.

—Pero ¿cuál fue, cómo decirlo, el momento en que se te encendió la bombilla? —Con su nariz respingona y su cabello rubio ondulado, era idéntica a una Barbie.

—Como recordarás, por entonces circulaban muchas teorías —explicó Bryce—. No me convencía la idea de que había más de un asesino en activo. Una vez que fui consciente de eso, solo fue cuestión de buscar lo que tenían en común todas las víctimas.

Ella echó un vistazo al teleprompter, por donde desfilaban frases del primer artículo de Harriman.

—Tú dijiste que todas las víctimas «carecían por completo de dignidad humana». Que «el mundo sería un lugar mejor si estuviesen muertas».

Harriman asintió.

—¿Y crees que cortarles la cabeza es un gesto simbólico?

—Exacto.

—Pero la decapitación... ¿existe la posibilidad de que sea obra de yihadistas?

—No. No concuerda con el patrón. Es obra de un solo hombre, y usa la decapitación por motivos propios. Sí, se trata de un antiguo castigo, una manifestación de la ira de Dios ante el pecado y la depravación tan extendidos en la sociedad actual. Incluso la expresión «pena capital» proviene de *caput*, «cabeza» en latín. Pero este asesino está predicando, Kathee: está advirtiendo a Nueva York, y por extensión a todo el país, de que no se tolerará la codicia, el egoísmo y el materialismo flagrante. Está atacando a los millonarios más avaros que parecen haber tomado la ciudad en los últimos años.

Kathee asintió enérgicamente con la cabeza, con los ojos brillantes, pendiente de todas sus palabras. Bryce se dio cuenta de una cosa: con esa sola noticia se había hecho famoso. Había tomado la serie de asesinatos más mediáticos en muchos años y, sin ayuda de nadie, la había hecho suya. Sus siguientes artículos, redactados con sumo cuidado con el fin de lograr la máxima sensación y pulir su propia imagen, no eran más que la guinda del pastel. En Nueva York nadie perdía detalle de todo lo que él decía. Deseaban, necesitaban que él les explicase cómo era el Decapitador.

Y él los complacería con mucho gusto. Esa entrevista suponía una oportunidad de oro para avivar el fuego, y eso era justo lo que pensaba hacer.

—Pero ¿qué está predicando exactamente? —preguntó Kathee—. ¿Y a quién está predicando?

Bryce se tiró de la corbata dándose importancia, con cuidado de no tocar el micrófono.

—Es muy sencillo, la verdad. Fíjate en lo que le ha pasado a nuestra ciudad, la riqueza de origen corrupto que llega a montones del extranjero, los pisos de cincuenta y cien millones de dólares, los multimillonarios que se aíslan en sus palacios dorados. La ciudad de Nueva York era antes un sitio donde todos, ricos y pobres, se codeaban y se llevaban bien. Ahora, los más ricos están invadiendo nuestra ciudad y pisoteando al resto. Creo que el mensaje que les dirige el asesino es: «Enmendaos». —Las últimas palabras tuvieron un sesgo siniestro.

Los ojos de Kathee se abrieron más.

—¿Estás diciendo que el Decapitador va a seguir matando a los multimillonarios?

Harriman dejó pasar un momento largo y elocuente. Entonces asintió con la cabeza. Era el momento de avivar el fuego.

—Sí. Pero no seamos complacientes. Puede que haya empezado por los ricos y poderosos —recitó—. Pero si no tenemos en cuenta su advertencia, puede que no se detenga ahí. Todos estamos en peligro, Kathee; hasta el último de nosotros.

34

Las oficinas de seguridad del edificio Seaside Financial, y de LFX Financial en concreto, estaban situadas en una habitación del sótano sin ventanas, con bloques de hormigón pintados y funcionales muebles metálicos. Pero el sistema de vigilancia propiamente dicho, advirtió D'Agosta tan pronto como entraron, era de última generación, nuevo y manejado por un equipo más que competente.

El jefe del equipo de seguridad, un tipo llamado Hradsky, había confiscado todos los vídeos del edificio y los había organizado y copiado en discos duros para la brigada de investigación tecnológica de la policía de Nueva York, que se los había llevado. Pero D'Agosta no quería esperar a verlos en One Police Plaza. Prepararlos les llevaría horas, incluso un día entero. Quería verlos de inmediato. De modo que Hradsky, muy amable, lo había preparado y lo tenía todo listo cuando D'Agosta y Pendergast llegaron acompañados del sargento Curry.

—Pasen, caballeros.

Hradsky era un tipo menudo con el cabello moreno, una deslumbrante dentadura blanca, encías rosadas y una amplia sonrisa que, al parecer, nunca abandonaba su rostro. Parecía más un barbero que un técnico de seguridad, pero cuando D'Agosta lo vio ir y venir por la sala de proyección, encendiendo esto, conectando aquello y tecleando aquí y allá, comprendió que tenían mucha suerte. La mayoría de los directores de seguridad eran poco serviciales, cuando no abiertamente hostiles. Ese tipo pretendía complacerles y estaba claro que sabía lo que hacía.

—Bueno, ¿qué les gustaría ver en concreto, amigos? —preguntó Hradsky—. Tenemos muchas cámaras y más de mil horas de vídeo recopiladas solo del último día. Se lo hemos enviado todo a su gente.

—Lo que quiero es muy sencillo. Hay una cámara en el exterior del despacho. Quiero que acceda a esas imágenes, que empiece por el momento en que los cadáveres fueron descubiertos y que retroceda a doble velocidad.

—Muy bien.

Hradsky tardó solo un minuto en prepararlo todo y oscurecer la sala. Una imagen sorprendentemente clara apareció en la pantalla, una vista amplia de la puerta de dos hojas y la zona de alrededor, con mesas a cada lado. Empezaba por el tipo que encontró los cadáveres sentado con la cabeza apoyada en las manos, mientras una secretaria permanecía tumbada en un sofá a su lado. A continuación se levantaban tambaleándose, y el hombre arrastraba a la mujer hacia atrás hasta el despacho. Momentos más tarde volvían a salir andando hacia atrás, y el tipo trataba de abrir el pomo de la puerta cerrada con la mujer, y luego la mujer retrocedía a su mesa y el hombre desaparecía andando hacia atrás, y las puertas seguían cerradas mientras en la oficina exterior la gente pululaba de aquí para allá.

Esperaron mientras los segundos seguían corriendo hacia atrás. Entonces las puertas se abrieron, y un hombre con una gran funda de un instrumento musical apareció a la izquierda andando hacia atrás, cruzó las puertas del despacho moviéndose hacia atrás, y las puertas se cerraron.

—¡Párelo! —ordenó D'Agosta.

Hradsky lo paró.

—Reprodúzcalo hacia delante a cámara lenta.

Obedeció, y entonces las puertas se abrieron y el hombre salió.

—Congele la imagen. —D'Agosta se levantó y se quedó mirando. Era un plano extraordinariamente claro—. Ese es nuestro hombre, ¿verdad? Fue el último en salir del despacho antes de que los cadáveres fuesen encontrados. Tiene que ser él. —Miró a Pendergast, casi esperando que le contradijese.

—Su lógica es irrebatible —dijo, sin embargo.

—Fíjese en el trasto que lleva. ¡Dentro cabría una espada o dos cabezas! Y la hora que marca el vídeo es justo cuando el forense calculó el momento de la muerte. ¡Hostia puta, es él!

—Eso parece, sin duda —convino Pendergast.

—¿Y quién es? —D'Agosta se volvió hacia Hradsky—. ¿Lo ha visto antes?

El técnico hizo avanzar la imagen hacia delante y hacia atrás, aisló la cara del hombre, la amplió y utilizó unas cuantas herramientas de software para hacerla más nítida.

—Me suena. Creo que trabaja aquí. ¡Joder, es McMurphy!

—¿Quién es ese?

Pulsó un botón, y un expediente personal digital apareció en la pantalla. Había una foto del hombre al lado de su nombre: Roland McMurphy, vicepresidente adjunto, con todos sus datos personales: teléfono, dirección en Columbus Avenue, todo.

—Es nuestro hombre.

«Por fin», exclamó para sus adentros. Le costó evitar el tono eufórico.

—Ejem —intervino Hradsky—. Creo que no.

—¿A qué se refiere?

—¿McMurphy? No me lo imagino haciendo algo así. Es un tipo encorvado, con papada, un hipocondríaco, coleccionista de mariposas, toca el chelo y siempre va correteando, como si fuesen a pegarle.

—A veces los culpables son los individuos de los que uno menos sospecha —apuntó D'Agosta—. Un día explotan.

—Podemos confirmar su presencia. Tenemos registros digitales de todo el mundo que entra y sale del edificio. —El técnico ya estaba hojeando unos registros en pantalla—. Aquí dice que no vino a trabajar; parece que llamó para avisar de que estaba enfermo.

—Entonces, llamó para avisar de que estaba enfermo y luego entró sin ser visto. —D'Agosta se volvió hacia Curry—. Envíe dos coches patrulla a su casa con refuerzos y avise a un equipo especial.

—Sí, teniente. —Se alejó y empezó a llamar por teléfono.

Hradsky se aclaró la garganta.

—Me gustaría pensar que lo que usted insinúa, que entró sin que lo viesen, sería difícil, cuando no imposible. Tenemos un sistema de seguridad de vanguardia.

—¿Puedo hacer una petición? —preguntó Pendergast en voz queda.

D'Agosta lo miró.

—Sí, adelante.

—El asesino salió del despacho a las cuatro y un minuto de la tarde. ¿Cuánto se tarda en llegar allí desde la entrada principal?

—Yo diría que entre seis y ocho minutos —contestó Hradsky sin vacilar.

—Excelente. Veamos lo que grabó la cámara del vestíbulo a las cuatro y siete para ver si se fue.

El técnico lo preparó y un momento más tarde, en efecto, vieron al hombre con la funda de chelo salir del vestíbulo a las cuatro y ocho.

—Ahora —indicó Pendergast— reproduzca hacia atrás el vídeo de la cámara del despacho hasta que le veamos entrar.

Contemplaron cómo el vídeo avanzaba hacia atrás y luego vieron al hombre salir por la puerta y desaparecer andando hacia atrás.

—Las tres y cincuenta de la tarde —dijo Pendergast—. Ahora sabemos que el asesinato tuvo lugar en el transcurso de once minutos, entre las tres y cincuenta y las cuatro y un minuto. Excelente. Señor Hradsky, muéstrenos lo que grabó la cámara del vestíbulo ocho minutos antes para ver si entra en el edificio.

D'Agosta vio cómo Hradsky lo hacía, y allí estaba el hombre, entrando por la puerta a las 15.42 de la tarde. Observaron cómo accedía por la puerta giratoria, iba directo a la verja electrónica y deslizaba su tarjeta de seguridad, que abrió la puerta de inmediato.

—¿A qué hora pone que pasó la tarjeta? —inquirió Pendergast.

—A las tres y cuarenta y tres y dos segundos —respondió Hradsky.

—Por favor, busque en los registros de seguridad quién accedió al sistema en ese preciso momento.

—Sí. Muy astuto. —Hradsky tecleó un poco más y acto seguido frunció el ceño al ver la imagen de la pantalla. La miró un largo instante con los labios fruncidos. Volvió a intentarlo.

—¿Y bien...? —preguntó D'Agosta—. ¿Quién fue?

—Nadie. Nadie fichó a esa hora.

En ese momento Curry, que venía de llamar por teléfono, apareció en una esquina del fondo.

—¿Teniente?

—¿Qué pasa?

—Roland McMurphy se pasó todo el día en el hospital. Estuvieron colocándole una bolsa de colostomía.

Salieron del vestíbulo a la plaza situada enfrente del edificio Seaside Financial, donde se había congregado una multitud bulliciosa que gritaba y agitaba pancartas.

—Otra manifestación no —gruñó D'Agosta—. ¿Qué coño quieren ahora?

—Ni idea —contestó Curry.

Mientras el teniente buscaba un camino a través de la masa furiosa, empezó a hacerse una idea de lo que pasaba. Al parecer, había dos grupos distintos manifestándose. Uno agitaba carteles y gritaba consignas como «¡Abajo los ricachones!» y «¡Decapita a los empresarios codiciosos!». Eran muy jóvenes y desaliñados, casi los mismos que D'Agosta recordaba haber visto en las protestas de Occupy Wall Street unos años antes.

El otro grupo era muy distinto; muchos eran jóvenes también, pero iban vestidos con abrigos y corbatas, y parecían más misioneros mormones que radicales de izquierda. Ellos no gritaban nada, solo portaban en silencio letreros con lemas como ¿QUIÉN ES TU DUEÑO?, BIENVENIDO A LA NUEVA HOGUERA DE LAS VANIDADES, LAS MEJORES COSAS DE LA VIDA NO SON «COSAS» y EL CONSUMISMO ES UNA ENFERMEDAD MORTAL.

Aunque los dos bandos parecían coincidir en la maldad del dinero, en los puntos en que se cruzaron se gritaron insultos y hubo refriegas a medida que llegaba más gente por varias calles laterales para unirse a ellos.

Mientras observaba, D'Agosta distinguió a quien parecía ser el cabecilla del grupo que hacía menos ruido: un hombre delgado con el pelo canoso que llevaba un plumífero sucio sobre algo que parecía un hábito de monje. Sujetaba un cartel en el que ponía VANIDADES, con un fuego pintado toscamente debajo de la palabra.

—Eh, ¿ve a ese tipo? ¿Qué opina de él?

Pendergast miró.

—Un exjesuita, por el aspecto de la sotana raída que lleva debajo de la chaqueta. Y es evidente que el letrero es una alusión a la «hoguera de las vanidades» de Savonarola. Es un giro interesante de la situación actual, ¿no le parece, Vincent? Los neoyorquinos nunca dejan de sorprenderme.

D'Agosta recordaba vagamente haber oído algo sobre un loco llamado Savonarola en la historia de Italia, pero no le venía a la memoria.

—Los callados me dan más miedo que la turba. Ellos parece que van en serio.

—Ya lo creo —convino Pendergast—. Se diría que no solo nos enfrentamos a un asesino en serie, sino también a un movimiento de protesta social, o incluso dos.

—Sí. Y si no resolvemos esto pronto, en Nueva York estallará una puta guerra civil.

35

Marsden Swope salió al aire frío de diciembre enfrente de su piso en la calle Ciento veinticinco Este y respiró hondo, tratando de sacar de sus pulmones el aire muerto de su estudio en un sótano. Después de la manifestación de la tarde anterior, se sentía lleno de energía. Desde entonces, Swope había estado sentado ante su viejo ordenador Gateway dieciocho horas seguidas, actualizando su blog, tuiteando, conectado a Facebook e Instagram, y escribiendo correos electrónicos. Pensaba que era increíble cómo una idea simple podía crecer hasta convertirse en algo tan grande en un período de tiempo tan breve. El mundo estaba ávido de lo que él podía ofrecerle. Qué extraño resultaba, después de todos aquellos años trabajando en el anonimato y la pobreza.

Respiró hondo varias veces más. Se sentía aturdido, no solo por estar frente a una pantalla de ordenador tanto tiempo, sino también porque hacía dos días que no probaba bocado. No tenía hambre, pero sabía que tenía que comer algo para seguir adelante; aunque su espíritu estaba bien alimentado, su cuerpo se estaba quedando sin energías.

En la acera, bajo la fría y radiante luz invernal, los coches pasaban a toda velocidad; gente despreocupada enfrascada en sus insignificantes asuntos. Se dirigió a Broadway y atravesó la avenida, pasó por debajo de las vías elevadas mientras un tren estruendoso cruzaba por encima, traqueteando en dirección al norte, y luego torció hacia el McDonald's de la esquina de la Ciento veinticinco con Broadway.

El establecimiento estaba ocupado por los vagabundos habituales que trataban de huir del frío sujetando un vaso de café entre las manos y el inevitable grupo de asiáticos que jugaban a las cartas. Se detuvo; allí se hallaban los invisibles, los pobres, los que habían sido pisoteados, aplastados y reducidos a polvo por los ricos y poderosos de esta ciudad caída. Pronto, muy pronto, sus vidas cambiarían… gracias a él.

Pero todavía no. Se dirigió al mostrador y pidió dos docenas de McNuggets de pollo y un batido de chocolate, recogió el pedido y se lo llevó a una mesa. Era como si fuese invisible; nadie lo conocía y nadie lo miraba. Tampoco había mucho que mirar: un cincuentón menudo con el pelo canoso y ralo, barba recortada, delgado y desnutrido, vestido con un plumífero marrón del Ejército de Salvación, pantalones de sport y zapatos de segunda mano.

Antiguo sacerdote jesuita, Swope había abandonado la Compañía de Jesús diez años antes. Lo había hecho para evitar que lo expulsasen, sobre todo por su manifiesta indignación ante la hipocresía de la Iglesia católica con respecto al dinero y las propiedades que había acumulado a lo largo de los siglos, en contradicción directa con las enseñanzas de Jesús sobre la pobreza.

Como jesuita, había hecho voto de pobreza, pero eso contrastaba con las obscenas riquezas de la Iglesia. «Es más fácil que un camello pase por el ojo de una aguja que el que un rico entre en el Reino de los Cielos» era, en su opinión, la afirmación más clara que Jesús había hecho durante su estancia en la tierra, y sin embargo —como había expresado muchas veces a sus superiores, para gran disgusto de ellos—, era la que muchos supuestos cristianos pasaban por alto en todo el mundo.

Pero eso se había acabado. Los oprimidos no iban a aguantarlo más. La solución no era una revolución externa, como la que apoyaban muchos otros que habían empezado a protestar. Nada cambiaría la codicia de la humanidad. No, lo que Swope pedía era una revolución interna. No podías cambiar la codicia del mundo, pero podías cambiarte a ti mismo, comprometerte a vivir de forma humilde y sencilla y rechazar las vanidades.

De modo que se había marchado en circunstancias poco claras y había continuado su solitaria cruzada en internet, clamando contra el dinero, la riqueza y los privilegios. Había sido una voz en el desierto hasta que participó en aquella manifestación, movido por un impulso. Y a medida que hablaba con la gente, se manifestaba y hablaba más, se dio cuenta de que por fin había encontrado a su familia y su vocación.

Solo dos días antes, mientras leía sobre los asesinatos del Decapitador en el *New York Post*, se le había ocurrido una idea. Organizaría una hoguera. Una hoguera simbólica, como la que encendió el monje Savonarola en la plaza mayor de Florencia el 7 de febrero de 1497. En esa fecha, miles de ciudadanos de Florencia respondieron al llamamiento de Savonarola a llevar artículos de vanidad y codicia a la gran *piazza*, amontonarlos y quemarlos como purificación simbólica de sus almas. Y los ciudadanos reaccionaron con gran entusiasmo, lanzando cosméticos, espejos, libros obscenos, naipes, ropa lujosa, cuadros frívolos y otras manifestaciones de la codicia mundana, y luego les habían prendido fuego en una gigantesca «hoguera de las vanidades».

Y entonces, como si fuese una señal, se había enterado de la manifestación por las redes sociales, y había cristalizado todos sus pensamientos e ideas previas en torno a esa idea: una hoguera de las vanidades del siglo XXI. Y qué mejor lugar para hacerla que Nueva York, la Florencia del mundo moderno, la ciudad de los multimillonarios y los vagabundos, los más ricos y los más pobres, el paraíso nocturno de los poderosos y el abismo de desesperación nocturna de los menos afortunados.

De modo que el exjesuita Marsden Swope había publicado en las redes sociales un modesto llamamiento a todos aquellos hartos del materialismo, el narcisismo, la codicia, el egoísmo, la desigualdad y el vacío espiritual de la sociedad moderna y los había invitado a asistir a esa nueva hoguera de las vanidades que tendría lugar en algún punto de Nueva York.

Para confundir y desconcertar a las autoridades, escribió, el lugar y la fecha reales de la hoguera se mantendrían en secreto hasta el último momento. Pero se llevaría a cabo en un sitio público, una zona muy concurrida, y ocurriría tan rápido que las autoridades no tendrían tiempo de detenerla. Sus lectores y seguidores debían prepararse y esperar sus instrucciones.

La idea, siguió exponiendo Swope en su manifiesto, provenía de los brutales asesinatos del Decapitador. Allí había una persona que pretendía identificar el mal en nuestro mundo moderno. Si creías en Satán (y había muchas pruebas que apoyaban esa creencia), entendías que el Decapitador era en realidad un siervo de Satán. Estaba instrumentalizando el mal rapaz de los multimillonarios y sus secuaces empresariales para propagar más el mal. El Decapitador se había autoerigido en el mismísimo Dios, la blasfemia definitiva. Era un agente que desviaría a los fieles de su auténtico deber, que era pedir perdón, aspirar a purificarse, sacarse la viga del ojo antes de intentar sacar la paja del ajeno. Los otros manifestantes, los que hacían un llamamiento a la destrucción de los ricos, servían a Satán tanto como los propios ricos. No, a los ricos no se les destruye; se hace como hizo Jesús y se les convierte.

Con ese fin, Swope ofrecía una hoguera de expiación. Pidió a todo el mundo que desease asistir que llevase algo simbólico para quemar, algo que para ellos representase el mal que deseaban expurgar en sí mismos. Debía ser un emblema de la purificación a la que cada uno deseaba someterse, la expiación que esperaban alcanzar, la penitencia que querían ganarse.

Sus modestas publicaciones habían puesto el dedo en la llaga. Al principio, apenas había obtenido respuesta. Pero entonces unas cuantas personas lo habían retuiteado y otras pocas habían compartido su entrada de Facebook. De repente, la cosa despegó como un cohete. Vaya, el mensaje se había vuelto viral. Durante dieciocho horas seguidas, su ordenador había estado pitando sin parar cada vez que recibía comentarios y «me gusta» y respuestas a su convocatoria: cientos de miles. La gente estaba cautivada. Deseaban purificarse, despojarse de la suciedad del materialismo y la avaricia. Miles y miles de personas habían publicado fotos de los objetos que habían elegido para la hoguera de las vanidades. La reacción de la gente del área triestatal era asombrosa. Todos esperaban que anunciase dónde y cuándo.

El último McNugget de pollo desapareció en su boca. Masticó despacio y pensativamente, sin apenas saborearlo. Apuró el batido de chocolate. Atendidas sus necesidades corporales, recogió la mesa, tiró la basura y salió por la puerta al frío glacial de diciembre. Volvió por la calle Ciento veinticinco a su estudio y su viejo ordenador.

Allí seguiría reuniendo a la ciudad a favor de su causa.

36

Cuando la doctora Wansie Adeyemi llegó a las Naciones Unidas para pronunciar un discurso a las diez de la mañana ante la Asamblea General, a Charles Attiah le pareció una mujer imponente. A él lo habían llamado para hacer un turno y medio en el Departamento de Seguridad de las Naciones Unidas, donde lo destinaron al altísimo vestíbulo del edificio de la Asamblea General.

Se unió a otros ochenta guardias de seguridad cuyo trabajo consistía en organizar a los dignatarios y las delegaciones que llegaban para el discurso, junto con las multitudes que acudían en tropel a ver a la doctora Adeyemi, ganadora del Premio Nobel de la Paz de ese año. Attiah estaba especialmente impaciente por verla, y de hecho había solicitado ese servicio porque era de ascendencia nigeriana y se sentía orgulloso de Adeyemi, la actual embajadora y ciudadana más famosa de Nigeria, y quería oír su discurso ante las Naciones Unidas.

Adeyemi había llegado una hora antes, acompañada por un gran séquito y su propio equipo de seguridad, ataviada con un espectacular vestido *kitenge* nigeriano, con un deslumbrante estampado geométrico blanco y negro con los bordes de vivos colores, y llevaba un reluciente pañuelo de seda naranja alrededor de la cabeza. Era alta, majestuosa, de aspecto solemne y extraordinariamente joven considerando todos sus logros. A Attiah le cautivaba su carisma.

Miles de personas habían acudido a recibirla cuando atravesó el vestíbulo entre aplausos y rosas amarillas, su flor distintiva, lanzadas por el público. Era una lástima, pensó Attiah, que la doctora Adeyemi, una destacada cristiana, se hubiese visto obligada a viajar con un grupo tan numeroso de guardias de seguridad armados debido a una fetua, varias amenazas de muerte y un atentado contra ella.

Attiah había ayudado a mantener a raya a la respetuosa multitud tras unos cordones de terciopelo mientras la doctora Adeyemi pasaba. Ahora llevaba una hora dentro de la sala, pronunciando un discurso sobre el VIH y el sida y suplicando más financiación a los gobiernos del mundo para la serie de clínicas para enfermos de VIH que había abierto por toda África Occidental. Él no podía verla, pero el discurso se estaba transmitiendo en directo en el vestíbulo para que el público pudiese escucharlo. Adeyemi habló con mucha elocuencia en inglés sobre la labor de sus clínicas y el extraordinario descenso de nuevos contagios de VIH debido a los esfuerzos de su organización. Miles de vidas se habían salvado gracias a sus clínicas, que no solo proporcionaban medicinas, sino también programas educativos. Sin embargo, todo ello la había convertido en objetivo de Boko Haram, que afirmaba que sus centros médicos formaban parte de una conspiración occidental para esterilizar a las mujeres musulmanas, y había bombardeado varias.

A la Asamblea General le encantó el discurso y la interrumpió en numerosas ocasiones con sus aplausos. Aquello era algo positivo; algo en lo que todos los países podían estar de acuerdo.

Attiah advirtió que el discurso estaba terminando. La voz sonora de la doctora Adeyemi había alcanzado un crescendo expresivo, haciendo un llamamiento al mundo para erradicar el VIH y el sida como había hecho con la viruela. Era posible. Se necesitaría dinero, dedicación y educación por parte de los gobiernos del mundo, pero estaba a su alcance.

La conferencia concluyó con más aplausos y una calurosa ovación de los asistentes puestos en pie. Attiah se preparó para la marea que estaba a punto de entrar en el vestíbulo. Pronto las puertas se abrieron, y las delegaciones extranjeras, los dignatarios, la prensa y los invitados salieron en tropel, seguidos de Adeyemi y su séquito de políticos nigerianos, doctores y trabajadores sociales. El grupo estaba rodeado por el contingente de seguridad de la doctora.

En qué mundo vivían, pensó Attiah, donde hasta una santa tenía enemigos. Pero así eran las cosas, y la seguridad en torno a ella era muy fuerte, aparte del personal altamente cualificado del Departamento de Seguridad de las Naciones Unidas.

La multitud seguía saliendo, emocionada, charlando, absorta aún en el inspirador discurso. Avanzaban en bandada siguiendo los cordones de terciopelo, todos de forma muy ordenada, y se hicieron a un lado cuando la doctora Adeyemi, su séquito, sus guardias de seguridad y sus seguidores cruzaron el vestíbulo. Attiah nunca había visto tantas personas en ese lugar, todas centradas en Adeyemi como abejas alrededor de una reina. Naturalmente, la prensa se hallaba presente, y el sitio estaba plagado de cámaras de televisión.

De repente Attiah oyó una serie de rápidos disparos: «¡bang, bang-bang-bang, bang!». Bien adiestrado en el uso de armas de fuego, reconoció en el acto que en realidad los sonidos no eran de disparos, sino de petardos, pero la muchedumbre no supo distinguirlos, y el efecto fue electrizante: un pánico repentino y sobrecogedor. Chillidos y gritos resonaron en el vestíbulo mientras la gente corría a cobijarse donde fuese y se precipitaba por todas partes, chocaba, caía y se pisaba. Era como si sus cerebros se hubiesen apagado y el instinto se hubiese hecho con el mando.

Attiah y sus compañeros trataron de poner orden y llevar a cabo el simulacro antiterrorista que tan bien ensayado tenían, pero fue inútil. Nadie escuchaba; nadie podía escuchar, y los cordones de terciopelo, los puntales y las barreras cayeron como un castillo de naipes.

Quince segundos después de los petardos, hubo dos «¡bum!» sordos, uno detrás del otro, y en un abrir y cerrar de ojos el enorme vestíbulo se llenó de un humo denso y cegador, que aumentó el nivel de terror a unas cotas que él no creía posibles. Las personas se arrastraban por el suelo, gritaban, se agarraban y tiraban unas de otras como si se estuviesen ahogando.

Attiah trató de ayudar e hizo todo lo que estuvo en su mano para tranquilizar a la gente y guiarla a las zonas de seguridad establecidas, pero parecía que todos se hubiesen convertido en animales necios y desquiciados. Oyó sirenas a través de la oscuridad mientras la policía, los bomberos y los equipos antiterroristas llegaban a la plaza del exterior, invisibles entre el humo. El pánico ciego siguió, siguió y siguió aumentando…

Y entonces el ambiente empezó a despejarse; primero la oscuridad se disipó, a continuación brilló una luz de color marrón oscuro, y luego se aclaró hasta convertirse en neblina. Las puertas del vestíbulo estaban abiertas, los sistemas de ventilación rugían a toda marcha y los policías de Nueva York entraban corriendo acompañados de un montón de unidades antiterroristas. A medida que el humo se despejaba, Attiah pudo ver que casi todo el mundo seguía tumbado en el suelo; después de que las bombas de humo estallasen, habían hecho todo lo que habían podido para refugiarse echándose a tierra y arrastrándose hasta ponerse a salvo.

Y entonces Attiah vio una imagen que le aterrorizó tanto que no la olvidaría mientras viviese. Tumbado en el suelo, boca arriba, se hallaba el cuerpo de la doctora Wansie Adeyemi. Supo que era ella por el inconfundible vestido *kitenge*. Pero no tenía cabeza. Dos guardias de seguridad, que Attiah dedujo que habían estado protegiéndola, también yacían muertos a su lado.

Un enorme charco de sangre seguía extendiéndose desde la escena de la matanza, y a medida que la gente que había alrededor del cadáver se percataba de las dimensiones de la tragedia, un gemido estridente comenzó a alzarse mientras los guardias de seguridad de Adeyemi corrían de acá para allá, confundidos y furiosos, buscando al asesino, al mismo tiempo que los policías de Nueva York se movilizaban dirigiendo, gritando y despejando a la masa de personas aterradas.

Al contemplar el vestíbulo, con el humo oscuro que se disipaba flotando, los gritos de las personas asustadas, las figuras provistas de trajes y cascos que atravesaban la penumbra a la carrera y vociferaban instrucciones con sus megáfonos, la densa masa de luces intermitentes y sirenas del exterior, Attiah se sintió como si hubiese descendido al mismísimo infierno.

37

Bryce Harriman realizó la larga ascensión por el edificio de DigiFlood mientras veía a través del ascensor de cristal cómo el vestíbulo quedaba reducido a un punto debajo de él. El propio Anton Ozmian había solicitado una reunión, lo que por sí solo bastó para despertar la curiosidad de Harriman, pero en ese momento también tenía otras cosas en la cabeza.

La primera y más importante era el asesinato de la doctora Wansie Adeyemi. Desde su entrevista del día anterior en *La mañana*, Harriman había sido el niño bonito de la ciudad, y cada pronóstico suyo era aceptado como si estuviese escrito en la Biblia. Había supuesto una sensación excitante y maravillosa. De modo que ese nuevo asesinato, pese a lo trágico que era, había resultado para él como un golpe a traición.

A primera vista, la decapitación, y sobre todo el carácter de la víctima, no parecía tener nada en común con las anteriores muertes. Y ahí radicaba el problema. Harriman comprendió que su autoridad con respecto a la noticia del Decapitador dependía de la defensa de su teoría. Ese día ya había recibido tres llamadas de su director para preguntarle si había escarbado en la basura.

«La basura.» Esa basura era justo lo que necesitaba: los secretos de familia de esa santa, esa Madre Teresa, que acababa de ganar el Premio Nobel de la Paz. Seguro que tenía secretos, reflexionó; ninguna otra cosa tenía sentido. De modo que en las horas que siguieron a la muerte de Adeyemi se puso a buscar desesperadamente aquel sórdido pero bien escondido pasado: profundizó en sus orígenes, habló con todo aquel que sabía algo de ella, presionó a gente, exigió que le revelasen lo que estaba convencido de que ocultaban. Y mientras lo hacía, consciente de que se estaba poniendo pesadísimo, Harriman se daba perfecta cuenta de que si no sacaba a la luz alguna información sobre esa mujer, su teoría, su credibilidad y su autoridad con respecto a la noticia estarían comprometidas.

En medio de esa frenética búsqueda recibió una nota críptica de Ozmian en la que le pedía que se pasase por su despacho a las tres de esa tarde. «Tengo información importante en relación con su investigación», decía la nota; nada más.

Harriman conocía perfectamente la reputación de empresario despiadado de Ozmian. Era probable que Ozmian estuviera cabreado porque había entrevistado a su exmujer, Izolda, y seguro que estaba enfadado por toda la mierda sobre su hija que había publicado en el *Post*. Bueno, ya había lidiado con gente enfadada antes.

Se imaginaba que su reunión con Ozmian sería parecida, una larga sesión de gritos. Tanto mejor; todo quedaría registrado a menos que se prohibiese de manera específica. La mayoría de la gente no se daba cuenta de que cuando trataban con la prensa y estaban furiosos, solían hacer declaraciones escandalosas (y muy citables). Pero si en efecto Ozmian tenía «información importante», tal vez relacionada con su búsqueda del pasado oscuro de Adeyemi, no se atrevía a dejar pasar la oportunidad de conseguirla.

Salió cuando las puertas del ascensor se abrieron en el último piso de la torre de DigiFlood, se presentó a la secretaria y dejó que un lacayo lo llevase de un espacio altísimo a otro hasta que por fin llegó a unas enormes puertas de abedul, con una puerta más pequeña encajada en una de ellas. El lacayo llamó; se oyó un «adelante» procedente del otro lado y la puerta se abrió; Harriman entró, y el lacayo se retiró como haría alguien en presencia de un monarca, cerrando la puerta detrás de él.

Harriman se encontró en un despacho esquinero austeramente decorado, con una vista espléndida del Battery y el One World Trade Center. Una figura se hallaba sentada detrás de una mesa inmensa de granito negro como un sepulcro. Reconoció las facciones enjutas y ascéticas de Anton Ozmian. El hombre lo miró sin expresión y sin apenas parpadear, como un águila.

Había una mujer sentada en una de las sillas colocadas frente a la mesa. No le pareció del sector empresarial —su ropa era demasiado informal, aunque elegante— y se preguntó qué hacía en el despacho. ¿Una novia? Sin embargo, la leve sonrisa que se dibujaba en sus labios parecía insinuar otra cosa.

Ozmian indicó a Harriman que se sentase en otra de las sillas, y el periodista tomó asiento.

La habitación quedó en silencio. Los dos mantuvieron la mirada fija en Harriman de una forma que no tardó en resultar inquietante. Cuando parecía claro que ninguno de los dos pensaba decir nada, Harriman se decidió a hablar.

—Señor Ozmian —empezó—, he recibido su nota y tengo entendido que posee información relevante para mi actual investigación…

—Su «actual investigación» —repitió Ozmian. Su tono era apagado, sin emoción, como sus ojos—. No perdamos el tiempo. Su actual investigación ha convertido a mi hija en víctima de las más viles calumnias. Y no solo eso, sino que ha mancillado su reputación cuando ella ya no puede defenderse. Por lo tanto, la defenderé yo.

Eso era más o menos lo que Harriman esperaba oír, solo que de forma más controlada.

—Señor Ozmian —replicó—, he informado de la verdad. Así de simple.

—Se puede y se debe informar de la verdad de manera imparcial —observó Ozmian—. Escribir que mi hija es una persona que «no tiene ningún valor positivo» y decir que «el mundo sería un lugar mejor si estuviese muerta» no es informar. Es difamar.

Harriman estaba a punto de responder cuando el empresario se levantó bruscamente de su mesa, la rodeó y se sentó en una silla a su lado, de forma que el periodista quedó emparedado entre Ozmian y la mujer.

—Señor Harriman, me gustaría pensar que soy un hombre razonable —prosiguió el empresario—. Si me garantiza que no dirá ni escribirá una palabra más contra mi hija y redacta unas cuantas cosas positivas sobre ella para mitigar el daño que ha causado, no hace falta decir nada más. Ni siquiera le pediré que se retracte de las mentiras insidiosas que ha propagado.

Era una respuesta sorprendentemente moderada, pensó Harriman, aunque le ofendía que insinuase que podía dejarse influir de esa forma.

—Lo siento, pero tengo que informar de las noticias como yo las veo, y no puedo mostrar favoritismo porque alguien pueda sentirse ofendido. Sé que no es agradable de oír, pero no hay nada de lo que he escrito sobre su difunta hija que no sea verdad.

Se hizo un breve silencio.

—Entiendo. En ese caso, permita que le presente a mi colega, la señora Alves-Vettoretto. Ella le explicará lo que pasará si publica una palabra más, solo una, que difame a mi hija.

Ozmian se recostó mientras la mujer cuyo nombre no había entendido se inclinaba hacia delante.

—Señor Harriman —dijo en voz baja, casi suave—, según creo, usted es el fundador e impulsor de la Fundación Shannon Croix, una organización benéfica para la investigación contra el cáncer a la que le puso el nombre de su difunta novia, que murió de cáncer de útero. —Tenía un ligero acento, difícil de identificar, que confería a sus palabras una cierta precisión.

Harriman asintió con la cabeza.

—Además, tengo entendido que esa organización, con el apoyo del *Post*, ha obtenido bastante éxito y ha recaudado varios millones de dólares, y que usted es miembro de la junta.

—Así es. —Harriman no tenía ni idea de adónde llevaba aquello.

—Ayer, esa organización tenía más de un millón de dólares en su cuenta; una cuenta comercial, por cierto, a nombre de la fundación, sobre la que usted tiene responsabilidad fiduciaria.

—¿Y qué?

—Hoy la cuenta está vacía. —La mujer volvió a recostarse.

Harriman parpadeó sorprendido.

—¿Qué...?

—Puede comprobarlo usted mismo. Es muy sencillo: todo el dinero de esa cuenta ha sido transferido a una cuenta bancaria numerada de las islas Caimán, abierta por usted, con su firma y su presencia grabada en vídeo y empleados que pueden dar fe de que estuvo allí.

—¡Yo nunca he estado en las islas Caimán!

—Por supuesto que sí. Todos los vuelos, el número de pasaporte y un bonito rastro electrónico ha sido creado especialmente para usted.

—¿Quién va a creerse eso?

La mujer continuó, paciente.

—Todo el dinero ha sido transferido de la cuenta de la fundación a su cuenta personal en un paraíso fiscal. Aquí tiene un documento de la transacción. —Metió la mano en un fino maletín de piel de cocodrilo colocado sobre una mesa contigua, extrajo una hoja de papel y la sostuvo varios segundos delante de Harriman antes de volver a guardarla.

—Ni hablar. Es falso. ¡No se sostiene por ningún lado!

—Claro que sí. Como se podrá imaginar, nuestra empresa dispone de muchos buenos programadores, y han creado un bonito robo digital que apunta directamente a usted. Tiene una semana para publicar un artículo positivo sobre Grace Ozmian. Incluso le proporcionaremos una «hoja informativa» con todos los datos necesarios para facilitarle la tarea. Si lo hace, y si promete que no volverá a escribir sobre ella jamás, devolveremos el dinero y borraremos el rastro económico.

—¿Y si no lo hago? —preguntó Harriman con la voz estrangulada.

—Entonces dejaremos el dinero donde está. Pronto se darán cuenta de que falta, y luego, una investigación inteligente dará con el rastro y descubrirá al dueño de esa cuenta bancaria. Por supuesto, si los investigadores tienen problemas, les prestaremos una ayudita anónima con mucho gusto.

—Esto… —Harriman se interrumpió para recobrar el aliento—. Esto es un chantaje.

—Y usted no tiene los conocimientos ni los recursos para pararlo. El tiempo corre. En cualquier momento se descubrirá que falta el dinero. Más vale que se dé prisa.

Ozmian se movió en su silla.

—Como dice la señora Alves-Vettoretto, en realidad es muy sencillo. Lo único que tiene que hacer es aceptar nuestras dos condiciones; ninguna de las dos es onerosa. Si lo hace, todo el mundo seguirá contento… y fuera de la cárcel.

Harriman no podía creerse lo que estaba oyendo. Hacía cinco minutos era un periodista idolatrado. Ahora lo estaban incriminando por desfalco a costa de su difunta novia. Allí sentado, sin apenas poder moverse, un montón de situaciones hipotéticas, ninguna buena, desfilaron por su mente. Con un escalofrío que sacudió todo su cuerpo, se dio cuenta de que no tenía alternativa.

Asintió con la cabeza en silencio.

—Magnífico —dijo Ozmian, sin dejar que su rostro adoptase ninguna expresión—. La señora Alves-Vettoretto le indicará los principales puntos del artículo sobre Grace.

La mujer sentada al otro lado de Harriman metió otra vez la mano en el maletín, sacó una hoja de papel y se la dio.

—Aquí termina nuestro negocio. —Ozmian se levantó y volvió detrás de su mesa—. Señora Alves-Vettoretto, ¿puede acompañar al señor Harriman al ascensor, por favor?

Dos horas más tarde, de vuelta en su piso, Harriman estaba tumbado en el sofá del salón, del que no se había movido desde que había vuelto de la torre de DigiFlood y había comprobado por internet que la cuenta estaba efectivamente vacía. Su bonita carrera pendía de un hilo, víctima de un hábil y cruel chantaje. Y su maravillosa teoría estaba hecha añicos. De las dos cosas, la primera era la peor: detestaba la idea de perder la noticia de su carrera, pero detestaba más la perspectiva de la deshonra; la vergüenza y la infamia de que todo el mundo creyese que había malversado el dinero de la organización en memoria de su novia. La humillación y el escándalo eran casi peores que la severa pena de cárcel que sin duda tendría como resultado.

Pero ¿qué podía hacer? ¿Cómo escribiría el artículo sobre Grace Ozmian en el que su padre insistía, ese súbito cambio radical de postura, de forma que pareciese creíble? Podía escribir un texto de interés humano señalando los aspectos positivos de la vida de Grace e intentar venderlo como una loable tentativa de equilibrar la balanza después de toda la mala prensa que la chica había tenido, cuya moraleja sería que hasta los peores villanos tienen un lado bueno. Pero eso no le sentaría bien al director del *Post*, un periódico que adoraba a los villanos. Es probable que ni siquiera consiguiese que lo aprobase. Y la idea de ceder al chantaje le ponía enfermo; todo su ser se rebelaba contra la perspectiva de someterse a aquel cabrón millonario y arrogante.

Cuanto más lo pensaba, más se reafirmaba Bryce Harriman, el nuevo famoso, el preferido de la prensa escrita y los medios de comunicación audiovisuales. «Mentiras insidiosas», había dicho Ozmian. «Difamar.» Muy bien, le pagaría con la misma moneda. El chantaje de Ozmian tal vez pudiese ser una noticia en sí mismo. Él, Harriman, contaba con el respaldo de todo el poder del *Post*, de Paul Petowski a Beaverton, el editor. Y lo que era más, también contaba con el respaldo de la gente de Nueva York.

No pensaba aguantar esa mierda. Era el momento, comprendió, de escarbar un poco; esta vez en la vida de Anton Ozmian. Y estaba seguro de que, en breve, desenterraría suficiente basura del pasado de Ozmian para dar la vuelta a la tortilla y neutralizar la trampa que le habían tendido. ¿Y quién sabía? Puede que la noticia desviase la atención de sus problemas con la difunta santa de las Naciones Unidas.

Se levantó de golpe del sofá y fue a por su portátil, lleno de una súbita y renovada determinación.

38

Cuando D'Agosta cruzó la entrada del consulado de Nigeria en la Segunda Avenida, enseguida reparó en la intensa palidez que flotaba en el aire del vestíbulo. No tenía nada que ver con los controles de acceso, ni con la presencia de numerosos efectivos de la policía de Nueva York, a la que había que sumar la seguridad nigeriana. Estaba relacionada con los brazaletes negros que llevaban prácticamente todas las personas a la vista; con las caras confundidas y desconsoladas de la gente con la que se cruzaba; con los grupitos de personas que hablaban en tono lúgubre. El consulado desprendía la sensación de un edificio al que le hubiesen arrancado el corazón. Porque eso era lo que había pasado; Nigeria había perdido a la doctora Wansie Adeyemi, su más prometedora mujer de Estado y reciente ganadora del Premio Nobel, a manos del Decapitador.

Y, sin embargo, D'Agosta sabía que la doctora Adeyemi no podía ser tan santa como la pintaban. No encajaba con la teoría en la que él creía, respaldada con gran entusiasmo por todo el departamento de policía. En alguna parte del pasado de aquella mujer encontraría un episodio sórdido y cruel que el asesino conocía.

Esa tarde había llamado a Pendergast y había consultado con él varias formas de descubrir la prueba irrefutable que estaría escondida en algún lugar de la historia de la mujer. Al final, Pendergast había propuesto que concertasen una entrevista en el consulado con alguien que la hubiese conocido íntimamente, y se ofreció a organizarla.

Atravesaron varios niveles de seguridad en los que tuvieron que mostrar sus placas sin cesar hasta que por fin llegaron al despacho del diplomático nigeriano. Él esperaba su visita, y a pesar de la gente que pululaba por allí y el denso manto de tragedia que lo cubría todo, los acompañó personalmente por el pasillo hasta una puerta anodina con el rótulo OBAJE, F. La abrió y dejó a la vista un despacho pequeño y pulcro, con un hombre igual de pulcro sentado tras una mesa impecable. Era bajo y enjuto, con el cabello blanco cortado al rape.

—Señor Obaje —saludó el diplomático en tono impertérrito—, estos son los hombres que le dije que vendrían a verle. El agente especial Pendergast, del FBI, y el teniente D'Agosta, de la policía de Nueva York.

El hombre se levantó detrás de la mesa.

—Claro.

—Gracias. —El diplomático se despidió de Pendergast y D'Agosta con un gesto de la cabeza y salió del despacho con el aire de quien acaba de perder a un miembro de su propia familia.

El hombre situado detrás de la mesa miró a sus dos visitantes.

—Soy Fenuku Obaje —se presentó—. Auxiliar administrativo del consulado ante las Naciones Unidas.

—Le agradecemos mucho que nos haga un hueco en un momento tan trágico como este —empezó Pendergast.

Obaje asintió con la cabeza.

—Siéntense, por favor.

Pendergast tomó asiento, y D'Agosta lo imitó. ¿Auxiliar administrativo? Parecía que iban a quitárselos de encima con un funcionario de bajo rango. «¿Esto es todo lo que Pendergast puede conseguir?», pensó. Decidió no emitir juicios hasta que hubiesen hablado con el diplomático.

—En primer lugar —dijo Pendergast—, permítame darle nuestro más sentido pésame. Es una pérdida terrible, no solo para Nigeria, sino para todos los amantes de la paz.

Obaje hizo un gesto de agradecimiento.

—Tengo entendido que usted conocía a la doctora Adeyemi —continuó el agente.

Obaje asintió otra vez con la cabeza.

—Prácticamente crecimos juntos.

—Excelente. Mi colega, el teniente D'Agosta, tiene unas cuantas preguntas que le gustaría hacerle. —A continuación, Pendergast se volvió intencionadamente hacia D'Agosta.

D'Agosta lo comprendió de inmediato. Estaba impaciente por despojar a Adeyemi de su barniz de santidad y descubrir sus trapos sucios; Pendergast le estaba dejando tomar la iniciativa. La pelota estaba en su tejado. Se removió en su silla.

—Señor Obaje —comenzó—. Acaba de decirnos que usted y la doctora Adeyemi prácticamente crecieron juntos.

—Es una forma de hablar. Fuimos juntos a la universidad. La Estatal de Benue, en Makurdi; los dos fuimos alumnos de la primera promoción que se licenció, en 1996. —Una sonrisa de orgullo asomó por un momento a la expresión de dolor que tenía grabada en la cara.

D'Agosta había sacado su libreta y estaba apuntando esa información.

—Perdón. ¿Benue?

—Uno de los estados más recientes de Nairobi, creado en 1976. «La cesta de alimentos del país…»

—Entiendo. —D'Agosta siguió garabateando—. ¿Y la conoció bien en la universidad?

—Nos conocimos bastante bien, tanto en la universidad como en los años inmediatamente siguientes.

Inmediatamente siguientes. Bien.

—Señor Obaje, soy consciente de que este es un momento muy delicado para usted, pero debo pedirle que sea lo más sincero posible con nosotros. Intentamos resolver una serie de asesinatos, no solo el de la doctora Adeyemi, sino también varios más. Todo lo que he oído sobre la doctora Adeyemi ha sido sumamente elogioso. La gente casi la llama «santa».

—En Nigeria, en efecto, se la considera así.

—¿Por qué?

Obaje extendió las manos como si hubiese demasiados motivos como para enumerarlos.

—Es de dominio público. Ella se convirtió en la gobernadora más joven del estado de Benue, donde impulsó numerosas medidas dirigidas a reducir la pobreza y mejorar la educación, antes de trasladarse a Lagos. Luego fundó una serie de clínicas para enfermos de VIH por toda África Occidental. Además, instituyó una amplia gama de programas educativos casi sin ayuda. A pesar de las constantes amenazas que recibió, y sin pensar en su seguridad, luchó con valentía por transmitir un mensaje de paz en nuestros países vecinos. Todas esas iniciativas han salvado muchos miles de vidas.

—Es impresionante. —D'Agosta siguió escribiendo—. Pero a menudo he observado, señor Obaje, que cuando alguien asciende demasiado rápido en la vida, lo hace pasando por encima de otras personas. Espero que disculpe la pregunta, pero ¿fue ese el caso de la doctora Adeyemi?

Obaje frunció el entrecejo, como si no entendiese la pregunta.

—¿Perdón?

—¿Pisó a otras personas para lograr sus éxitos personales?

Obaje negó enérgicamente con la cabeza.

—No, por supuesto que no. Ella no era así.

—¿Y su pasado? ¿Su familia? ¿Ha oído algún rumor sobre ellos? Ya sabe, algún tipo de delito. ¿Tal vez su padre hizo fortuna con negocios turbios, por ejemplo?

—Su padre murió cuando ella tenía doce años. Poco después, su madre se metió en un convento, y su único hermano entró en un seminario y acabó ordenándose cura. Wansie se abrió camino en la vida ella sola, y lo hizo honradamente.

—Que te abandonen a una edad tan temprana es duro, vivas donde vivas. ¿Trampeó para salir adelante o descubrió que tenía que aumentar sus ingresos prestando ciertos… ejem, servicios de larga tradición? Usted es un hombre de mundo, ya me entiende…

La expresión de pena del rostro de Obaje se tornó en una de sorpresa y afrenta.

—Por supuesto que no, teniente. Sinceramente, me incomodan y ofenden este tipo de preguntas.

—Le pido disculpas. —Decidió que era mejor aflojar un poco—. Solo intento averiguar si podía tener enemigos que le guardaban rencor.

—Desde luego que tenía enemigos. Los grupos yihadistas se oponían a las clínicas para enfermos de VIH y sus proyectos educativos para mujeres. Me parece que es una pista que deberían investigar.

—¿Estaba casada la doctora Adeyemi?

—No.

—¿Tenía relaciones con algún hombre, o quizá con una mujer? De tipo íntimo, digo.

Obaje contestó con un imperioso «No».

D'Agosta no tardó mucho en anotar su respuesta, pero hizo ver que tomaba abundantes notas. Luego alzó la vista.

—Ha dicho que conoció a la embajadora tanto durante la universidad como después.

Obaje asintió con la cabeza.

—Durante una época, sí.

—Entonces, de nuevo, disculpe mi brusquedad, pero es nuestro deber hacer preguntas delicadas, durante esa época, ¿oyó rumores sobre ella, algo que pudiese dejarla mal?

Al oír esa pregunta, Obaje se levantó.

—No y, sinceramente, me sorprende una vez más el cariz de sus preguntas. Ha entrado en mi despacho con la clara intención de manchar su nombre. Le diré una cosa, teniente: su reputación es irreprochable, y no encontrará nada, en ninguna parte, que le haga llegar a otra conclusión. No sé qué se esconde detrás de su cruzada, pero no pienso dedicarle más tiempo. La reunión ha terminado. Y ahora, señor, tenga la amabilidad de salir de mi despacho y de este edificio.

En la calle, D'Agosta se guardó con rabia la libreta en el bolsillo del abrigo.

—Debería habérmelo imaginado —gruñó—. Menudo lavado de cara, joder. Ha convertido a esa mujer en una mártir. —Movió la cabeza con incredulidad—. Auxiliar administrativo. Hay que joderse.

—Mi querido Vincent —respondió Pendergast mientras se ceñía el abrigo alrededor de su estrecha persona—, le hablaré un poco del señor Obaje. Ya le ha oído decir que la doctora Adeyemi fue la gobernadora más joven del estado de Benue.

—Sí. ¿Y qué?

—Lo que no le ha contado es que él también se presentó candidato al puesto de gobernador. En aquel entonces, la estrella política de Obaje estaba en ascenso. Se esperaban grandes cosas de él. Pero perdió las elecciones… con una derrota aplastante. Después de eso, su estrella siguió en declive. Y aquí lo tiene ahora, ejerciendo de auxiliar administrativo en el consulado de Nigeria, con su carrera eclipsada gracias a la doctora Adeyemi, aunque no por culpa de ella, claro.

—¿Qué quiere decir?

—Simplemente, que lo elegí para interrogarlo porque era el que tenía más motivos para injuriarla y denigrarla.

—¿Para ponerla a parir?

—Eso mismo, en su jerga.

D'Agosta movió la mandíbula un instante.

—¿Por qué narices no me lo dijo al entrar?

—Si se lo hubiese dicho, no le habría presionado como lo ha hecho. Lo hice para ahorrarle infinidad de horas extra de investigación e interrogatorios infructuosos. Podría pasarse un mes buscando secretos vergonzosos, pero me temo que no encontraría ninguno. La verdad es tan simple como parece: esa mujer era una santa.

—¡Pero no puede ser! Entonces nuestro móvil se va al garete.

—Ah, pero no es «nuestro» móvil.

—¿A usted no le convence?

Pendergast titubeó.

—En efecto, esos asesinatos tienen un móvil. Pero no es el que usted, el departamento de policía y toda Nueva York parecen creer.

—Yo... —empezó a decir D'Agosta, pero se detuvo. Se sentía abatido, manipulado, ninguneado. Era típico de Pendergast, pero en este caso sintió que le había faltado al respeto y se puso furioso. Más que furioso—. Ah, ya lo entiendo: tiene usted una teoría mejor. Una que, como siempre, ha estado escondiéndole a todo el mundo.

—Nunca actúo de forma arbitraria. Siempre hay un método detrás de mis misterios.

—Bueno, pues oigamos esa deslumbrante teoría suya.

—Yo no he dicho que tuviese una teoría; solo he dicho que la suya es incorrecta.

Al oír eso, D'Agosta soltó una risa áspera.

—Hay que joderse. Pues adelante, vaya a investigar sus teorías. ¡Yo sé lo que tengo que hacer!

Si a Pendergast le sorprendió ese arrebato, solo se manifestó en una ligera apertura de sus ojos claros. No dijo nada, pero después de un par de segundos asintió con la cabeza, dio media vuelta con sus zapatos de fabricación inglesa y echó a andar por la Segunda Avenida.

39

Esta vez, cuando Pendergast llegó a las instalaciones de Digi-
Flood para hacer una visita no le dejaron meter el Rolls-Royce
en el aparcamiento privado de Anton Ozmian, ni siquiera en el
garaje de la empresa; en esta ocasión a Proctor no le quedó más
remedio que aparcar en doble fila en el laberinto de calles del
Lower Manhattan. Tampoco le permitieron subir en un ascensor
privado; se vio obligado a entrar con el resto de la gente por la
entrada principal del edificio y a presentarse ante los empleados
de seguridad. Sus credenciales del FBI le posibilitaron franquear
a los tres guardias del puesto de control y subir en el ascensor al
último piso, pero allí, en la entrada de la zona de dirección de
aire zen, se encontró con dos hombres corpulentos enfundados
en unos trajes oscuros que parecían capaces de abrir nueces con
los nudillos.

—¿Agente especial Pendergast? —preguntó uno con voz
ronca, mirando un mensaje en su móvil al mismo tiempo que
hablaba.

—El mismo.

—No tiene cita para ver al señor Ozmian.

—He intentado concertar dicha cita varias veces pero, por
desgracia, sin éxito. He pensado que si me presentaba en persona, con suerte obtendría un resultado más favorable.

La volea, lanzada en tono zalamero, rebotó en los dos hombres sin ningún efecto perceptible.

—El señor Ozmian no recibe visitas sin cita previa.

Pendergast vaciló un momento, buscando el efecto dramático. A continuación, una vez más, metió su pálida mano blanca en su traje negro y sacó la cartera que contenía su placa del FBI y su documento de identidad. La abrió y se la mostró a uno y a otro, manteniéndola frente a cada cara diez segundos largos. Mientras tanto, hizo ver que examinaba sus placas de identificación y que, aparentemente, las memorizaba.

—La cita no era más que una cortesía —dijo al fin, confiriendo cierta dureza a su tono—. Como agente especial del FBI que investiga un homicidio activo, puedo ir donde me plazca y cuando me plazca, siempre que tenga una sospecha fundada para hacerlo. Les recomiendo que hablen con sus superiores y concierten una audiencia con el señor Ozmian sin más demora. De lo contrario, puede que a cada uno de ustedes le espere una desagradable sorpresa.

Los dos hombres procesaron sus palabras un momento y acto seguido se miraron con incertidumbre.

—Espere aquí —respondió uno antes de volverse, cruzar la gran zona de espera y desaparecer por la puerta de dos hojas de abedul, mientras el otro vigilaba.

Pasaron quince minutos hasta que volvió.

—Síganos, por favor.

Cruzaron la puerta y penetraron en el complejo de oficinas que había al otro lado, pero en lugar de avanzar por el laberinto hasta las enormes puertas del final que daban al despacho privado de Ozmian, los hombres condujeron a Pendergast en otra dirección, hacia un pasillo lateral con todas las puertas cerradas. Los hombres se detuvieron ante una y llamaron.

—Adelante —dijo una voz.

Los hombres abrieron la puerta e hicieron señas a Pendergast para que entrase. Ellos se quedaron fuera y cerraron la puerta detrás de él. Pendergast se encontró en un despacho bien equipado con vistas al Woolworth Building y una pared llena de libros jurídicos de suelo a techo. Detrás de la ordenada mesa había sentado un hombre delgado con entradas y gafas redondas que le daban el aspecto de un búho. Miraba a Pendergast con expresión neutra. Algo parecido a una sonrisa asomó un instante a sus finos labios antes de desaparecer.

—Agente especial Pendergast —dijo el hombre con una voz aguda y aflautada. Señaló unas cuantas sillas dispuestas al otro lado de la mesa—. Siéntese, por favor.

Pendergast lo hizo.

—Me llamo Weilman —se presentó el hombre sentado al otro lado de la mesa—. Soy abogado del señor Ozmian.

El agente inclinó la cabeza. Primero tres empleados de seguridad, luego dos guardaespaldas y, por último, un abogado. Interesante progresión.

—Me han dicho que ha informado a los empleados del señor Ozmian de que, en el cumplimiento de su trabajo como agente especial del FBI, tiene derecho a ir y venir como le venga en gana y a entrevistar a quien le apetezca. Señor Pendergast, usted y yo sabemos que eso no es verdad. No me cabe duda de que el señor Ozmian hablaría gustosamente con usted, suponiendo que lleve encima una orden judicial.

—No es el caso.

—Entonces, lo siento mucho.

—Dado que estoy investigando la muerte de su hija, pensaba que tendría ganas de contribuir a la investigación.

—¡Y las tiene! Pero tengo entendido, señor Pendergast, que ya ha hablado con el señor Ozmian. Él accedió a concederle una entrevista; una muy dolorosa. Contribuyó a su investigación identificando el cadáver de su hija: una tarea todavía más dolorosa. Y, a cambio, le han pagado su colaboración con un estancamiento absoluto y un silencio escandaloso por parte de los investigadores. Por consiguiente, no ve motivos por los que deba someterse a más interrogatorios dolorosos, sobre todo cuando no confía en que usted ni el Departamento de Policía de Nueva York resuelvan el caso. El señor Ozmian ya les ha dado toda la información relevante posible sobre su hija Grace. Le recomendaría que dejase de remover el pasado y se centrase en resolver el caso.

—Casos —lo corrigió Pendergast—. Han muerto un total de catorce personas.

—Al señor Ozmian le traen sin cuidado las otras trece, salvo en la medida en que esas muertes puedan ayudar a resolver la de su hija.

Pendergast volvió a acomodarse despacio en su silla.

—Se me ocurre que el público podría estar interesado en saber que el señor Ozmian no colabora con la investigación.

Entonces fue Weilman quien se acomodó en su silla, y una sonrisa insulsa se cuajó en su cara pálida.

—Durante años, se ha presentado al público una imagen del señor Ozmian, digamos, no demasiado halagüeña. —El abogado hizo una pausa—. Se lo diré sin rodeos, y disculpe la vulgaridad: al señor Ozmian le importa un carajo lo que piense el público. En este momento solo tiene dos preocupaciones: dirigir su empresa y llevar al asesino de su hija ante los tribunales.

Cuando Pendergast recapacitó, se dio cuenta de que era cierto: como el rey Mitrídates, que había tomado dosis cada vez mayores de veneno hasta conseguir ser inmune a su efecto, a Ozmian le importaba un bledo su reputación. Eso hacía ineficaz su método habitual de amenazas y chantaje insinuado.

Lástima.

Pero no pensaba dejarlo correr aún. Se tocó la pechera de la chaqueta del traje —cuyo bolsillo interior estaba vacío— con aire de autosuficiencia.

—Da la casualidad de que hace poco hemos hecho un avance nada desdeñable que el FBI quería compartir con el señor Ozmian. No solo le resultará interesante, sino que es posible que él pueda aportar información que nos ayude a seguir investigando. De momento se trata de un descubrimiento confidencial, motivo por el cual no le he dicho nada antes. Por consiguiente, le pediría que no mencionase su existencia al señor Ozmian cuando ahora le solicite que me conceda audiencia privada.

Por un instante, los dos hombres se limitaron a mirarse. Y entonces una leve sonrisa apareció otra vez en el rostro del abogado.

—¡Una noticia de lo más prometedora, agente Pendergast! Si me hace un resumen de lo que tiene escondido en el bolsillo, se lo transmitiré de inmediato al señor Ozmian. Y no me cabe duda de que si de verdad es un avance tan importante como insinúa, estará encantado de verlo.

—El protocolo exige que le entregue la información personalmente —repuso Pendergast.

—Claro, claro, después de que yo le presente el resumen.

Se hizo el silencio en la habitación. Tras un instante, Pendergast apartó la mano de la pechera de la chaqueta. Se levantó.

—Lo siento, pero esta información es exclusiva para el señor Ozmian.

Al oír eso, la sonrisa del abogado —¿o era un gesto de satisfacción?— se ensanchó.

—Por supuesto. —Se puso también en pie—. Cuando tenga la citación podrá mostrársela. Y ahora, si me permite acompañarlo al ascensor...

Sin decir nada más, Pendergast salió del despacho detrás del hombre y recorrió los altos y resonantes espacios hasta los ascensores.

40

En Les Tuileries, el restaurante con tres estrellas Michelin situado en una tranquila zona residencial del East Sixties junto a Madison Avenue, había una actividad frenética aunque discreta la noche antes de Nochevieja. Les Tuileries era un establecimiento insólito en el Nueva York moderno: un restaurante francés a la antigua usanza, todo de madera oscura y cuero con pátina, compuesto de media docena de salas como elegantes cuchitriles, lleno de banquetas alargadas encajadas en rincones bajo óleos con gruesos marcos dorados. Camareros y ayudantes de sala, abundantes como doctores en un quirófano de la UCI, mimaban a los clientes. Aquí, media docena de hombres de blanco almidonado, siguiendo indicaciones del maître, se llevaban las campanas de plata de unos platos dispuestos alrededor de una gran mesa con la precisión de unos soldados perfectamente adiestrados en una plaza de armas y dejaban ver las exquisiteces ocultas debajo. Allí, un camarero de mano experta quitaba las espinas junto a una mesa a un filete de lenguado de Dover, traído en avión desde Inglaterra esa misma mañana, como no podía ser menos. En otra parte, otro camarero incorporaba anchoas, alcaparras y un huevo crudo en una ensaladera de *salade niçoise à la Cap Ferrat* bajo la exigente mirada de sus clientes.

En un rincón de una de las salas de la parte trasera de Les Tuileries, casi escondidos en una exquisita banqueta carmesí, el director adjunto Longstreet y el agente especial Pendergast acababan de terminar sus aperitivos: *escargots à la bourguignonne* para Longstreet y una tarrina de colmenillas y *foie-gras* para Pendergast. El sumiller volvió con una segunda botella de Mouton Rothschild, cosecha de 1996, de seiscientos dólares —Longstreet había probado la primera y había mandado que se la llevasen aduciendo que sabía a corcho—, y cuando el hombre la abrió, el director adjunto lanzó una mirada de reojo a Pendergast. Siempre se había preciado de ser un gourmet, y había comido en los mejores restaurantes de París que su tiempo y su independencia económica le permitían. Se sentía tan a gusto allí como en la cocina de su casa. Advirtió que Pendergast se sentía igual de cómodo, leyendo detenidamente la carta y haciendo preguntas inquisitivas al camarero. Compartían la afición por la cocina y el vino francés desde hacía mucho, pero Longstreet tenía que reconocer que aparte de la gastronomía, y a pesar de todo el tiempo que habían pasado juntos durante su período de servicio en las fuerzas especiales, aquel hombre era y seguiría siendo un enigma.

Aceptó el chorrito del vino joven de primera que le ofreció el sumiller, lo agitó, examinó su color y su viscosidad, y por último bebió un sorbo, dejándolo en la lengua para que se oxigenase. Bebió un segundo sorbo más crítico. Finalmente, dejó la copa e hizo un gesto de asentimiento con la cabeza al sumiller, que se fue a decantar la botella. Cuando regresó para llenarles las copas, un camarero se acercó con cautela. Longstreet pidió sesos de ternera salteados con salsa de Calvados; Pendergast, por su parte, se decantó por el *pigeon et légumes grillés rabasse à la provençale*. El camarero les dio las gracias y desapareció en el espacio oscuro y acogedor situado más allá de la mesa.

Longstreet asintió con la cabeza.

—Magnífica elección.

—Nunca puedo resistirme a las trufas. Un vicio caro pero que soy incapaz de dejar.

Longstreet bebió entonces un sorbo de burdeos más profundo y contemplativo.

—Los asesinatos están provocando una tremenda conmoción

en todos los estratos de la sociedad. Los ricos, porque se ven como objetivos, y el resto, porque indirectamente se emocionan viendo que los millonarios se llevan su merecido.

—En efecto.

—No me gustaría ser tu amigo D'Agosta en este momento. El Departamento de Policía de Nueva York las está pasando canutas. Y nosotros tampoco nos hemos librado del bochorno.

—¿Te refieres al perfil del asesino?

—Sí. O, mejor dicho, a la falta de uno.

A petición de la policía, Longstreet había remitido el caso del Decapitador a la Unidad de Análisis de Conducta del FBI en Quantico y había solicitado un perfil psicológico. Los asesinos en serie, por muy raros que fuesen, se podían clasificar por tipos, y la UAC había elaborado una base de datos de todos los tipos conocidos en el mundo. Cuando aparecía un nuevo asesino, la UAC podía clasificarlo en una de las categorías existentes para crear su perfil psicológico: sus motivaciones, métodos, pautas, hábitos de trabajo, incluso aspectos como su nivel socioeconómico y si tenía o no coche. Sin embargo, en esta ocasión no habían podido elaborar un perfil del Decapitador; el asesino no encajaba en ninguna de las categorías conocidas. En lugar de un perfil, Longstreet había recibido un largo informe defensivo que se resumía en un hecho: para ese asesino, las bases de datos de Quantico eran inútiles.

Longstreet suspiró.

—Tú eres nuestro experto en asesinos en serie —dijo—. ¿Qué opinas de este? ¿Es tan singular como afirma la UAC?

Pendergast inclinó la cabeza.

—Todavía me cuesta entenderlo. Sinceramente, no estoy seguro de que nos enfrentemos a un asesino en serie.

—¿Cómo es posible? ¡Ha matado a catorce personas! Trece, si no contamos a la primera.

Pendergast negó con la cabeza.

—Todos los asesinos en serie tienen una motivación patológica o psicológica básica. En este caso, tal vez la motivación sea... relativamente normal.

—¿Normal? ¿Matar y decapitar a una docena de personas? ¿Te has vuelto loco? —Longstreet por poco soltó una carcajada. Era típico de Pendergast; nunca dejaba de sorprender y disfrutaba confundiendo a todos los que le rodeaban con alguna declaración escandalosa.

—Por ejemplo, Adeyemi. Estoy seguro de que no tenía secretos ocultos ni episodios sórdidos en su pasado. Ni tampoco era demasiado rica.

—Entonces, la teoría actual sobre la motivación del Decapitador no vale nada.

—O quizá... —Pendergast hizo una pausa mientras les servían la cena.

—Quizá, ¿qué? —preguntó Longstreet, que ya estaba atacando los sesos de ternera.

Pendergast agitó la mano.

—Me vienen a la mente muchas teorías. Tal vez Adeyemi, o una de las otras víctimas, era el auténtico objetivo desde el principio, y los otros asesinatos no son más que una cortina de humo.

Longstreet probó su plato y se llevó una decepción: los sesos de ternera de color rosa claro estaban muy hechos. Dejó los cubiertos en el plato con gran estruendo, llamó al camarero y le pidió que se lo llevase y le trajese otro. Se volvió otra vez hacia Pendergast.

—¿De veras lo crees probable?

—No. De hecho, es casi imposible. —Pendergast hizo una pausa antes de continuar—. Nunca me he encontrado con un caso que se resistiese tanto al análisis. No olvidemos que faltan las cabezas, y las principales víctimas vivían rodeadas de grandes medidas de seguridad. De momento esos son los únicos puntos en común que tenemos. Y con eso no basta para armar un caso. Deja una amplia gama de posibles motivaciones.

—Y ahora, ¿qué? —Aunque nunca se lo había confesado, Longstreet disfrutaba viendo trabajar la mente de Pendergast.

—Debemos volver al principio, al primer asesinato, e ir avanzando a partir de ahí. Es la clave de todo lo que ha pasado desde entonces, por la sencilla razón de que ocupa el primer puesto. También es el asesinato más curioso de todos, y debemos entender las anomalías antes de poder comprender las pautas de lo que vino después. Por ejemplo, ¿por qué alguien se llevó la cabeza veinticuatro horas después de que la chica fuese asesinada? No parece que eso le preocupe a nadie, salvo a mí.

—¿De verdad crees que es importante?

—Creo que es vital. De hecho, hoy he pasado a ver a Anton Ozmian para obtener información. Por desgracia, con mis artimañas habituales no he conseguido burlar a su séquito de aduladores, abogados, gusanos, guardaespaldas, lacayos y otros obstáculos. Me he visto obligado a retirarme con cierto bochorno.

Longstreet reprimió una sonrisa. Le habría encantado presenciar a Pendergast impedido de esa forma; ocurría muy pocas veces.

—¿Por qué tengo la sensación de que me vas a pedir algo?

—Necesito el poder de tu cargo. Necesito contar con todo el peso del FBI detrás para entrar en la guarida del león.

—Entiendo. —Longstreet dejó que se hiciese un silencio elocuente—. Aloysius, sabes que sigues en mi lista negra, ¿verdad? Te las ingeniaste para que faltase a una promesa que había jurado cumplir por mi vida.

—Soy muy consciente de ello.

—Bien. En ese caso, haré lo que pueda para darte acceso, pero después es cosa tuya. Te acompañaré, pero solo como observador.

—Gracias. Me parece aceptable.

El camarero volvió con un nuevo plato humeante de sesos de ternera. Lo deslizó ante Longstreet y dio un paso atrás, observando tembloroso, esperando la opinión del cliente. El director adjunto cortó un trozo del borde con el cuchillo, lo pinchó con el tenedor y se llevó la masa bamboleante a la boca.

—Perfecto —declaró, masticando con los ojos entrecerrados.

Al oírlo, el camarero se inclinó con una mezcla de satisfacción y alivio, y a continuación se volvió y desapareció en la penumbra de la luz de gas.

41

Bryce Harriman salió al porche de la pequeña y pulcra casa de estilo colonial situada en una calle residencial de Dedham, Massachusetts, y se volvió de nuevo para estrechar la mano del dueño, un hombre débil pero lúcido de unos ochenta años, con una fina mata de pelo blanco pegado a la cabeza con brillantina.

—Muchas gracias por su tiempo y su sinceridad, señor Sanderton —dijo Harriman—. ¿Está seguro de querer firmar la declaración jurada?

—Si usted lo considera necesario. Fue algo horrible; lamenté tener que presenciarlo.

—Haré que un notario le traiga la copia para que la firme a la hora de cenar, con un paquete preparado para que me la envíe luego a mí.

Después de darle otra vez las gracias y estrecharle de nuevo la mano con efusividad, Harriman bajó los escalones y se dirigió al coche de Uber que le esperaba junto a la acera. Ya era media tarde del día de Nochevieja, y con el tráfico de las fiestas sería un coñazo volver a Nueva York y a su piso en el Upper East Side. Pero a Harriman no le importaba. De hecho, en ese momento no le importaba casi nada salvo el tanto que estaba a punto de marcarse.

Suscribía el viejo dicho según el cual si escribías a seis rectos pilares de la comunidad el mensaje «Todo se ha destapado; huye enseguida», hasta el último de ellos escaparía a las montañas. Lo que necesitaba era basura, y salvo su difunto enemigo periodístico, Bill Smithback, nadie escarbaba mejor en la basura que Bryce Harriman.

Había hecho el gran descubrimiento justo después de desayunar, mientras leía por internet periódicos antiguos de las zonas residenciales de Boston en las que se había criado Ozmian. Encontró lo que buscaba en el *Dedham Townsman*. Hacía casi treinta años, Ozmian había sido detenido por destrucción de la propiedad en la iglesia católica de Nuestra Señora de la Merced en Bryant Street. Eso era lo único que había, un solo artículo en un viejo periódico, pero era todo lo que Harriman necesitaba.

Una llamada a Massachusetts le permitió saber que Ozmian había sido rápidamente puesto en libertad y que se habían retirado los cargos de delito menor, pero eso no lo detuvo. A las once estaba en el puente aéreo a Boston. A las dos había ido a Nuestra Señora de la Merced y había obtenido una lista de personas, con sus direcciones, que habían sido miembros de la iglesia en la época del incidente. Y solo había tenido que llamar a tres puertas para encontrar a alguien —Giles Sanderton— que no solo recordaba el suceso, sino que también lo había presenciado.

Y su versión de los hechos era increíble.

Mientras el taxi se dirigía al Aeropuerto Internacional Logan, Harriman se reclinó en el asiento trasero y revisó sus notas. Sanderton había asistido a una misa de mediodía tres décadas antes —oficiada por el padre Anselm, uno de los curas más venerables de la parroquia— cuando en mitad de la homilía la puerta de la iglesia se abrió y apareció un Anton Ozmian adolescente. Sin pronunciar palabra, se dirigió a la parte delantera de la iglesia, derribó el altar, se hizo con un crucifijo y lo blandió como un bate de béisbol contra el padre Anselm, al que tiró al suelo y propinó una paliza. Después de dejar al sacerdote sangrando e inconsciente al pie del púlpito, Ozmian tiró el crucifijo ensangrentado sobre su figura postrada, se volvió y salió de la iglesia con la misma tranquilidad con la que había entrado. No había rastro de ira en su cara; solo una fría determinación. El padre

Anselm tardó meses en volver a hablar o andar con normalidad, y al cabo de poco se trasladó a una residencia para sacerdotes retirados y murió no mucho después.

Harriman se frotó las manos con regocijo mal disimulado. Todo había cuajado tan rápido que casi parecía magia. A la hora del desayuno no tenía nada, y ahora, a media tarde, tenía pruebas de una noticia sobre Ozmian tan violenta y brutal —¡casi había matado a palos a un cura con un crucifijo!— que le serviría para imponer su voluntad al magnate.

Aunque ese hombre afirmaba ser indiferente a la opinión del mundo, una revelación tan terrible haría que la junta lo destituyese casi con toda seguridad. DigiFlood había sido financiada en sus inicios por varias sociedades de capital y fondos de cobertura importantes, por no hablar de la considerable inversión que había recibido de Microsoft. Esas empresas tenían reputaciones que proteger, y poseían más del cincuenta por ciento de las acciones de DigiFlood; sí, Harriman estaba seguro de que echarían a Ozmian si publicaba su noticia.

Resultaba extraño que no hubiese habido cargos por asalto con agresión, hasta que Harriman descubrió que la familia de Ozmian había «donado» una considerable suma de dinero a la parroquia local. Esa era la última pieza del puzle.

Era perfecto. Mejor aún. Primero, le ofrecía material sobre el que escribir que no fuese Adeyemi, cuya imperecedera santidad estaba resultando de lo más inoportuna. Cuando el taxista aparcó en el aeropuerto, Harriman tenía una sola duda. ¿Debía publicar ya la noticia y neutralizar a Ozmian de esa forma? ¿O primero debía llevársela al empresario y amenazarlo con publicarla para obligarlo a retirar su chantaje?

Mientras le daba vueltas al asunto, se acordó de las palabras llenas de desprecio de Ozmian, y le dolieron tanto como la primera vez que las había oído. «En realidad es muy sencillo. Lo único que tiene que hacer es aceptar nuestras dos condiciones; ninguna de las dos es onerosa. Si lo hace, todo el mundo seguirá contento… y fuera de la cárcel.» No había más que hablar: le llevaría la noticia a Ozmian en persona y lo amenazaría con destruirlo. Sería algo así como justicia poética. De hecho, estaba deseando ver la cara de Ozmian cuando se lo enseñase.

Harriman volvió a sentirse satisfecho por la facilidad con la que había hallado el medio para enfrentarse a ese magnate de la industria y con la que lo había vencido en su propio terreno.

42

Había sido un día memorable para Marsden Swope. Las manifestaciones en contra de los ricos y poderosos habían resultado un éxito; Twitter, Facebook e Instagram se habían llenado de convocatorias de actos de protesta. La más grande había tenido lugar alrededor de la altísima nueva construcción del 432 de Park Avenue, el edificio residencial más alto del mundo, cuyos pisos se vendían por cien millones de dólares cada uno. De algún modo, pese a no estar relacionado con los asesinatos, ese edificio se había convertido para los manifestantes en el símbolo de la codicia, el exceso y la ostentación, el ejemplo perfecto de cómo los ricachones estaban tomando la ciudad.

De modo que bajó a observar. Era todo un espectáculo: una fila tras otra de manifestantes que coreaban, bloqueaban los accesos y provocaban atascos por todas partes. Y de repente, un tuit en el que alguien animaba a lanzar huevos se había hecho viral y a los pocos minutos los manifestantes habían vaciado las tiendas del barrio de huevos y estaban arrojándolos contra la fachada desde todos los ángulos y cubriendo el mármol níveo y el cristal lustroso de un resbaladizo pringue amarillo. La policía había intervenido, aislando la zona con barreras, y Swope había escapado por los pelos deshaciéndose de su chaqueta y haciéndose pasar por un sacerdote gracias a su sotana y su sucio alzacuellos.

Más que nunca, el tumulto había convencido a Swope de que

la violencia no era la solución, de que los ricos y los que se oponían a ellos formaban parte de la misma conspiración de odio, maldad y violencia. Swope comprendió entonces que no podía esperar más: debía actuar para detener la locura que se estaba apoderando de todos los bandos.

Pasaban pocos minutos de la una de la madrugada cuando Swope cruzó Grand Army Plaza y se dirigió al refugio invernal de Central Park. Al recorrer la Quinta Avenida se había visto obligado a abrirse paso entre grupos de juerguistas alegres y borrachos que festejaban la Nochevieja, pero al adentrarse en el parque, más allá del zoo y de la pista de hielo de Wollman, la cantidad disminuyó hasta que se quedó solo.

Tenía muchas cosas en la cabeza. Con el último asesinato, la ciudad parecía hervir de rabia. No solo era la manifestación del 432 de Park Avenue. Había más casos de ricos que habían huido. Un tipo había abierto un blog en el que listaba los aviones privados que despegaban del aeropuerto de Teterboro, con fotos tomadas con un enorme teleobjetivo en la que aparecían multimillonarios y sus familias subiendo a sus Gulfstream, sus Learjet y sus Boeing 727 modificados: directores de fondos de cobertura, magnates de las finanzas, oligarcas rusos y príncipes saudíes. Los manifestantes que apoyaban al Decapitador, la turba del «abajo los ricachones», también se habían recrudecido, y una manifestación bloqueó Wall Street durante cuatro horas hasta que finalmente la policía la disolvió.

Las respuestas a su llamamiento a la hoguera de las vanidades también habían aumentado; tanto, de hecho, que había decidido que había llegado el momento de poner su plan en marcha. Era un auténtico milagro: muchas más de cien mil personas habían respondido y afirmaban dirigirse a Nueva York, o estar ya allí, esperando a que él anunciase dónde y cuándo se haría. Los periódicos se referían a Nueva York como «la ciudad que no descansa». Y así era, pero con la ayuda de Dios, él la convertiría en la ciudad que no se descarrila. Mostraría a todo el mundo, tanto ricos como pobres, que toda riqueza y lujo era anatema para la vida eterna.

Cuando llegó a Sheep Meadow se detuvo. Cruzó la pradera, siguió hasta el Mall, se dirigió al norte, dejó atrás la fuente de Bethesda y rodeó los laberínticos senderos de la Ramble absorto en sus pensamientos. Savonarola había organizado la hoguera original en la plaza mayor de Florencia. Era el centro de la ciudad, un sitio ideal para transmitir su mensaje. Pero la Nueva York actual era distinta. No se podía montar una hoguera en Times Square; no solo estaba inundado de turistas, sino que había tantos policías que se habría terminado antes de empezar. No, el lugar ideal sería grande, abierto y accesible desde una gran cantidad de puntos. Sus seguidores, que llevarían sus artículos de lujo para quemarlos en el fuego, necesitarían tiempo para reunirse, encender la hoguera y tirar sus «vanidades». Era fundamental que no les obligasen a parar demasiado rápido.

«Parar.» Swope se fijó en que sus pies también se habían parado, como por voluntad propia. Miró a su alrededor. Ya solo se veían unos pocos fiesteros, que salían del parque a toda prisa y volvían a casa. A su izquierda se alzaba la mole oscura del castillo de Belvedere, con sus almenas iluminadas por el brillo de Manhattan. Más allá se hallaba el muro monolítico de bloques de pisos de Central Park West, que avanzaba hacia el norte en un desfile interminable, interrumpido solo por la fachada del Museo de Historia Natural. Y justo delante de él, desplegado en todo su esplendor, extendiéndose casi hasta donde alcanzaba la vista hasta terminar en la oscura barrera de árboles que rodeaban el estanque, se hallaba el Great Lawn.

El Great Lawn, la Gran Pradera. Incluso el nombre tenía profundas resonancias para Swope. Ese era un lugar capaz de albergar a las multitudes que responderían a su llamada. Ese era un punto central, fácilmente accesible para todos. Ese era un sitio ideal para una hoguera… y que la policía no podría cerrar y vaciar.

Una gran convicción brotó en su mente: como si tuvieran voluntad propia, guiados por el cielo, sus pies lo habían llevado al sitio perfecto.

Dio un paso adelante y luego otro; y entonces, invadido de una súbita oleada de emoción, plantó los pies en la hierba y pronunció las primeras palabras que decía en voz alta desde hacía más de dos días:

—¡Aquí estará la hoguera de las vanidades!

43

A Longstreet le había llevado un tiempo hacer las llamadas telefónicas y ejercer la presión necesaria, sobre todo siendo festivo, pero a la una de la tarde del día de Año Nuevo, el Rolls de Pendergast entraba una vez más en el aparcamiento subterráneo del complejo de DigiFlood en el Lower Manhattan. Los guardias que recibieron su coche los condujeron al punto que parecía más apartado de los ascensores, desde el que tendrían que caminar unos cinco minutos para volver a la entrada, donde les negaron el acceso a los ascensores privados y les exigieron que subiesen por la escalera de hormigón al nivel de la calle y entrasen en el edificio por el vestíbulo principal. Y allí, los guardias de seguridad los eligieron para una inspección adicional. Howard Longstreet sintió que su irritación aumentaba, pero mantuvo la boca cerrada. Ese acuerdo era con Pendergast, y el agente especial parecía tomárselo con filosofía, impertérrito, sin hacer comentarios sobre un trato que, en opinión de Longstreet, solo parecía destinado a humillarlos.

Por fin pasaron el control de seguridad y subieron en ascensor al último piso. Entonces les hicieron entrar en un cuarto pequeño sin ventanas, donde los sentaron y tuvieron que esperar, vigilados por un impasible asistente joven con un traje caro.

Después de una hora en el cuarto, durante la que Pendergast no mostró ninguna señal clara de irritación, Longstreet perdió los estribos.

—¡Esto es indignante! —le dijo al asistente—. ¡Están obstruyendo el trabajo de dos agentes superiores del FBI en plena investigación! Le hacemos un favor a Ozmian intentando resolver el caso de su hija asesinada, ¿y nos obliga a quedarnos aquí sentados?

El asistente se limitó a asentir con la cabeza.

—Lo siento, son las órdenes.

Longstreet se volvió hacia Pendergast.

—Preferiría volver a Federal Plaza, conseguir una orden judicial y un equipo de los SWAT por si acaso, y echar abajo la puerta de ese hombre con un ariete.

—*Du calme, H; du calme.* Está claro que todo esto está calculado para provocar un efecto concreto, como en mi visita de hace dos días. El señor Ozmian quiere demostrar que tiene un control absoluto de la situación. Que crea que lo tiene. Recuerda lo que me dijiste antes: esto es cosa mía; tú solo has venido a observar. Incluso mientras esperamos, estamos obteniendo información valiosa.

Longstreet tragó saliva y volvió a sentarse, decidido a dejar que Pendergast lo manejase a su manera. Los dos permanecieron sentados otra media hora antes de que la puerta volviera a abrirse, y por fin les hicieron pasar al despacho privado de Ozmian. A medida que se acercaban a la enorme puerta de dos hojas por unos espacios altísimos, a Longstreet le sorprendió la cantidad de gente que trabajaba afanosamente a su alrededor en un importante día festivo. Pensó que para Anton Ozmian, cosas como las festividades significaban muy poco.

Ozmian en persona estaba sentado detrás de su enorme mesa, cruzado de brazos y con los dedos entrelazados sobre la superficie de granito negro. Los observó impasible. Una mujer ocupaba una de las sillas de cromo y cuero dispuestas delante de la mesa. Parecía más interesada en la vista de la bahía de Nueva York a través de los ventanales que en los recién llegados.

Después de un intervalo de silencio desmesuradamente prolongado, Ozmian indicó con la mano a Pendergast y Longstreet que tomasen asiento.

—Agente especial Pendergast —saludó lacónico—. Qué alegría volver a verlo. —Se volvió hacia Longstreet—. ¿Y usted es…?

—Howard Longstreet, director adjunto de inteligencia.

—Ah, claro. Usted es la persona responsable de acelerar esta reunión.

Longstreet empezó a hablar, pero Pendergast lo refrenó posando con suavidad la mano en su brazo.

Ozmian le sonrió burlón.

—Pues me alegro de que haya venido. Porque está claro que a esta investigación le vendría bien un poco de inteligencia. —Luego centró otra vez su atención en Pendergast—. Seguro que ha venido a ponerme al corriente de la celeridad y la brillantez con la que ha hecho avanzar el caso.

—No —repuso Pendergast.

Longstreet advirtió que mantenía la postura deferente que había adoptado mientras esperaban en el control de seguridad.

Al oír eso, Ozmian fingió sorpresa. Se recostó en su silla y clavó en Pendergast su ascética mirada.

—Muy bien, pues. ¿Qué hacen aquí?

—Señor Ozmian, en su profesión, usted compra participaciones en empresas, adquiere otras compañías, o absorbe otras empresas y sus tecnologías.

—Se ha dado el caso.

—¿Se puede decir que no todas esas empresas desean ser adquiridas?

Una expresión de diversión asomó al rostro de Ozmian.

—Así es. Se llama «adquisición hostil».

—Disculpe mi ignorancia. En asuntos de negocios soy como un niño. ¿Es lo que sucede en la mayoría de sus adquisiciones? ¿Que son hostiles?

—En muchos casos, los directores generales y los accionistas se alegraron de hacerse ricos.

—Entiendo. —Pendergast pareció considerar ese detalle un momento, como si tal cosa no se le hubiese ocurrido—. Pero hay algunos que no están tan contentos…

Ozmian se encogió de hombros, como si la observación fuese tan evidente que no mereciese respuesta.

—Perdone otra vez mi ignorancia —prosiguió Pendergast en el mismo tono deferente—. Y si esas personas quedaron descontentas, sumamente descontentas, ¿es posible que hayan llegado a odiarle, a usted en persona?

Se hizo un breve silencio durante el cual Pendergast se inclinó hacia delante en su silla de un modo casi imperceptible.

—¿Qué insinúa?

—Se lo diré de otra forma. Reconozco que la pregunta es demasiado vaga, pero estoy seguro de que mucha gente le odia. Señor Ozmian, ¿quién le odia más?

—Es una pregunta ridícula. Las absorciones están a la orden del día en el mundo empresarial, y no hago caso a los quejicas cuyas compañías he adquirido.

—Tal vez ha cometido un grave error de juicio; uno que ha provocado su desafortunada circunstancia actual.

—¿Desafortunada circunstancia? ¿Se refiere a la muerte de mi hija? —Su rostro se ensombreció; Longstreet advirtió que estaba furioso.

Mientras Longstreet observaba, Pendergast se inclinó un poco más hacia delante.

—Se lo preguntaré otra vez, y le pido que considere muy detenidamente mi pregunta: ¿quién le odia más de todos?

Una expresión que Longstreet no logró identificar cruzó la cara de Ozmian antes de que el empresario dominase su ira y adoptase una vez más su aire distante y altanero.

—Piense con atención —insistió Pendergast, cuya voz tenía ahora un leve tono glacial—. ¿Quién le odia tanto que mataría a su hija, y no se detendría ahí, sino que volvería y se llevaría su cabeza?

Ozmian no respondió. Su rostro se había ensombrecido.

Pendergast se enderezó y señaló con su dedo blanco al presidente de DigiFlood.

—¿Quién lo odia tanto, señor Ozmian? Sé que tiene un nombre en la cabeza. Si no me lo dice, está beneficiando indirectamente a la persona que quizá mató a su hija.

Un ambiente ahogado y venenoso se instaló en la habitación. Tanto Ozmian como su socia anónima miraban ahora a Pendergast con total atención. La expresión de Ozmian se tornó otra vez neutra, pero Longstreet intuía que detrás de ella bullía de furia. Pasó un minuto, y luego dos, hasta que volvió a hablar.

—Robert Hightower —declaró Ozmian al fin, con una voz carente de emoción.

—Repítalo. —Era una orden, no una petición.

—Robert Hightower. Expresidente de Bisynchrony.

—¿Y por qué le odia?

Ozmian se removió en su silla.

—Su padre fue un policía de un largo linaje de policías de Nueva York. Creció pobre en Brooklyn, pero era un prodigio de las matemáticas. Creó un algoritmo para descomprimir archivos al mismo tiempo que se transmitían en tiempo real. Siguió perfeccionándolo, aprovechando al máximo el uso del ancho de banda a la vez que aumentaba la resolución binaria. Cuando el algoritmo pudo procesar una profundidad de treinta y dos bits, me interesé por él. Pero él no quería formar parte de la familia de DigiFlood. Mejoré mi oferta varias veces, pero él siguió rechazándome. El algoritmo era su criatura, decía; la obra de su vida. Al final, no me quedó más remedio que reducir el valor de las acciones de Bisynchrony; no importa cómo. Se vio obligado a vendérmelo todo.

»En su momento, me culpó de forma muy melodramática de "arruinarle la vida", según sus propias palabras. Entabló varias demandas contra mí, pero solo consiguió vaciar su cuenta corriente. Me llamaba por teléfono una y otra vez, me amenazaba con matarme, arruinar mi negocio y destruir a mi familia, hasta que al final solicité una orden de alejamiento contra él. El coche de su mujer se despeñó por un precipicio un año después de la absorción de su empresa. Ella iba al volante, borracha. Por supuesto, no existe ninguna relación.

—Por supuesto —dijo Pendergast irónicamente—. ¿Y por qué no le dio esta información antes a la policía?

—Usted me ha preguntado quién me odia más. He respondido a la pregunta. Pero hay cientos de personas que también me odian. No me imagino a ninguno de ellos asesinando a una chica inocente y cortándole la cabeza.

—Pero ha dicho que Robert Hightower amenazó con matarles a usted y a su familia. ¿Creyó en sus amenazas?

Ozmian negó con la cabeza. Parecía derrotado.

—No sé. La gente dice tonterías. Pero Hightower… perdió el juicio. —Desplazó la vista de Pendergast a Longstreet y viceversa—. He respondido a su pregunta. Ahora márchense.

A Longstreet le quedó claro que no diría nada más sobre ese ni sobre otro asunto.

Pendergast se levantó de su silla. Se inclinó ligeramente sin ofrecerse a estrecharle la mano.

—Gracias, señor Ozmian. Que tenga un buen día.

Ozmian respondió con un gesto mecánico de cabeza.

Minutos más tarde, cuando las puertas del ascensor se abrieron con un susurro y salieron al vestíbulo principal, Longstreet no pudo contener una risita.

—Aloysius —dijo, dándole una palmada en su enjuta espalda—, ha sido toda una proeza. Creo que nunca he visto a alguien darle tan bien la vuelta a la tortilla. Tu castigo queda oficialmente levantado.

Pendergast recibió el cumplido en silencio.

Al otro lado del extenso vestíbulo, Bryce Harriman, que acababa de entrar de la gélida calle por la hilera de puertas giratorias, se detuvo en seco. Reconoció al hombre que salía de uno de los ascensores: se trataba del agente especial Pendergast, el esquivo federal que había participado, de una forma u otra, en varios casos de asesinato sobre los que él había informado a lo largo de los años.

El agente del FBI solo podía estar haciendo una cosa en Di-giFlood: investigar el caso del Decapitador; tal vez incluso entrevistar a Ozmian. Eso habría puesto a Ozmian de mal humor. Tanto mejor. Un momento más tarde corría hacia el puesto de seguridad.

44

El teniente Vincent D'Agosta estaba sentado en el ordenado salón del piso que compartía con Laura Hayward, bebiendo una Budweiser con aire taciturno y escuchando el estruendo del tráfico en la avenida. De la cocina le llegaban los sonidos habituales: el crujido de la puerta del horno al abrirse, el susurro de un quemador de gas al encenderse… Laura, una magnífica cocinera, estaba superándose a sí misma en la elaboración del banquete de Año Nuevo.

D'Agosta sabía por qué estaba esforzándose tanto: para animarlo, para que se olvidase del caso del Decapitador, aunque fuese por un rato.

La idea le hacía sentirse muy culpable. No se creía digno de todo ese esfuerzo; de hecho, en ese momento no se creía digno de nada.

Apuró la Budweiser, estrujó de mal humor la lata con el puño y la dejó sobre una revista en la mesa auxiliar. Allí ya había cuatro latas aplastadas de modo similar, alineadas como centinelas heridos.

Estaba abriendo la sexta cuando Laura salió de la cocina. Si reparó en todas las latas vacías, no dijo nada; se limitó a sentarse en una butaca enfrente de él.

—Ahí dentro hace mucho calor —dijo, señalando en dirección a la cocina con la cabeza—. De todas formas, el trabajo pesado ya está hecho.

—¿Seguro que no puedo ayudarte? —preguntó él por cuarta vez.

—Gracias, pero no queda nada por hacer. Comeremos dentro de media hora; espero que tengas apetito.

D'Agosta, que tenía más sed que hambre, asintió con la cabeza y bebió otro trago.

—¿Qué coño ha sido de la Michelob? —preguntó de repente, levantando la lata de Bud de forma casi acusatoria—. Me refiero a la auténtica Michelob. Esa sí que era una cerveza de primera calidad. Y aquella botella marrón con la barriga grande y la etiqueta dorada… De verdad sentías que estabas bebiendo algo especial. Pero hoy todo el mundo está loco por las cervezas artesanales. Es como si se hubiesen olvidado de a qué sabe una cerveza clásica de Estados Unidos.

Laura no dijo nada.

D'Agosta levantó la lata para dar otro trago, pero la dejó.

—Perdona.

—No te preocupes.

—Estoy aquí, de brazos cruzados, enfurruñado como un crío, compadeciéndome de mí mismo.

—Vinnie, no eres el único. Les pasa a todos los que investigan el caso. Está destrozando a toda la ciudad. No me imagino la presión que estás soportando.

—Tengo a un montón de detectives trabajando en esto, y no hacen más que dar vueltas y más vueltas.

«Probablemente ellos también estén pasando un día de Año Nuevo deprimente —pensó D'Agosta—. Es culpa mía. No he conseguido que el caso avance.»

Se inclinó hacia delante, pero se dio cuenta de que estaba un poco borracho y volvió a recostarse.

—Qué mierda. Esa mujer, Adeyemi. He hablado con todo el que podría tenérsela jurada. Nada. Hasta sus enemigos dicen que era una santa. He tenido a mi gente investigando las veinticuatro horas del día. Joder, si incluso me he planteado volar a Nigeria. ¡Sé que tiene que haber algo muy chungo en su pasado!

—Vinnie, no te castigues. Hoy no.

Y sin embargo, no podía dejarlo correr. Era como un diente dolorido al que la lengua acababa volviendo para comprobar su estado y tantearlo a pesar del dolor. Sabía que lo peor de todo era esa sensación que no lograba quitarse de encima: la de que todo el caso se estaba resolviendo delante de sus narices.

Como el resto de los policías y ciudadanos de Nueva York, estaba seguro de que se trataba de un psicópata chiflado que había elegido como objetivos a los peores multimillonarios. Bien sabía Dios que cuando Harriman publicó la noticia tanto a él como al resto les pareció de lo más lógico. Pero mirase bajo la piedra que mirase, no lograba que el último asesinato encajase con el patrón.

Y luego estaba Pendergast. Más de una vez se había acordado de lo que había dicho el agente del FBI: «En efecto, esos asesinatos tienen un móvil. Pero no es el que usted, el departamento de policía y toda Nueva York parecen creer». Lamentaba que se hubiese cabreado, pero aquel hombre podía ser exasperante, con su costumbre de echar por tierra las teorías ajenas mientras se callaba las suyas.

Comprendió que lo que tenía que hacer era volver a concentrarse. Después de todo, Pendergast no había dicho exactamente que creyese que Adeyemi era una santa. Solo había insinuado que no estaban enfocando el asunto de la forma adecuada. Tal vez, en lugar de un pasado oculto de conductas reprobables, Adeyemi había hecho una sola cosa espantosa en su vida. Eso sería mucho más fácil de esconder. Y más difícil de encontrar, pero una vez encontrado, bingo.

El ruido de la vajilla le sacó de su ensueño; Laura estaba poniendo la mesa del comedor. Dejó la cerveza sin terminar, se levantó y se acercó a ayudarla. En los últimos minutos se le había abierto el apetito. Se olvidaría del caso por un rato, disfrutaría de la compañía y de la comida de su esposa… y luego volvería a la jefatura y empezaría a hacer una nueva ronda de llamadas.

45

Desde su silla, Isabel Alves-Vettoretto observaba cómo su jefe leía las tres hojas de papel que Bryce Harriman le había dado y luego volvía a leerlas.

Lanzó al periodista una mirada apreciativa. Alves-Vettoretto tenía un ojo clínico para calar a la gente. Percibía una mezcla de emociones que pugnaban en el interior de ese hombre: inquietud, indignación moral, orgullo, desafío.

Ozmian terminó la segunda lectura y, estirándose por encima de su enorme mesa, le pasó a Alves-Vettoretto el artículo propuesto por Harriman. Ella lo leyó entero con cierto interés. «Así que el periodista ha hecho los deberes», pensó. Ella había estudiado las crónicas de los grandes conquistadores de la historia mundial, y en ese momento le vino a la mente una cita de Julio César: «Solo es arrogancia si fallo».

Dejó con cuidado los papeles en el borde de la mesa. En el breve período de tiempo transcurrido entre la salida de Pendergast y la entrada de Bryce Harriman, Ozmian había estado inusitadamente quieto, leyendo algo en su ordenador, absorto en sus pensamientos. Pero sus gestos se volvieron rápidos y parcos. Después de dejar los papeles, Alves-Vettoretto vio la mirada silenciosa que le lanzó Ozmian. Comprendió lo que significaba, así que se levantó, se excusó y salió del despacho.

Lo que tenía que hacer había sido cuidadosamente planeado, y ponerlo en marcha le llevó cinco minutos. Cuando volvió,

Harriman estaba poniendo otra hoja de papel sobre la mesa de Ozmian con aire triunfal; parecía una copia de la declaración jurada que Harriman aseguraba haber tomado al testigo de Massachusetts.

Ahora, su jefe hablaba y Harriman escuchaba.

—Así que este «contrachantaje», como usted lo llama, consta de tres partes —estaba diciendo en tono sereno, señalando el borrador del artículo—. Expone en detalle los acontecimientos de hace treinta años, cuando ante una multitud de feligreses dejé inconsciente al padre Anselm en la iglesia de Nuestra Señora de la Merced. Y tiene la declaración jurada para demostrarlo.

—Eso es, a grandes rasgos.

Ozmian se inclinó sobre la mesa.

—No me preocupa en lo más mínimo la opinión pública. Sin embargo, debo confesar… —En ese punto titubeó un momento. La ira desapareció, y una expresión de desánimo se instaló en sus facciones—. Debo confesar que la junta podría no ver con buenos ojos que esta información se publicase y empañase la imagen de la empresa. Le felicito por sus dotes de investigación.

Harriman aceptó el cumplido con dignidad.

Ozmian se giró en su silla y miró unos instantes por los inmensos ventanales. A continuación se volvió otra vez hacia el periodista.

—Parece que estamos en un punto muerto. Le diré lo que haremos. Yo retiraré el chantaje, volveré a transferir los fondos a la Fundación Shannon Croix y haré que parezca un error bancario. A cambio, usted me dejará el original de esa declaración jurada cuando se marche… y se comprometerá a no publicar nada sobre lo que pasó en Nuestra Señora de la Merced.

Mientras Ozmian hablaba, ella se fijó en que Harriman estaba radiante. Se hinchó en su silla como un pavo real.

—¿Y la cobertura del asesinato?

—Le pediría, de hombre a hombre, que no mancille más el nombre de mi hija de lo que ya lo ha hecho. Ha habido muchos asesinatos después del suyo a los que dedicar su pluma.

Harriman procesó esa información con seriedad. Cuando habló, su voz estaba embargada de gravedad.

—Lo intentaré. Pero le aviso: si sale a la luz información relevante sobre su hija, tendré que escribir sobre ello. Lo entiende, ¿no?

Ozmian abrió la boca como si fuese a protestar, pero al final no dijo nada. Se hundió un poco en su silla y asintió muy débilmente al hacerlo.

Harriman se puso en pie.

—Tenemos un trato. Y espero que haya aprendido algo de todo esto, señor Ozmian: a pesar de su dinero y su poder, nunca es aconsejable enfrentarse a la prensa. Sobre todo si hablamos de un periodista tan entregado y con tanta experiencia como yo. La verdad siempre sale a la luz.

Pronunciado su pequeño sermón sobre la ética, se giró sobre un talón y, sin ofrecer la mano al magnate, se dirigió a la puerta de dos hojas con un aire de virtud herida.

Ozmian esperó a que la puerta se hubiese cerrado detrás de Harriman. Entonces se volvió para mirar inquisitivamente a Alves-Vettoretto, quien asintió con la cabeza. Y mientras lo hacía, la mujer advirtió que la ecuanimidad de Ozmian —que después de la reunión con el agente Pendergast se había visto perturbada— parecía ahora totalmente restablecida.

A Bryce Harriman le costó dominarse para no dar saltos triunfales en el ascensor mientras bajaba disparado hacia el vestíbulo. Había dado resultado, como supo aquella noche oscura del alma en su piso, pocos días antes. Lo único que necesitó fue la técnica periodística adecuada. Y la verdad sea dicha, había sido bastante modesto hacía unos instantes en su conversación con Anton Ozmian; pocos más habrían averiguado los oscuros secretos del hombre con la rapidez y la minuciosidad con que él los había descubierto.

Había ganado. Se había enfrentado al grande y terrible Ozmian en el campo de batalla, con las armas elegidas por el empresario —el chantaje—, y había salido victorioso. La forma en que él había cedido, incluso en el delicado tema de su hija, lo decía todo.

Las puertas del ascensor se abrieron y atravesó el vestíbulo a grandes zancadas, cruzó las puertas giratorias y salió a West Street. Su móvil —que había vibrado una o dos veces durante los últimos minutos de la reunión con Ozmian— empezó a vibrar entonces otra vez. Lo sacó del bolsillo.

—Al habla Harriman.

—¿Bryce? Soy Rosalie Everett.

Rosalie había sido una de las mejores amigas de Shannon Croix y era la número dos de la junta directiva de la fundación. Parecía sin aliento.

—Sí, Rosie. ¿Qué pasa?

—Bryce, no sé cómo decir esto, y menos qué pensar… pero acabo de recibir una serie de archivos adjuntos por correo electrónico, un gran número de documentos: documentos financieros. Parece que alguien los ha mandado por error hace menos de cinco minutos. No soy contable, pero parece que todos los activos de la fundación, casi un millón y medio de dólares, han sido transferidos de nuestra cuenta e invertidos en un holding privado en las islas Caimán a tu nombre.

—Yo… yo… —farfulló él, demasiado sorprendido para articular palabra.

—Bryce, tiene que ser un error, ¿verdad? O sea, tú querías a Shannon… Pero aquí lo dice punto por punto. Todos los demás miembros de la junta también han recibido copias. Estos documentos… Dios, todavía llegan más… dan a entender que tú vaciaste la cuenta bancaria de la fundación justo antes de las vacaciones. Es una falsificación, ¿verdad? ¿O un chiste malo de Año Nuevo? Por favor, Bryce, di algo. Estoy asustada…

La voz de ella se interrumpió con un clic. Harriman se dio cuenta de que, sin querer, había cerrado los puños y había puesto fin a la llamada.

Un momento más tarde volvió a sonar. Después de que saltase el buzón de voz, volvió a sonar. Y luego otra vez.

Y entonces sonó el pitido de un mensaje de texto. Con los movimientos lentos y extraños de una pesadilla, Harriman miró la pantalla del teléfono.

El mensaje era de Anton Ozmian.

Casi contra su voluntad, Harriman abrió la ventana de mensajes de su móvil, y el de Ozmian apareció en la pantalla:

Idiota. Sí, ya, orgulloso pilar del cuarto poder. Con la satisfacción de haber descubierto la noticia, no se le ocurrió hacerse la pregunta más pertinente de todas: ¿por qué pegué a aquel cura? He aquí la respuesta que usted mismo debería haber desenterrado. Cuando era monaguillo en Nuestra Señora, el padre Anselm abusó de mí. Fui violado repetidamente. Años más tarde, volví a esa iglesia para asegurarme de que no volvía a aprovecharse de los niños a su cargo. He aquí otra buena pregunta: ¿por qué me acusaron solo de un delito menor y luego retiraron la acusación? Sí, hubo un pago de cortesía, pero la Iglesia se negó a colaborar en cualquier investigación criminal porque conocía la información perjudicial que saldría a la luz si lo hacían. Y ahora pregúntese: si publica esa noticia, ¿de lado de quién se pondrá el público? ¿Del cura? ¿O de mí? Todavía mejor, ¿qué hará la junta directiva de DigiFlood? ¿Qué pensará el mundo de usted por exhibir los abusos que sufrí en mi juventud y sus predecibles secuelas psicológicas, que superé antes de fundar una de las empresas de más éxito del mundo? Así que adelante y publique la noticia.
A. O.
P. D.: Que disfrute de la cárcel.

Mientras leía el texto cada vez más horrorizado, las líneas empezaron a brillar y a desvanecerse. Un segundo más tarde habían desaparecido, sustituidas por una pantalla en negro. Harriman trató desesperadamente de tomar una captura de pantalla, pero era demasiado tarde: el mensaje de Ozmian había desaparecido con la rapidez con que había llegado.

Alzó la vista del teléfono, gimiendo de incredulidad y pánico. Era una pesadilla; tenía que serlo. Y en efecto, como pasaría en una pesadilla, a media manzana por West Street vio a dos agentes de policía uniformados que miraban en dirección a él. Uno lo señaló. Y a continuación, mientras se quedaba paralizado, incapaz de moverse, echaron a correr hacia él al mismo tiempo que desabrochaban sus pistoleras.

46

Longstreet, acompañado de Pendergast cual sombra silenciosa a su lado, se hallaba ante la puerta del garaje de la casa adosada de Robert Hightower en Gerritsen Avenue de Marine Park, Brooklyn. La puerta estaba abierta y dejaba entrar un viento frío, ya que el breve camino de acceso permanecía cubierto de una capa de nieve que había caído bien entrada la noche anterior, pero a Hightower no parecía importarle. El espacio estaba lleno de castigadas mesas de trabajo; ordenadores personales con mayor o menor grado de obsolescencia; placas base que vomitaban ríos de cables; viejos monitores de rayos catódicos a los que les faltaban los tubos de cristal; maltrechas herramientas colgadas de tableros de clavijas; sierras de cinta, alicates y tornillos de mesa; un surtido de pistolas de soldar; y media docena de cajas de herramientas, con la mayoría de los cajones abiertos, rebosantes de tornillos, clavos y resistencias. Hightower, que trasteaba sobre una de las mesas de trabajo, rondaba los sesenta y era de constitución robusta, con la bóveda craneal cubierta de pelo entrecano corto pero tupido.

Recogió una lata de fundente para soldar, le puso la tapa y la lanzó hacia el fondo de una de las mesas.

—Así que de entre todas las personas a las que estafó, destruyó, arruinó o jodió, Ozmian dice que yo soy el que más le odia.

—Correcto —respondió Longstreet.

Hightower escupió una risa sarcástica y sin alegría.

—Qué distinción.

—¿Es eso cierto? —preguntó Longstreet.

—Piense en un hombre que lo tenía todo en la vida —contestó, atareándose tras la mesa de trabajo—: un bonito hogar, una mujer preciosa, una gran carrera, felicidad, éxito y prosperidad… y un buen día ese cabrón me lo quitó todo. ¿Y por eso me llevo el primer premio en la categoría del odio? Sí, seguramente. Supongo que soy a quien buscan.

—El algoritmo que usted creó —continuó Longstreet—. El códec de audio para comprimir y transmitir archivos al mismo tiempo. No pretendo entenderlo, pero según Ozmian era original y muy valioso.

—Era la obra de mi vida —explicó Hightower—. No fui consciente de cuánto había de mí en cada línea de ese código hasta que me lo robaron. —Hizo una pausa para examinar las mesas de trabajo—. Mi padre era policía, como su padre y el padre de su padre. Iba escaso de dinero, pero le llegó para comprar las piezas de un aparato de radioaficionado. Solo las piezas. Yo lo construí. Así aprendí lo esencial de ingeniería eléctrica, telefonía y síntesis de sonido. Recibí una beca para la universidad gracias a eso. Luego mi interés pasó del hardware al software. La misma melodía pero distinto instrumento.

Se levantó, se volvió hacia ellos y desplazó la vista de uno a otro con una mirada que Longstreet solo podía describir como angustiada.

—Ozmian me lo arrebató. Todo. Y aquí estoy. —Señaló el garaje con un gesto amplio de la mano, riendo con amargura—. Sin dinero. Sin familia. Mis padres han muerto. ¿Y qué hago? Vivir en su casa. Es como si la última década no hubiese existido; salvo que tengo muchos años más y nada que mostrar. Y se lo debo todo a un cabrón.

—Tenemos entendido que durante y después de la absorción de la empresa, acosó al señor Ozmian. Le envió mensajes amenazantes, dijo que iba a matarlos a él y a su familia, hasta el punto de que tuvo que solicitar una orden de alejamiento.

—¿Y qué? —replicó Hightower con agresividad—. ¿Puede

culparme? Mintió bajo juramento, me engañó, me machacó con sus abogados, me robó la empresa, despidió a mis empleados… y se notaba que se lo pasaba en grande. Si usted fuese medio hombre, haría lo mismo. Yo lo aguanté, pero mi mujer no. Se lanzó con el coche por un precipicio, borracha. Dijeron que fue un accidente. Mentira. —Rio ásperamente—. Él también fue responsable de eso. Ozmian la mató.

—Tengo entendido —terció Pendergast, que hablaba por primera vez— que durante ese difícil período, antes de la trágica muerte de su esposa, la policía acudió en varias ocasiones a su casa alertada de altercados domésticos.

Las manos de Hightower, que habían estado desplazándose sobre la superficie de la mesa de trabajo, se quedaron quietas de repente.

—Sabe tan bien como yo que ella nunca presentó una queja.

—No.

—No tengo nada que decir al respecto. —Sus manos empezaron a moverse otra vez—. Es curioso. Sigo viniendo aquí, noche tras noche, a trastear con estas cosas. Supongo que quiero que se me ocurra otra idea brillante. Pero sé que es inútil. Algo así no suele repetirse.

—Señor Hightower —continuó Pendergast—, ¿puedo preguntarle dónde estaba la noche del 14 de diciembre? A las diez de la noche, para ser exactos.

—Aquí, supongo. No voy a ninguna parte. ¿Qué tiene de especial esa noche?

—Es la noche en que Grace Ozmian fue asesinada.

Hightower se dio la vuelta hacia ellos. A Longstreet le sorprendió la expresión que había aparecido de pronto en su rostro. La mirada angustiada había sido sustituida por una sonrisa horrorosa; una máscara de triunfo vengativo.

—¡Ah, sí, ese 14 de diciembre! —dijo—. ¿Cómo olvidar esa noche señalada? Qué lástima.

—¿Y su paradero la noche siguiente? —inquirió Longstreet—. Cuando su cadáver fue decapitado.

Mientras él hacía la pregunta, una sombra apareció en la puerta del garaje. Longstreet miró y vio a un hombre alto con cazadora de cuero en la nieve. Su expresión dura, la forma rápida e impasible en que evaluó la situación, le indicaron que el hombre pertenecía a un cuerpo de la ley.

—Bob —dijo el hombre, saludando con la cabeza a Hightower.

—Bill. —Hightower señaló a sus invitados—. Peces gordos del FBI. Han venido a preguntarme por la noche en que la hija de Ozmian perdió la cabeza.

El recién llegado no dijo nada ni reveló ninguna expresión.

—Este es William Cinergy —les explicó Hightower—. Policía de Nueva York, distrito Sesenta y tres. Mi vecino.

Longstreet asintió con la cabeza.

—Me crie en una familia de policías —declaró Hightower—. Y este es un barrio de policías. Los miembros de la fraternidad azul solemos hacer el nido juntos.

Se hizo un breve silencio.

—Ahora que lo pienso —mencionó Hightower, cuyo desquiciante remedo de sonrisa no había abandonado su cara—, Bill y yo salimos a beber la noche en que la hija de Ozmian fue asesinada. ¿Verdad que sí?

—Cierto —convino el aludido.

—Estuvimos en O'Herlihey's, aquí cerca, en Avenue R. Es un bar de polis. Si mal no recuerdo, también estaban muchos de los chicos, ¿verdad?

Bill asintió con la cabeza.

—¿Y todos se acordarán de que los invité a una ronda… digamos, a las diez de la noche?

—Claro.

—Ahí lo tienen. —Hightower deslizó el taburete y su cara se tornó otra vez en una máscara inexpresiva—. Y ahora, si ya han terminado, caballeros, Bill y yo tenemos que ver un partido de fútbol americano en ESPN.

Se quedaron sentados en el sedán oficial de Longstreet junto a la acera de Gerritsen Avenue mirando la casita adosada.

—Bueno —dijo por fin—, ¿qué opinas de cómo se ha comportado? Prácticamente nos ha restregado por la cara esa coartada endeble.

—Tanto si la coartada es válida como si no, no creo que tengamos muchas oportunidades de rebatirla —respondió Pendergast.

—¿Y tu amigo D'Agosta? A lo mejor él puede romper el muro de la policía.

—Sabes que nunca le pediría que lo hiciese. Y hay otro factor que tener en cuenta.

Longstreet lo miró.

—Aunque Hightower tenía un móvil, eso no explica los asesinatos que siguieron.

—Ya se me había ocurrido —reconoció Longstreet. Siguió mirando la casa y la espiral de humo que se elevaba de la chimenea—. A lo mejor le cogió el gusto. He visto a policías que se rebelan y empiezan a tomarse la justicia por su mano cuando los tribunales no hacen lo que se espera de ellos. Una cosa es segura: esto merece que lo investiguemos.

—Vamos a tener que hacerlo con cuidado —apuntó Pendergast—. De momento, no debemos decirle nada de esta pista ni a la policía de Nueva York ni al FBI. Nunca se sabe quién podría pasar información.

—Tienes razón. Investiguémoslo por separado. Compartimentemos. Reduzcamos la comunicación al mínimo. Nos mantendremos en contacto solo por teléfono o por correo electrónico encriptado. —Longstreet se quedó callado un momento con la vista fija en la casa. Habían bajado del todo la persiana de lo que suponía era la sala de estar—. Nos ha mirado de una forma… Cuando nos ha dicho su coartada. Era casi como un desafío.

Al oírlo, Pendergast se estremeció con fuerza.

—Un desafío —repitió—. Claro.

Pero no dijo nada más, y al cabo de un rato, Longstreet puso el coche en marcha y se alejó de la acera.

47

Marsden Swope estaba sentado a la única mesa de su diminuto piso. Eran las seis de la mañana del 3 de enero.

3 de enero. Una fecha que marcaría el comienzo de la purificación de la ciudad.

No se hacía ilusiones. Era consciente de que se iniciaría poco a poco; si se podía hablar de «poco» para referirse a tantos peregrinos. Pero él disponía de una herramienta con la que los profetas que le habían precedido no contaban: internet. Lo único que había ordenado no arrojar al fuego a sus seguidores era sus móviles. Eran decisivos por dos razones: primero, porque le permitían orquestar la logística de la hoguera, y segundo, porque podrían documentarlo.

Lo que empezaría como un único acto de purificación en Manhattan se extendería a grandes ciudades y pequeños pueblos, de Estados Unidos a Europa y más allá. El mundo, dividido más que nunca entre ricos y pobres, estaba ávido de ese mensaje. La gente se alzaría y se uniría para eliminar de sus vidas la codicia, el materialismo y las desagradables fragmentaciones sociales provocadas por el dinero, renunciando a la riqueza por una vida de sencillez, pureza y pobreza honrada.

Pero no debía precipitarse. Había allanado el camino, lo había puesto todo en marcha, pero el siguiente paso era crucial. Sus seguidores, lo sabía, estaban esperando su señal. El secreto estaría en conseguir que se reuniesen en el Great Lawn en el momento preciso sin alertar a las autoridades.

Se volvió de nuevo hacia la mesa y redactó un tuit dirigido a su base: breve, instructivo y al grano:

> ESTA NOCHE. Rezad, ayunad y preparaos para lo que se avecina. Enviaré UBICACIÓN definitiva e instrucciones a las 15.00.
> El Peregrino Apasionado (@SavonarolaRedux)
> 3 de enero, 6.08

Lo leyó una vez, volvió a leerlo y, muy satisfecho, lo publicó. A las tres enviaría las instrucciones definitivas y luego todo estaría en manos de Dios.

48

El móvil de Howard Longstreet pitó poco después de las seis de la mañana. Se incorporó con un gruñido y lo miró. No era su teléfono particular, sino el móvil oficial que el FBI proporcionaba a sus agentes y supervisores, con el que podía enviar y recibir correos no cifrados y encriptados. El icono de la pantalla le indicó que acababa de recibir un mensaje encriptado del agente especial Aloysius Pendergast.

Cogió el teléfono de la mesilla, pasó el mensaje por el desencriptador y lo leyó.

> Debemos hablar de un asunto muy urgente. Importante avance realizado. Conexiones mucho más complejas de lo esperado. Discreción vital. Reúnete conmigo en el viejo King's Park, Edificio 44, a las 14 horas para planear la detención de responsables (sic). Entre tanto es desaconsejable cualquier tentativa de contacto. Los refuerzos son vitales; trae al teniente D'Agosta, con el que también he contactado.
> A.
> P.D.: Nos están vigilando.

Longstreet eliminó el mensaje y volvió a dejar el teléfono en la mesilla de noche mientras pensaba. «Responsables.» El plural no era una errata, como indicaba el «sic». Más de uno. En efecto, era más complejo de lo esperado. ¿Se trataba de Hightower y otros? Trató de analizar el estilo taquigráfico de Pendergast. Parecía que había hecho un descubrimiento crucial sobre el hombre. Pero el mensaje también daba a entender que las conexiones de Hightower con la autoridad eran más complejas de lo que cualquiera de los dos habían sospechado. «Responsables.» ¿Estaba insinuando Pendergast que existía una conspiración dentro del Departamento de Policía de Nueva York? No era descabellado, dado el largo historial de corrupción del departamento. No le extrañaba que la discreción fuese primordial, sobre todo si Pendergast tenía suficientes pruebas para utilizar la palabra «detención».

Longstreet sabía que a Pendergast no le gustaba el correo electrónico y rara vez enviaba uno. Sin embargo, esta vez la situación era lo bastante desesperada, lo que estaba en juego lo bastante importante, y los sospechosos estaban lo bastante bien situados como para exigir un elevado nivel de cautela.

¿Y eso de que los estaban vigilando? ¿Significaba que su móvil del trabajo estaba comprometido? Le costaba creerlo; el FBI contaba con lo último en encriptación y protección. Maldito Pendergast y sus caminos deliberadamente inescrutables. Se sorprendió embargado por la curiosidad sobre lo que el agente había descubierto. Y por otra parte, ¿qué sitio era ese «viejo King's Park»?

Alargó la mano hacia el portátil, lo encendió, abrió el navegador seguro Tor y lo utilizó para acceder a la internet profunda. Se trataba de una medida muy poco ortodoxa para un miembro de alto rango del FBI, lo sabía, pero si su correo electrónico, su teléfono y sus mensajes eran vulnerables, como Pendergast daba a entender, también lo eran sus hábitos de navegación. Por lo menos ahora podría hacer una búsqueda imposible de rastrear.

Le llevó unos minutos descubrir que King's Park era un inmenso y laberíntico hospital psiquiátrico situado en la orilla norte de Long Island, construido a finales del siglo XIX y que en la actualidad estaba abandonado. Descargó un mapa del lugar y lo estudió para familiarizarse con él. El Edificio 44 era un pequeño almacén, utilizado originalmente para guardar las provisiones del enorme complejo.

Después de aprenderse el mapa de memoria, Longstreet cerró el navegador y apagó el ordenador. ¿Por qué el centro psiquiátrico de King's Park? Pero a medida que le daba vueltas al asunto más a fondo, se dio cuenta de que era el lugar ideal para una reunión: fuera de los límites de Nueva York, circunstancia que limitaba la efectividad de cualquier posible vigilancia por parte de la policía de Nueva York, apartado y a la vez fácil de llegar. Y el edificio 44 había sido elegido sin duda por su acceso a Old Dock Road, que cruzaba los terrenos del psiquiátrico.

Solo le quedaba una cosa por hacer: contactar con D'Agosta. Utilizaría su móvil normal y haría una simple llamada manteniendo un tono trivial. Examinó su lista de contactos, buscó el número de D'Agosta y marcó.

Aunque todavía no eran las seis y media de la mañana, contestaron al primer tono, y la voz al otro lado de la línea no sonaba adormilada.

—¿Sí?

Longstreet advirtió que la voz no se identificó.

—¿Teniente?

—Sí.

—¿Sabe quién soy?

—Estoy seguro de que es a quien nuestro mutuo conocido llama «H».

—Correcto. Por favor, conteste con la mayor brevedad posible. ¿Se ha puesto en contacto con usted?

—Sí.

—¿Y le ha propuesto un sitio al que los dos debemos ir?

—No. Solo me ha dicho que esperase su llamada: urgente y confidencial.

—De acuerdo. Le veré delante de su… lugar de trabajo a mediodía.

—Está bien.

—Absolutamente confidencial.

—Entendido.

La línea se cortó.

Longstreet colgó. Pese a su larga experiencia en operaciones encubiertas, no pudo evitar sentir que se avivaba su emoción. Después de años al mando de grandes equipos de asalto, una pequeña operación táctica como esa era como volver a sus orígenes. Ese Pendergast, siempre lleno de sorpresas. Había manejado la situación muy bien. De todas formas, la participación del teniente sería crucial si el Departamento de Policía de Nueva York estaba implicado.

Se tumbó en la cama, confiando no en dormirse, aunque eso era ya imposible, sino en despejar la mente y concentrarse en su objetivo. Pronto sería mediodía y el caso entraría en su recta final: el golpe decisivo. Rezaba a Dios para que esa espeluznante serie de asesinatos terminase por fin.

Cerró los ojos mientras la luz del alba iluminaba las cortinas del dormitorio.

49

El funcionario de prisiones armado condujo a Bryce Harriman por los estériles pasillos del Centro de Detención de Manhattan y luego le hizo pasar a un diminuto cuarto con una mesa atornillada al suelo, dos sillas, un reloj y una lámpara de techo, ambos protegidos con una red metálica. No había ventanas; solo sabía que eran las nueve menos cuarto de la mañana gracias al reloj.

—Aquí es —dijo el funcionario.

Harriman vaciló, mirando a los dos fornidos individuos con la cabeza rasurada que lo observaban desde la celda como si evaluasen una tajada excepcional de rosbif.

—¡Venga, vamos! —El carcelero le dio un pequeño empujón.

El periodista entró, la puerta se cerró ruidosamente detrás de él y el cerrojo encajó con un sonido metálico.

Entró arrastrando los pies y se sentó. Por lo menos ya no llevaba grilletes, pero el mono de preso naranja era tieso y áspero al contacto con la piel. Las terribles últimas horas habían pasado en un suspiro. La detención, el viaje en coche patrulla a la comisaría local, la espera, la lectura de cargos y la acusación por desfalco, y luego el trayecto tristemente breve al centro de detención a pocas manzanas de distancia; todo había terminado antes de que pudiese asimilar lo que había ocurrido. Era como una pesadilla de la que no podía despertar.

En cuanto el carcelero se hubo marchado, uno de los tipos

musculosos se acercó y se quedó de pie a su lado, muy cerca, mirándolo.

Sin saber qué hacer, Harriman levantó la cabeza.

—¿Qué?

—Mi asiento.

Harriman se levantó con presteza y el hombre se sentó. Dos asientos; tres hombres. Ningún catre. Sería un largo día.

Cuando se sentó en el suelo, con la cabeza apoyada contra la pared, escuchando las quejas y las fanfarronadas de sus compañeros a un lado y otro del bloque de celdas, los errores que había cometido desfilaron ante sus ojos como en una pantomima. Le había cegado el exceso de confianza, reforzada por su reciente fama, y había subestimado a Anton Ozmian con funestas consecuencias.

Su primer error, como Ozmian se había empeñado en señalar, había sido pasar por alto la pregunta más evidente: ¿por qué Ozmian le había dado una paliza al cura? ¿Por qué no había tenido repercusiones? Había sido una agresión tan atroz, delante de una iglesia llena de feligreses, que su alarma de periodista debería haber sonado a todo volumen.

Su segundo error había sido táctico: enseñarle el artículo antes de publicarlo. No solo había mostrado sus cartas, sino que le había dado a Ozmian tiempo a reaccionar. Presa de amargos remordimientos, recordó que la lugarteniente de Ozmian se había ausentado unos minutos al principio de la reunión, para volver después de haber puesto en marcha el montaje, sin duda. Y luego lo habían entretenido en el despacho, charlando, mientras preparaban la trampa.

Cuando salió del edificio de DigiFlood, eufórico por el éxito, ya era hombre muerto. Se acordó, con una nueva oleada de frustración y vergüenza, de lo que Ozmian le había dicho la vez anterior: «Nuestra empresa dispone de muchos buenos programadores, y han creado un bonito robo digital que apunta directamente a usted. [...] Y usted no tiene los conocimientos ni los recursos para pararlo». Sus palabras habían resultado ser ciertas:

en una de las pocas llamadas que le habían permitido hacer, le había explicado a su director lo que le había pasado, que lo habían engañado y que escribiría un artículo tremendo sobre Ozmian donde lo explicaría todo. La respuesta de Petowski fue llamarlo mentiroso y colgar.

Parecía que había pasado una eternidad, pero en realidad solo habían transcurrido seis horas cuando sacaron del calabozo a sus dos compañeros de celda, que por suerte no le habían hecho ni caso. Luego entonces le tocó a él. Un carcelero abrió la puerta con llave y lo llevó por el pasillo a un pequeño cuarto con sillas y una mesa. Le ordenó que se sentase, y un momento después llegó un hombre vestido con un traje bien confeccionado y unos zapatos lustrosos que crujían cuando andaba. Tenía una cara alegre, casi angelical. Era Leonard Greenbaum, el abogado que Harriman había contratado: no un abogado de oficio, sino un defensor avezado y letal, el más caro que Harriman pudo permitirse teniendo en cuenta que la mayoría de sus bienes habían sido congelados. El hombre lo saludó con la cabeza, puso su grueso maletín de piel sobre la mesa, se sentó enfrente de Harriman, abrió el maletín, sacó un montón de papeles y los desplegó delante de él.

—Seré breve, señor Harriman —le dijo al periodista mientras repasaba los papeles—. Al fin y al cabo, a estas alturas no hay mucho que decir. Primero, las malas noticias. El fiscal del distrito tiene unos argumentos irrefutables contra usted. Las pruebas documentales han sido muy fáciles de comprobar. Tienen los documentos de apertura de su cuenta en las islas Caimán, además de un video en el que se le ve entrando en el banco; tienen documentación que demuestra que transfirió en secreto todos los fondos de la fundación, y tienen pruebas de su intención de huir del país pasado mañana en forma de billete de avión solo de ida a Laos.

Lo último era una novedad para Harriman.

—¿Huir del país? ¿A Laos?

—Sí. Su piso ha sido registrado por orden judicial y todos los documentos y ordenadores han sido incautados. Está todo allí, señor Harriman, claro como el agua, junto con el billete electrónico.

La voz de Greenbaum había adquirido un tono triste, incluso de reproche, como si se preguntase por qué su cliente había sido tan tonto.

Harriman gimió y apoyó la cabeza en las manos.

—Mire, todo esto es un montaje. Una trampa para chantajearme. Ozmian lo creó todo de la nada. ¡Tiene a los mejores hackers del mundo trabajando para él, y ellos lo han montado todo! Ya le he hablado de mis reuniones con Ozmian y de cómo me amenazó. Tiene que haber constancia de que estuve en el edificio, no solo una, sino dos veces.

—El señor Ozmian reconoce que estuvo en el edificio, pero declara que solo buscaba más información sobre su hija para un nuevo artículo.

—¡Solo quiere vengarse por lo que escribí sobre su hija! ¡Ese hombre me mandó un mensaje cuando salía del edificio diciéndome lo que había hecho y por qué!

El abogado asintió con la cabeza.

—Se refiere usted, deduzco, al mensaje que no ha podido ser localizado en su teléfono ni en ninguna otra parte.

—¡Tiene que estar en algún sitio!

—Estoy de acuerdo. Ese es el problema. Según mi experiencia, y seguro que también la de la acusación, los mensajes no se borran solos. Siempre queda un rastro en alguna parte.

Harriman se hundió en su silla.

—Oiga, señor Greenbaum, le he contratado para que me defienda. ¡No para que catalogue todas esas pruebas de culpabilidad falsas!

—En primer lugar, llámeme Lenny, por favor. Me temo que vamos a trabajar juntos mucho tiempo. —Apoyó los codos en la mesa, se inclinó hacia delante y adoptó un tono compasivo—. Bryce, le defenderé todo lo que pueda. Soy el mejor del sector, por eso me ha contratado. Pero tenemos que aceptar los hechos:

el fiscal del distrito tiene argumentos de peso. Si insistimos en ir a juicio, lo declararán culpable y lo castigarán severamente. La única oportunidad que tiene, la única, es pactar.

—¿Pactar? Cree que soy culpable, ¿verdad?

—Déjeme terminar. —Greenbaum respiró hondo—. He hablado con el fiscal del distrito, y en las circunstancias adecuadas, está dispuesto a ser indulgente. Usted no tiene antecedentes, y hasta la fecha ha llevado una vida recta y decente. Además, es un periodista muy conocido que ha prestado un servicio público a la ciudad con este caso reciente. Debido a ello, el fiscal podría estar dispuesto a considerarlo una anomalía única, aunque atroz. Después de todo, robar fondos de una fundación benéfica para pacientes de cáncer, creada con la excusa de conmemorar la figura de una amiga fallecida... —Su voz se fue apagando.

Harriman tragó saliva.

—¿Indulgente? ¿Cómo de indulgente?

—Eso está por decidir... si me da autoridad para negociar. La verdad es que no se gastó ni un centavo del dinero extraditado ni huyó del país. Podría conseguir que le acusasen de intención dolosa. Si se declarase culpable de eso, yo diría que con suerte no tendría que cumplir más de... dos años, tres como máximo.

Harriman gimió de nuevo y volvió a dejar caer la cabeza en las manos. No había otra palabra para describirlo: era una pesadilla hecha realidad; una pesadilla de la que, al parecer, no despertaría durante al menos un par de años.

50

Varios kilómetros al norte del Centro de Detención de Manhattan, Marsden Swope se hallaba junto a una lona extendida en el centro del Great Lawn. Esperaba con una mezcla de satisfacción y humildad mientras la gente empezaba a salir de las pasarelas, las hileras de árboles y las avenidas cercanas y con andar lento, renqueante, como intuyendo la gravedad de la ocasión, cruzaban el inmenso prado para reunirse en silencio a su alrededor. Unos cuantos transeúntes, que corrían a sus destinos en medio del frío aire de enero, redujeron el paso para mirar aquella variopinta reunión cada vez más poblada. Pero de momento no habían captado la atención de las autoridades.

Swope sabía que su mensaje había llegado a un grupo heterogéneo de personas, una auténtica muestra representativa de Estados Unidos, pero lo que no imaginaba era lo diverso que sería. Todas las edades, razas, credos y posición económica lo rodeaban en silencio en un círculo cada vez más nutrido. Gente ataviada con trajes de oficina, gorros, esmóquines, saris, uniformes de béisbol, caftanes, camisas hawaianas, colores identificativos de pandillas... y la cosa seguía y seguía. Eso era lo que con tanto fervor había anhelado, que los pudientes y los desfavorecidos se uniesen en su rechazo de la riqueza.

—Gracias a Dios —susurró Swope para sí—. Gracias a Dios.

Había llegado el momento de encender la hoguera. Lo haría rápido, de forma que a la policía no le diera tiempo a impedirlo ni a abrirse paso a empujones entre la multitud para apagar el fuego.

Se irguió cuan alto era en medio de un claro circular, rodeado de entre diez y quince filas de peregrinos. Con un gesto a la vez dramático y —esperaba— deferente, se quitó la capa para descubrir una prenda que había tejido él mismo a lo largo de muchas noches arduas: una camisa confeccionada con el pelo de animal más áspero y basto que había logrado adquirir. A continuación agarró la lona, la retiró y dejó ver una gran X blanca que había pintado con espray en la hierba. Al lado había dos latas de queroseno.

—¡Gente! —gritó—. ¡Hijos del Dios viviente! Os habéis reunido aquí, ricos y pobres, venidos de todos los rincones del país, con un único objetivo: para despojarnos de las exuberantes y fatuas posesiones que Dios tanto detesta, las riquezas que Jesús nos advirtió que nos impedirían entrar en el cielo. Juremos solemnemente deshacernos de esas trampas de la codicia y purificar nuestros corazones. ¡En este lugar, en este momento, hagamos cada uno una ofrenda simbólica a la hoguera de las vanidades, como nuestra promesa de vivir desde hoy y hasta el fin de nuestros días unas vidas sencillas!

Entonces recogió las latas de queroseno y se apartó de la cruz pintada hasta juntarse con la primera fila del círculo. Metió la mano en un bolsillo de sus pantalones raídos y sacó una pluma: una estilográfica chapada en oro que su padre, al que no había visto y con el que no se comunicaba desde hacía una década, le había regalado cuando se graduó en el seminario jesuita. Levantó la pluma para que todos la viesen; su baño de metal precioso centelleó a los rayos del sol poniente. Acto seguido, la lanzó a la zona descubierta, donde cayó, con el plumín hacia abajo, en el centro de la cruz pintada.

—¡Que todos los que desean seguir el camino de la gracia —entonó— sigan mi ejemplo!

Un breve murmullo recorrió la multitud, como un escalofrío de expectación. A continuación hubo un momento de quietud.

Y entonces una increíble lluvia de objetos fue arrojada desde el círculo y cayó en la hierba señalada con la cruz: bolsos de marca, ropa, joyas, relojes, llaves de coche, manojos de bonos al portador, bolsas de plástico con droga y paquetes de marihuana, fajos de billetes de cien dólares, libros para hacer dieta y enriquecerse rápido, junto con otros artículos sorprendentes: un consolador incrustado de joyas, una guitarra eléctrica con una tapa con preciosas vetas simétricas y una pistola Smith & Wesson. Un sinfín de objetos más que resultaban imposibles de describir llovieron o cayeron sobre la pila cada vez mayor. El montón de oropel, lentejuelas y lujo vacuo se iba acumulando, incluida una cantidad asombrosa de zapatos de mujer: tacones de aguja, en su mayoría.

Entonces, un resplandor trascendente, una sensación de inevitabilidad divina, inundó a Swope como la caricia de un ángel. Comprendió que así debía de haberse sentido Savonarola tantos siglos atrás en Florencia. Tomó una de las latas de queroseno, dio un paso adelante y, tras destaparla, vertió el combustible describiendo amplios círculos sobre el montón de vanidades cada vez mayor. Los objetos caían a su alrededor con un ruido seco y le daban en la cabeza y los hombros, pero él no les hacía caso.

—¡Y ahora! —exclamó, echando a un lado la lata vacía y sacando una caja de cerillas de madera—. ¡Que nuestra nueva vida de purificación empiece con fuego!

Extrajo una cerilla de la caja y la encendió. Luego la lanzó a la pira y, en medio del tremendo crepitar del fuego naranja amarillento y el calor que brotó, vio, brevemente iluminadas, las imágenes oscuras de miles de peregrinos más que venían de todos los rincones del Great Lawn para participar en aquella hoguera de las vanidades moderna, mientras los artículos de lujo seguían lloviendo sobre el incendio.

51

Anochecía en la ciudad mientras la señora Trask avanzaba hacia el norte por Riverside Drive, con su bolsa de rejilla llena de comida para la cena de esa noche. Normalmente no esperaba a esa hora para hacer la compra, pero se había entretenido reacomodando y limpiando la tercera mejor vajilla de la casa y no se había dado cuenta de lo tarde que se había hecho. Proctor se había ofrecido a llevarla en coche, pero ella prefería salir a caminar un poco: un paseo a media tarde le sentaba bien y, además, con la gentrificación que el barrio había sufrido en los últimos años, le gustaba hacer ella misma la compra en el supermercado Whole Foods de la zona.

Mientras cruzaba la rotonda del 891 de Riverside en dirección a la entrada del servicio, en la parte trasera de la casa, se sorprendió al ver una figura oscura que rondaba en las sombras cerca de la puerta principal.

Su primera reacción fue de alarma y pensó en llamar a Proctor, hasta que comprobó que no era más que un muchacho. Parecía desaliñado y sucio. De hecho, se habría referido a él como un niño de la calle de haber crecido en el East End de Londres. Cuando la vio acercarse salió de entre las sombras.

—Disculpe la molestia, señora —dijo—, pero ¿es esta la residencia del señor Pendergast? —Incluso tenía el acento *cockney* y la forma de hablar de un niño de la calle.

Ella se detuvo muy cerca de él.

—¿Por qué quieres saberlo, jovencito?

—Porque me han pagado para que le dé esto. —Sacó un sobre del bolsillo trasero—. Y nadie abre la puerta.

La señora Trask pensó un momento. Luego estiró la mano.

—Muy bien, yo me encargaré de que lo reciba. Ya te puedes ir.

El joven le dio la carta. A continuación, después de hacer una reverencia a la mujer, se volvió y se fue corriendo por el camino de acceso.

La señora Trask observó cómo desaparecía entre el bullicio de la ciudad. Luego, meneando la cabeza, se dirigió a la entrada trasera, que daba a la cocina. Lo cierto era que trabajando para su jefe, uno nunca sabía qué esperar.

Lo encontró sentado en la biblioteca, con una taza de té verde sin tocar en la mesa de al lado, mirando el fuego tenue que ardía en la chimenea.

—Señor Pendergast —llamó desde la puerta.

El agente no respondió.

—¿Señor Pendergast? —repitió en voz un poco más alta.

Esta vez, él reaccionó.

—¿Sí? —dijo, volviéndose hacia ella.

—He encontrado a un chico esperando fuera. Me ha dicho que nadie le había abierto la puerta. ¿No ha oído el timbre?

—No.

—Ha dicho que le habían pagado para traerle esta carta. —Avanzó con el sobre sucio y doblado en una bandeja de plata—. No sé por qué Proctor tampoco ha abierto la puerta —no pudo evitar añadir, pues no veía con muy buenos ojos a ese hombre ni las libertades que a veces se tomaba con el patrón.

Pendergast observó la carta con una expresión que la señora Trask no fue capaz de entender.

—Creo que no ha abierto porque el timbre no ha sonado. El chico le ha mentido. Póngala en la mesa, por favor.

Ella dejó la bandeja junto al juego de té.

—¿Quiere algo más?

—De momento no, gracias.

Pendergast esperó a que la mujer saliera de la biblioteca; a que sus pasos se apagaran por el pasillo; a que toda la mansión estuviese otra vez en silencio. Y aun así no se movió, ni actuó, ni hizo otra cosa que observar el sobre como si fuera un artefacto explosivo. No podía saber de qué se trataba, y sin embargo tenía un presentimiento muy fuerte.

Por fin se inclinó hacia delante, lo tomó por un borde y lo desdobló. El sobre tenía una sola palabra escrita, mecanografiada con una máquina de escribir manual: ALOYSIUS. La observó un largo rato, mientras su sensación premonitoria aumentaba. Acto seguido, abrió el sobre con cautela, rajando el fino borde con una navaja automática que tenía cerca y que le servía de abrecartas. Al mirar dentro vio un folio y una pequeña memoria USB. Sacó la hoja y la puso en la bandeja, y a continuación empleó la punta de la navaja para desdoblarla.

La nota mecanografiada que contenía no era larga.

Estimado A. Pendergast:

Soy el Decapitador. El desenlace ha llegado. En la memoria USB encontrará un breve vídeo protagonizado por el teniente D'Agosta y el director adjunto Longstreet. Son mis prisioneros. Para ser sincero, son el cebo para traerle a usted hasta mí; le tengo preparada una noche especial. Estoy en el Edificio 44 del centro psiquiátrico abandonado de King's Park, en la orilla norte de Long Island. Venga solo. No mande a la caballería. No traiga a Proctor ni a ninguna otra persona. No se lo diga a nadie. Si no ha llegado a las 9.05 de la noche, que si mi mensaje ha sido entregado como es debido debería ser aproximadamente dentro de cincuenta y cinco minutos, no volverá a ver a ninguno de sus dos amigos con vida.

Aunque todavía no sabe quién soy, sin duda alguna sabe mucho de mi talento. Como usted también es un hombre inteligente, analizará la situación en la que ahora se encuentra y se dará cuenta de que solo puede hacer una cosa. Por supuesto, verá el vídeo, sopesará la situación y considerará varias formas de proceder; pero al final comprenderá que no tiene otra opción que venir aquí, ahora, solo. Así que no se entretenga. El tiempo corre.

Otra condición: traiga su Les Baer 1911 de calibre 45 y un cargador de ocho balas de repuesto, los dos cargados, y asegúrese de que en la recámara queda una bala extra de forma que haya un total de diecisiete balas. Este detalle es de vital importancia.

Atentamente,

EL DECAPITADOR

Pendergast leyó la carta dos veces. Cogió el USB y lo introdujo en el puerto de su portátil. Solo contenía un archivo. Hizo clic en él.

Se reprodujo un vídeo: D'Agosta y Longstreet, atados, amordazados e inmovilizados, cada uno con una mano libre. Miraban fijamente a la cámara, con la frente perlada de sudor, sujetando entre los dos el *New York Times* de esa mañana. El vídeo no tenía sonido. El fondo parecía una habitación en ruinas similar a un almacén. Los dos hombres habían sido golpeados y estaban magullados y manchados de sangre; D'Agosta más que Longstreet. El vídeo duraba solo diez segundos y volvía a reproducirse una y otra vez en un bucle interminable.

Pendergast vio el vídeo unas cuantas veces más y volvió a leer la nota antes de guardarla en el sobre y meterlo en el bolsillo de su chaqueta. Durante tres minutos permaneció muy quieto en la biblioteca, con la cara iluminada por la luz parpadeante del fuego, antes de levantarse.

El Decapitador estaba en lo cierto: no le quedaba más remedio que obedecer.

Pendergast conocía vagamente King's Park, un gigantesco complejo psiquiátrico muy deteriorado ubicado en Long Island, cerca de la ciudad. Amplió detalles con una rápida búsqueda en internet: llevaba décadas abandonado y quedaban numerosos edificios en ruinas desperdigados por el amplio terreno precintado tras las vallas metálicas; tenía mala fama por los tratamientos de electroshock que se administraban con generosidad a los casos perdidos antes de la aparición de medicinas psiquiátricas efectivas. Las instalaciones estaban situadas en el condado de Sussex, entre Oyster Bay y Stony Brook.

Imprimió un mapa del centro psiquiátrico, lo dobló y lo guardó en el bolsillo de la chaqueta, extrajo un cargador de repuesto del calibre 45 de un cajón, comprobó que estaba lleno y lo metió en el otro bolsillo, y a continuación sacó su Les Baer para confirmar que estaba totalmente cargada. Metió una bala en la recámara, sacó el cargador para introducir una bala nueva y guardó la pistola en el bolsillo.

Cuando estaba poniéndose el abrigo de vicuña en el vestíbulo, Proctor se le acercó en silencio como un gato.

—¿Le puedo servir en algo, señor?

Pendergast lo miró. La señora Trask debía de haberle hablado de la carta. En el rostro de Proctor había una impaciencia que resultaba extraña y perturbadora. Ese hombre siempre sabía o sospechaba más de lo que decía.

—No, gracias, Proctor.

—¿No necesita chófer?

—Me apetece conducir de noche. —Alargó las manos para recoger las llaves.

Por un momento, Proctor permaneció inmóvil; su cara era una máscara. Pendergast era consciente de que sabía que mentía, pero no tenía tiempo para engañarle de forma más satisfactoria.

Proctor metió la mano en el bolsillo y le dio a Pendergast las llaves del Rolls-Royce sin decir nada.

—Gracias. —Y con un gesto de cabeza, Pendergast pasó junto a él y se dirigió al garaje al mismo tiempo que se abotonaba el abrigo.

Solo cuarenta y ocho minutos más tarde salía de la ruta 25A y entraba en Old Dock Road, que recorría las instalaciones principales del psiquiátrico de King's Park. Eran casi las nueve y hacía una noche gélida. Llevó el gran coche por la carretera desierta mientras las siluetas de edificios cerrados y abandonados desfilaban a los dos lados.

Redujo la velocidad, cambió de sentido, detuvo el Silver Wraith junto a la acera y apagó los faros. Luego introdujo el vehículo en el terreno congelado y lo aparcó detrás de una hilera de árboles donde no sería visible desde la carretera. Allí se detuvo a consultar el mapa. Al otro lado de la calzada había un conjunto de edificios que el mapa identificaba como GRUPO 4 O EL CUADRÁNGULO, que había albergado a los enfermos mentales de la tercera edad. A su derecha, doscientos metros por detrás de la valla metálica que rodeaba las instalaciones, se alzaba una enorme estructura de diez pisos que figuraba en el mapa como EDIFICIO 93, cuyos aguilones y torres se alzaban contra el cielo nocturno.

La gigantesca fachada estaba bañada de una espectral luz de luna y salpicada de ventanas vacías y oscuras que observaban las instalaciones heladas como una bestia monstruosa con muchos ojos. Mientras Pendergast lo contemplaba, notó un susurro, un escalofrío, de los recuerdos de los pacientes que habían sido encerrados allí dentro, farfullando, llorando, desesperados, sometidos a pruebas de medicamentos experimentales, lobotomías, tratamientos de electroshock y puede que cosas peores. Una luna oronda, oculta por raudas nubes, se elevaba por encima de sus almenas.

Como sabía por el mapa, escondida dentro de la inmensa sombra del edificio se hallaba la estructura de dos pisos mucho más pequeña conocida como Edificio 44. Allí era donde encontraría al Decapitador.

Salió del vehículo, cerró la puerta sin hacer ruido y se aseguró de que la calle estuviese vacía antes de acercarse a la valla. Unos alicates aparecieron en su mano enguantada. Le llevó dos minutos abrir un agujero en la barata valla metálica lo bastante grande como para poder entrar sin que se le enganchase ni se le rompiese el abrigo, al que le tenía mucho aprecio. Se coló dentro, avanzó en silencio por el terreno duro, mientras su aliento formaba vaho a la luz de la luna, y dejó atrás el Edificio 29: una central eléctrica construida a principios de los sesenta que se hallaba oxidada y abandonada como todo lo demás. Más allá localizó un ramal de ferrocarril y lo siguió hasta donde terminaba, en la zona de carga del Edificio 44.

Pendergast había descubierto que ese edificio en concreto había sido un almacén para guardar la comida del centro psiquiátrico. La pequeña construcción estaba precintada, con las ventanas tapadas con madera contrachapada y hojalata, y las puertas cerradas con llaves y cadenas. A través de las rendijas no se veía ni un destello de luz.

Miró a su alrededor una vez más y subió de un salto a la zona de carga del edificio, situada al final de un caballete ferroviario. Agarró un picaporte y levantó despacio la puerta, reduciendo al mínimo el inevitable chirrido del metal oxidado, hasta que estuvo a suficiente altura para poder meterse por debajo. Escuchó, pero del interior no venía ningún sonido.

Se encontraba en una gran zona de carga totalmente vacía a excepción de un montón de cajas de madera apiladas en un rincón y cubiertas de telarañas. Más adelante, al otro lado del extenso suelo de hormigón agrietado, había una puerta abierta en la pared del fondo. De detrás llegaba una debilísima iluminación. Parecía una trampa, aunque Pendergast sabía desde el principio que era justo eso.

Una trampa pensada para él; pero las trampas a veces eran un arma de doble filo.

Se detuvo y consultó su reloj. Eran las nueve y dos; faltaban tres minutos para que expirase el plazo.

Cruzó en completo silencio la extensión de la zona de carga y se acercó a la puerta abierta. Apoyó las puntas de los dedos de una mano en ella y, poco a poco, la abrió más. Detrás había un angosto pasillo con puertas abiertas a los dos lados. De una de las de la derecha, casi cerrada, procedía la luz que iluminaba el pasillo. Reinaba un silencio absoluto.

Pendergast sacó la Les Baer, cruzó la puerta y avanzó por el pasillo hasta que llegó a la puerta iluminada. Esperó unos instantes para asegurarse de que no había actividad. Entonces puso la palma de la mano en la puerta, le dio un brusco empujón, avanzó con el arma en ristre y apuntó a la habitación.

La luz era tan tenue que solo iluminaba la zona inmediata del espacio en el que él se encontraba. Los recovecos más profundos, que se extendían entre hileras de estanterías vacías, estaban demasiado oscuros para ver. Había una mesa en el centro del foco de luz, con una figura sentada en una silla de espaldas a Pendergast. Reconoció al hombre en el acto: incluso por detrás, el traje arrugado, el cuerpo fornido y el largo cabello gris solo podían pertenecer a Howard Longstreet. Parecía que mirase a la oscuridad de la parte trasera de la sala, con la cabeza apoyada en un brazo en actitud de vigilante reposo.

Pendergast se detuvo un instante, paralizado por la sorpresa. No estaba atado; de hecho, no parecía estar sujeto en absoluto.

—¿H? —dijo en una voz que apenas era un susurro.

Longstreet no respondió.

Pendergast dio un paso adelante hacia la figura sentada.

—¿H? —repitió.

Siguió sin decir nada. ¿Estaba inconsciente? Avanzó hacia él y estiró el brazo. Luego posó la mano en el hombro de Longstreet y le dio una suave sacudida.

Con un susurro suave y resbaladizo, la cabeza del hombre se desplomó, cayó sobre la mesa con un ruido sordo, se fue rodando y se detuvo, balanceándose ligeramente, mientras los ojos grises de Longstreet miraban a Pendergast en silenciosa agonía.

Al mismo tiempo, las luces se apagaron de pronto. Y de la oscuridad brotó una risita triunfal.

52

Con la misma rapidez con la que todo se oscureció, una luz brillante inundó de repente la sala. Allí, sentado en una silla de madera en un rincón del fondo, estaba el teniente D'Agosta. Permanecía atado de pies y manos a la silla, sin más vestimenta que unos calzoncillos y una chaqueta sin mangas rellena de paquetes de explosivo plástico: un chaleco bomba. Tenía una mordaza de bola en la boca. Miró a Pendergast echando fuego por los ojos.

—He llegado dentro de los cincuenta y cinco minutos exigidos, señor Ozmian —dijo Pendergast—. Y, sin embargo, ha matado a Howard Longstreet. Eso no formaba parte del trato.

Transcurrió un instante. Y entonces, Anton Ozmian entró en la sala sin hacer ruido. Iba vestido con ropa de camuflaje oscura y empuñaba con una mano una pistola 1911 que apuntaba directamente a Pendergast, mientras con la otra sujetaba un detonador a distancia.

—Deje el arma en el suelo, por favor, agente Pendergast —pidió en tono sereno.

Hizo lo que le pedía.

—Ahora, empújela hacia mí con el pie.

Pendergast obedeció.

—Quítese la chaqueta, dese la vuelta, separe los pies y abra los brazos contra la pared.

También hizo eso. Estaba convencido de que se le acabaría

presentando la oportunidad de darle la vuelta a la situación, pero de momento no tenía otra opción que obedecer. Oyó que Ozmian se acercaba; notó la boca dura y fría del arma contra la nuca mientras el hombre lo registraba y descubría el cargador de repuesto, además de varios cuchillos, ganzúas y llaves maestras, un garrote, dos móviles, dinero, tubos de ensayo y pinzas, y una pistola Derringer de un solo disparo.

—Ponga una mano a la espalda y mantenga el equilibrio contra la pared con la otra.

Cuando Pendergast obedeció, notó unas bridas de plástico alrededor de la muñeca. Luego le tiró hacia atrás de la otra mano y se la esposó también. Oyó que Ozmian retrocedía.

—Muy bien —dijo el empresario—. Ya puede sentarse al lado de su amigo. Charlaremos un rato.

Sin decir nada, Pendergast se sentó junto al cadáver de Longstreet, que al perder el apoyo del brazo había caído hacia delante contra la mesa, al lado de su bamboleante cabeza. D'Agosta miraba desde su silla en el rincón del fondo, con los ojos muy abiertos y enrojecidos.

Ozmian se arrellanó en una silla al otro lado de la mesa e inspeccionó el arma principal de Pendergast.

—Muy bonita. Pronto la recuperará, por cierto. —La dejó e hizo una pausa—. Primero: en ningún momento he prometido mantener vivos a los dos hombres. Mis palabras exactas fueron «No volverá a ver a ninguno de sus dos amigos con vida». Como puede ver, el teniente D'Agosta todavía está vivito y coleando... por ahora. Segundo: enhorabuena por deducir que yo era el Decapitador. ¿Cómo lo ha logrado?

—Hightower. Usted nos condujo hasta un sospechoso que simplemente era demasiado perfecto. Fue entonces cuando intuí que había alguien detrás que movía los hilos y empecé a unir las piezas.

—Muy bien. ¿También ha adivinado por qué estoy matando a estas personas en concreto?

—¿Por qué no me lo cuenta usted? —dijo Pendergast.

—Preferiría oírlo de su boca.

—La afición que supuestamente abandonó hace muchos años: la caza mayor. Deseaba experimentar la emoción definitiva, el «juego más peligroso», por así decirlo.

Ozmian sonrió de oreja a oreja.

—Estoy impresionado.

—Hay una cosa que me desconcierta: por qué su hija fue su primera víctima. Aunque sospecho que tuvo algo que ver con los recientes problemas de su empresa.

—Bueno, le ayudaré a resolver esa duda, porque se está haciendo tarde y la partida empezará pronto. Como ha adivinado, fue mi hija, mi querida hija que tanto me quería, quien filtró nuestro código en internet, lo que estuvo a punto de hundir mi empresa.

—Deduzco, entonces, que no estaban tan unidos como usted pretendía.

Al oír eso, Ozmian hizo una pausa.

—Cuando era niña estábamos muy unidos. Éramos amigos del alma, de hecho. Ella me adoraba, y solo en ella encontré el amor incondicional. Pero a medida que se acercaba a la pubertad, se descarrió. Tenía una mente brillante cuando quería, por no hablar de una habilidad extraordinaria con los ordenadores desde muy temprana edad. Yo siempre había esperado que fuese mi socia y que más tarde se hiciera cargo del negocio. Que me traicionase como lo hizo fue, como podrá imaginar, muy doloroso.

—¿Por qué le traicionó?

—Se desvió del buen camino. Ya sabe cómo son estas cosas, agente Pendergast: una familia echada a perder por culpa del exceso de dinero, el exceso de exmujeres, el exceso de disfunción. —Rio, burlón—. Sí, manteníamos las apariencias: hoy día lo único que importa es el postureo y los paparazzi, ¿no? Los dos participamos en el juego. Pero lo cierto es que mi hija se convirtió en una putita drogadicta, autodestructiva y cruel que lo odiaba todo de mí menos mi dinero. Y cuando le cerré el grifo, utilizó sus considerables dotes para acceder a mi ordenador privado y hacer lo que sabía que más daño me haría. Intentó arruinar la empresa que yo había creado… para ella.

—Y entonces, en un arrebato de furia, usted la mató.

—Sí. Me dicen que me cuesta «controlar la ira». —Ozmian dibujó unas comillas imaginarias—. El único problema es que nunca me arrepiento de mis estallidos. Me han sido muy útiles en los negocios.

—Pero una vez que se hubo tranquilizado, supongo que empezó a pensar. En la cabeza de su hija.

—Veo que ha encontrado la última pieza del puzle. Allí estaba el cadáver de Grace, tirado en un garaje de Queens. Y allí estaba yo, en mi apartamento recién limpiado, bebiendo coñac y pensando. Para ser sincero, me horrorizaba lo que había hecho. Me había dejado llevar por la furia, pero cuando se pasó, llegó la depresión. No era solo Grace; era mi vida entera. Había logrado todo lo que siempre había querido. Había ganado una fortuna. Había humillado a mis enemigos. Y, sin embargo, me sentía insatisfecho. Intranquilo. Empecé a pensar en la caza mayor. La había dejado después de cobrar las piezas más grandes y peligrosas que existían, incluyendo, por cierto, un rinoceronte negro, un elefante macho y otras especies en grave peligro de extinción, aunque por supuesto eso es un secreto bien guardado. Pero con la crispación, me dio por pensar que me había aburrido de la caza mayor antes de tiempo.

»Nunca había cazado la mayor presa de todas, ¿sabe? El hombre. Pero no un cretino del montón. No, mi "caza mayor" serían hombres poderosos y acaudalados con enemigos: personas que se habían rodeado de grandes medidas de seguridad; hombres inteligentes, despiertos; hombres que serían casi imposibles de eliminar. Ah, y para que no se diga que soy sexista, mujeres también. Como compañero de caza, le pregunto: ¿qué mejor presa se puede acechar que el *Homo sapiens*?

—Y decidió que su hija sería su primer trofeo. Un honor para ella, sin duda. Así que volvió y le cortó la cabeza.

Ozmian asintió otra vez.

—Me sorprende que me entienda tan bien.

—Su elección de objetivos no tuvo nada que ver con el hecho de que fuesen corruptos. Por eso Adeyemi no parecía encajar con el perfil. Su atractivo radicaba en que, como los demás, estaba rodeada de unas medidas de seguridad que todo el mundo consideraba impenetrables. Era una pieza extraordinariamente difícil de «cobrar».

—¿Quiere saber lo irónico del asunto? Yo quería que ella fuese mi trofeo final. Pero entonces usted y Longstreet se metieron en mi despacho por la fuerza. Creyeron que me habían manejado bien. ¡Ja, ja! Me lo pasé en grande hablándoles de Hightower. Ojalá hubiese visto la cara de ese hombre cuando lo visitaron. ¡Espero que le hiciesen sudar de lo lindo! Mientras estuvieron acribillándome a preguntas, solo pensaba en una cosa: lo bien que quedaría esa bonita y pálida cabeza suya clavada en mi pared de los trofeos.

Su risa resonó en el espacio desvencijado.

Sonó un gruñido de ira amortiguado, como un búfalo herido, procedente de D'Agosta. Ozmian no le hizo caso.

—Después de esa visita, me quedé intrigado con usted. Y lo que descubrí no hizo más que confirmar mi creencia en que usted, y no Adeyemi, debía ser mi trofeo definitivo. También comprendí cuál era la mejor forma de atraerlo. —Señaló con la cabeza el cadáver de Longstreet—. En mi despacho, me di cuenta de que los dos tenían un pasado en común. No me costó informarme también sobre su buen amigo D'Agosta.

Estiró la mano, agarró un mechón de pelo de Longstreet e hizo girar con desgana la cabeza decapitada.

—Con los dos a mi merced, sabía que no le quedaría más remedio que venir aquí y jugar a mi juego.

Pendergast no dijo nada.

Ozmian se inclinó hacia delante en su silla.

—Y sabe cuál es el juego al que vamos a jugar, ¿verdad?

—Está muy claro.

—¡Bien! —Hizo una pausa—. Los dos estaremos en total

igualdad de condiciones. —Levantó la pistola—. Cada uno tendrá la misma arma, la venerable 1911, y un cargador extra. Puede pensar que tiene una ligera ventaja con esa Les Baer suya, pero la mía es igual de buena. Cada uno tendrá también un cuchillo, un reloj, una linterna y nuestro ingenio. El coto de caza será la construcción adyacente, el Edificio 93. ¿Lo ha visto al entrar, el hospital abandonado?

—Sí.

—No me concedo ninguna ventaja. Será una batida limpia en la que seremos al mismo tiempo el cazador y el cazado. Ni zorros ni sabuesos; solo dos cazadores expertos que acechan a su presa definitiva: el otro. ¡El ganador será quien cobre al perdedor! —Agitó el detonador en dirección a D'Agosta—. El teniente es una póliza de seguro para garantizar que sigue las reglas de la caza. El chaleco explosivo tiene un temporizador con una cuenta atrás de dos horas. Si me mata, solo tiene que sacar el temporizador de mi bolsillo y apagarlo. Pero si hace trampa y se marcha o intentan avisar a las autoridades, solo tengo que apretar el mando a distancia, y D'Agosta hará «bum». El detonador también garantiza que la caza terminará a las dos horas: nada de ir despacio o esconderse y dejar pasar el tiempo. Dentro de unos minutos le devolveré su pistola y su cargador de repuesto, le quitaré las esposas, le proporcionaré ropa de camuflaje… y le daré ventaja. Diríjase al Edificio 93. A los diez minutos, iré a por usted y empezará la caza.

—¿Por qué? —preguntó Pendergast.

—¿Por qué? —Ozmian rio—. ¿No se lo he explicado ya? Lo he conseguido todo, estoy en la cima, y lo único que me queda es mirar abajo. Este juego me proporcionará la emoción más deliciosa de mi vida: la máxima, la definitiva. Incluso si tengo que morir, lo haré por todo lo alto: sabiendo que fue necesario el mejor para matarme. Y si sobrevivo, tendré un recuerdo que conservar, independientemente de lo que me depare el futuro.

—Esa no era la pregunta. Me refería a por qué el Edificio 93.

Ozmian se quedó perplejo por un momento.

—Está de guasa, ¿verdad? Es perfecto para una caza como la nuestra. ¡Son cuarenta mil metros cuadrados, una ruina enorme y laberíntica, con diez pisos divididos en numerosas alas, kilómetros de pasillos y más de dos mil habitaciones! ¡Imagine las posibilidades que tiene para trampas, emboscadas y escondites! Y estamos lejos de cualquier entrometido que pueda llamar a la policía al oír disparos.

Pendergast miró fijamente a Ozmian con los ojos entornados sin decir nada.

—Veo que no está satisfecho. Muy bien. Hay un segundo motivo. —Volvió a hacer girar despreocupadamente la cabeza de Longstreet sobre la mesa—. Cierto día de mi duodécimo año de vida, nuestro querido párroco, el padre Anselm, me encerró en la sacristía y me violó repetidas veces. Mientras lo hacía me dijo que Dios y Jesús estaban observando y que les parecía bien, y me amenazó con el infierno y cosas peores si alguna vez lo contaba. Sufrí un colapso nervioso. Dejé de hablar, dejé de pensar, lo dejé todo. Mi familia, que no tenía ni idea de lo que había pasado, pensó que me había vuelto loco. Me diagnosticaron esquizofrenia catatónica. En aquel entonces King's Park tenía una excelente reputación: era el único hospital del país donde estaban seguros de que me curarían. Sí, agente Pendergast: fui paciente del complejo principal de King's Park. Uno de los últimos, casualmente. Aquí me recuperé con el tiempo. No fue gracias a nada de lo que me hicieron, sino a mis propios recursos.

—King's Park era famoso por sus tratamientos electroconvulsivos.

—Ya lo creo, y por ese motivo acabaron cerrándolo. Pero los tratamientos de electroshock, y cosas peores, se reservaban para los locos que farfullaban, los incorregibles y los pobres desgraciados. Por suerte, yo me libré de ese destino.

—Y, por lo que me ha dado a entender, se curó.

—Su tono sarcástico resulta desagradable, pero sí, en efecto, me curé. Un día me di cuenta de que tenía algo importante que hacer: vengarme. Tal vez sea la motivación humana más fuerte que existe. Así que me recuperé, me sobrepuse y convencí a los crédulos y manipulables médicos de que me habían curado. Retomé mi vida. Seguí creciendo, fui al instituto y por fin hice lo que me había propuesto hacer: castigar al padre Anselm. La muerte era demasiada liberación para ese hombre; mi objetivo era que pasase el resto de su vida lleno de dolor y sufrimiento. Y luego fui a Stanford, me licencié con honores, fundé Digi-Flood, gané miles de millones de dólares, me follé a mujeres preciosas, viajé por el mundo, viví una vida de lujo y privilegios inimaginables; en resumen, hice todas las cosas que los seres humanos con talento como yo hacen.

—Desde luego —reconoció Pendergast con ironía.

—En fin, resumiendo, poco después de que me diesen el alta, abandonaron King's Park, lo cerraron y dejaron que se pudriese.

—Qué oportuno para usted que este sea el sitio de la última caza, entonces.

—Veo que ya capta la idea. Comprenderá que esta experiencia será para mí como cerrar el círculo. Claro que en aquel entonces apenas conocía el edificio; solo la habitación en la que me tenían drogado y atado día y noche, y la sala de terapia donde le contaba al médico un montón de mentiras que él se creía y anotaba. Básicamente, estoy tan poco familiarizado con el sitio como usted; no tendré ventaja en ese aspecto.

Ozmian dejó la Les Baer sobre la mesa junto con un cargador de repuesto mientras se guardaba el detonador en el bolsillo. A su lado colocó un reloj, una linterna y una navaja de hoja fija.

—Su equipo. —Se levantó—. Bueno, agente Pendergast. ¿Empezamos?

53

Esa noche hacía un frío glacial; el viento estaba en calma y la luna llena asomaba por encima de las torres del Edificio 93 arrojando una luz de color marfil sobre el paisaje. Ataviado con el uniforme de camuflaje y el calzado blando que Ozmian le había obligado a ponerse, el agente Pendergast se detuvo al otro lado de la puerta del Edificio 44, mientras el vapor de su aliento surcaba el aire nocturno.

El Edificio 93 se encontraba a unos cien metros, una gran cuña negra recortada contra el cielo iluminado por la luna, rodeado de una maltrecha valla metálica. Entre él y la valla había una parcela de terreno descubierto, lleno de rastrojos y porciones de nieve crujiente, con unos cuantos árboles muertos y tocones huecos desperdigados. A la derecha se alzaba una loma cubierta de maleza.

Ver a Longstreet decapitado de forma tan brutal; ver a D'Agosta apalizado y atado como un cerdo listo para la matanza; comprender hasta qué punto Ozmian lo había engañado; todo ese horror abrumaba a Pendergast y amenazaba con desbancar su intelecto e inundarlo de dolor, furia y remordimientos. Respiró hondo, cerró los ojos y centró su mente, haciendo caso omiso de esas preocupaciones. Pasó un minuto, un tiempo precioso, pero sabía que si no recuperaba la concentración y el equilibrio, estaría perdido con toda seguridad.

Sesenta segundos más tarde abrió los ojos. La noche seguía siendo fría y silenciosa, y la luz de luna clara como el agua. Entonces empezó a contemplar las distintas posibilidades, repasando las trayectorias de los posibles actos y determinando cuál de las ramificaciones seguía considerando y cuál descartaba.

Concluyó que había una mejor opción que ir en línea recta al Edificio 93, y era pasar a la ofensiva de inmediato. Atacaría con dureza a Ozmian en cuanto saliese del Edificio 44. Se movió con celeridad felina por el terreno helado, con cuidado de no dejar huellas, rodeó el edificio y reconoció rápidamente el terreno. Se trataba de una construcción de bloques de hormigón de dos pisos, ruinosa pero todavía firme, con un tejado muy inclinado. Las ventanas de los dos pisos habían sido tapadas con madera contrachapada y hojalata y precintadas con tanta efectividad que no se filtraba ninguna luz del interior. No habría forma de salir por ninguna de ellas.

Al doblar la esquina de la parte posterior del edificio, divisó una puerta trasera. Tocó despacio el pomo y descubrió que estaba cerrada con llave; acto seguido, deslizó un dedo por las bisagras y se lo llevó a la nariz. Aceite reciente. Un examen más detenido reveló que las bisagras también habían sido limpiadas hacía poco.

Cuando terminó el reconocimiento, Pendergast comprendió que solo había dos formas de salir del Edificio 44: por delante o por detrás. El tejado era muy empinado y estaba demasiado expuesto para poder escapar por allí. Se trataba de una trampa ideal para una emboscada.

Puede que demasiado ideal; casi parecía una trampa. De hecho, a medida que seguía reflexionando, se dio cuenta de que era una trampa: Ozmian esperaba que se detuviese y lanzase un ataque en cuanto él saliese.

Pero fuese o no una trampa, incluso si decidía cubrir una de las salidas al azar, continuaba teniendo un cincuenta por ciento de posibilidades de pillar a Ozmian por sorpresa. Si se anticipaba a la estrategia del empresario podría aumentar sus posibilidades.

Pendergast echó mano de la lógica. Como Ozmian ya había preparado la puerta trasera, tenía intención de usarla como vía de salida mientras Pendergast se apostaba junto a la entrada de la zona de carga delantera. Según ese razonamiento, Pendergast debía apostarse por lo tanto junto a la puerta trasera.

Pero esa lógica, por compleja que fuese, podía ser demasiado simple. Si Ozmian era de verdad un hombre inteligente, prevería que él descubriría la puerta trasera, observaría las bisagras recién lubricadas y por consiguiente se apostaría junto a esa vía de salida.

Por lo tanto, dedujo que Ozmian se iría por la puerta delantera. Era un caso claro de doble psicología inversa. La puerta trasera lubricada, preparada con tanto esmero, era una pista falsa, una trampa ideada para que Pendergast la convirtiese en su punto de emboscada.

Le quedaban cuatro minutos de ventaja.

Pendergast se dirigió sigilosamente a la parte delantera del edificio una vez más, en esta ocasión convencido de que era por donde saldría Ozmian. Al echar un vistazo al paisaje helado distinguió un magnífico refugio: un roble muerto que se mantenía oculto a la larga sombra lunar proyectada por el Edificio 93. Corrió hacia él, saltó para agarrarse a una rama baja, subió al árbol, trepó a una posición más elevada y se puso en cuclillas, escondido detrás del tronco. Sacó la Les Baer; su frío peso resultaba tranquilizador. Agarrado al tronco, apuntó a la zona de carga delantera.

Treinta segundos.

Pero entonces, a medida que pasaban los segundos, Pendergast volvió a tener dudas. ¿Estaba dándole demasiadas vueltas a la situación, atribuyéndole a Ozmian un mérito excesivo? Tal vez ese hombre tenía un plan sencillo para salir por la puerta trasera. De ser así, Pendergast no solo perdería su oportunidad, sino que sería muy vulnerable subido en la rama del árbol, sobre todo si efectivamente Ozmian pensaba dar la vuelta desde la parte trasera y dispararle desde la loma cubierta de maleza.

Diez segundos.

Para bien o para mal, había tomado una decisión. Con la mira de hierro apuntando a la persiana metálica y el hombro apoyado contra el tronco, esperó, acallando la respiración.

54

Atado y amordazado, Vincent D'Agosta observaba cómo Ozmian permanecía sentado tranquilamente en la silla de enfrente.
El hombre, que tan furtivo e inquieto se había mostrado antes
de la llegada de Pendergast, estaba ahora sereno, con los ojos
cerrados, las manos en las rodillas y la espalda erguida en la vieja silla de madera. Parecía que estuviese meditando.

D'Agosta echó una ojeada al gran espacio sin calefacción.
Hacía tanto frío que la sangre que había brotado de la cabeza de
Longstreet, formando un charco en la mesa metálica, ya había
empezado a congelarse. Un trío de focos controlados a distancia
y colgados en los rincones de la sala proporcionaban una cruda
iluminación fluorescente.

Una vez más, los pensamientos empezaron a agolparse en su
mente. Se reprendió duramente por su credulidad: no solo por
caer en la trampa, sino por enfadarse con Pendergast y negarse
a intentar ver las cosas a su manera. Longstreet había muerto, y
su final había sido de lo más horrible y agónico. Y ahora, por
culpa de su estupidez, Pendergast podía acabar igual.

Por encima de todo, su odio hacia Ozmian y su sed de venganza ardían como un horno en su interior. Pero al mismo tiempo que consideraba cada una de sus opciones, todas las cosas que
podía hacer para dar un vuelco a la situación, sabía que era incapaz de actuar. Todo estaba en manos de Pendergast. Ozmian no
se saldría con la suya. Subestimaría a Pendergast, como habían

hecho tantos otros en el pasado, para su desgracia. ¿Y qué pensaba? El agente del FBI no se dejaría matar; qué idea más absurda. Todo acabaría pronto. No paraba de repetirlo como un mantra: «Todo acabará pronto».

Pasaron unos largos minutos, y entonces Ozmian se movió. Abrió los ojos, se puso en pie, levantó los brazos y procedió a hacer una serie de estiramientos. Se acercó a la mesa donde estaba dispuesto su equipo, probó la linterna y la guardó en un bolsillo, envainó la navaja en su cinturón, comprobó la pistola, se aseguró de que había una bala en la recámara y la metió por la cintura. Puso el cargador extra en otro bolsillo. A continuación se volvió hacia él. La expresión de su rostro era de entusiasmo y concentración. A D'Agosta su aplomo le resultaba inquietante.

—Vamos a jugar a un jueguecito, usted y yo —dijo—. A ver si en los cinco minutos que me quedan hasta que empiece la persecución me adelanto a las decisiones de su amigo. —Dio un paso y luego otro, deslizando la mano por la mesa metálica—. ¿Empezamos?

Una extraña sonrisa se dibujó en sus labios. Por supuesto, D'Agosta no podía responder aunque hubiese querido.

—Mi primera suposición es que su compañero no ha ido en línea recta al Edificio 93. Él no es un hombre al que le guste correr.

Otra vuelta pensativa a la mesa.

—No… Él decide atacar enseguida, tenderme una trampa cuando salga de este edificio.

Ozmian dio otra vuelta. D'Agosta pensó que estaba pasándoselo en grande, y se preguntó si se lo pasaría tan bien si recibiese una bala de la pistola de Pendergast en la sesera. Iba a llevarse la sorpresa de su vida.

—Así que su compañero hace un reconocimiento del edificio. Y, hete aquí, descubre la entrada trasera. Entonces se fija en que las bisagras están limpias y lubricadas.

Hizo una pausa. D'Agosta lo miró con los ojos llenos de odio.

—Como es natural, llega a la conclusión de que he preparado en secreto la puerta trasera como punto de salida. La vigila, listo para eliminarme en cuanto aparezca.

Cómo estaba disfrutando aquel cabronazo del sonido de su propia voz.

—¿Qué opina, teniente? ¿Me ha seguido hasta aquí? —Pensativo, se llevó el dedo a la barbilla—. Pero ¿sabe qué? No creo que esté vigilando la puerta trasera. ¿Sabe por qué?

Siguió paseándose despacio.

—Como es un hombre listo, y sabe lo listo que soy yo, su amigo seguirá pensando. Y decidirá que las bisagras lubricadas son en realidad una trampa. Pensará que engrasé la puerta para hacerle creer que saldría por allí.

Dio unos cuantos pasos más.

—¿Y qué hace entonces? ¡Vigila la puerta delantera!

Una risita entre dientes.

—Vale, ahora está vigilando la puerta delantera. Pero ¿desde qué lugar estratégico? Como todo cazador sabe, la caza mayor normalmente no espera un ataque desde arriba. La mejor forma de cazar un ciervo, por ejemplo, es desde un árbol.

Pasos lentos.

—Los humanos son como los ciervos. No se les ocurre levantar la vista. Así que el agente Pendergast trepa al gran roble que hay en la parte delantera, perfectamente situado y en las sombras. Pronostico que está subido a ese árbol ahora mismo, apuntando con la pistola a la puerta de la zona de carga, esperando a que yo salga.

Ni toda la lógica del mundo, por muy compleja que fuese, ayudaría a ese hijo de puta a salvar su pellejo, pensó D'Agosta. Pendergast lo superaría a cada paso. Ese hombre no duraría ni cinco minutos.

—Por lo tanto, lo que haré será salir por la puerta trasera, dar la vuelta hasta una loma con maleza que hay a la derecha y abatir a su compañero de ese árbol.

Una sonrisa sin alegría.

—Si mi razonamiento es correcto, su compañero estará muerto dentro de... —Ozmian consultó su reloj— dos minutos y veinte segundos.

Dejó de pasearse y se inclinó sobre la mesa, por encima de la cabeza decapitada y el charco de sangre helada.

—Ruego a Dios que me equivoque. Espero que su amigo sea más listo. Si la caza termina antes de tiempo, será una gran decepción.

Se volvió, se palpó, comprobó todo por última vez e hizo una brusca reverencia.

—Y ahora me voy... por la puerta trasera. Si oye disparos en la parte de atrás, sabrá que él me ha sorprendido. Si por el contrario oye disparos en la parte de delante, sabrá que la hipótesis que le he planteado se ha hecho realidad.

A continuación se volvió, se dirigió a la puerta y desapareció por un pasillo hacia la parte trasera del edificio.

D'Agosta centró su atención en el reloj que Ozmian había colocado sobre la mesa. Los diez minutos de espera habían terminado. Aguardó atento por si oía los disparos que vendrían de la parte trasera cuando Pendergast cazase por sorpresa a Ozmian al salir. Pero no hubo ninguno. Pasaron unos minutos, y entonces dos disparos interrumpieron el silencio... procedentes de la parte delantera.

55

Mientras corría a través del terreno helado, Pendergast comprendió que había cometido su primer error y que había estado a punto de costarle la vida. Al ver que la puerta delantera no se abría pasados los diez minutos de ventaja, enseguida se dio cuenta de había juzgado mal y, consciente de ser una presa fácil, bajó de la rama y descendió en picado en el preciso instante en que dos disparos procedentes de la loma perforaban el tronco en el que había estado agazapado.

Se agarró a la rama inferior en plena caída, se balanceó enérgicamente con los pies y cayó al suelo corriendo. Miró atrás y vio que Ozmian salía de entre la maleza y corría tras él con la pistola en la mano: le pisaba los talones. No solo había cometido un error, sino que había desperdiciado los preciosos diez minutos de ventaja que le habrían permitido elegir la entrada del Edificio 93. Estaba claro que Ozmian había previsto su razonamiento y se le había adelantado.

Pendergast siguió corriendo en dirección al lado este, donde creía recordar que había un hueco en la destartalada valla metálica. El ala oeste, advirtió, se había quemado parcialmente; manchas de hollín del incendio se elevaban de los marcos negros de las ventanas, y una enorme grieta recorría la fachada, como si fuese una gigantesca Casa Usher, y atravesaba los diez pisos. Su mente seguía funcionando mientras corría, reevaluando sus distintas posibilidades, consternado y humillado por haber subestimado a su adversario. Lo único positivo de la escaramuza era que su rival había gastado dos balas: Ozmian tenía ahora quince de las diecisiete.

En el desenlace —si llegaba a haberlo— una ventaja de dos balas podía ser decisiva.

Llegó a la valla metálica, corrió junto a ella hasta el hueco y pasó al otro lado; se levantó, se abrió paso a través de una densa maleza, trepó por un montón de ladrillos caídos y, tras un fugaz reconocimiento, entró en el edificio saltando a través del marco de una ventana abierta. Rodó por el suelo, se puso otra vez en pie y siguió corriendo, adentrándose en las sombras más oscuras. Encendió la linterna un instante, torció una vez, luego otra y a continuación otra; en la tercera curva se detuvo y se agachó, con el campo visual despejado al fondo del pasillo por el que había venido. Un momento más tarde oyó unos pasos débiles que corrían y vio la luz de una linterna que se acercaba a la vuelta de la esquina; en cuanto apareció, Pendergast disparó. Fue un disparo a mucha distancia y falló, pero tuvo el efecto deseado: Ozmian dobló otra vez la esquina para ponerse a cubierto. El disparo había interrumpido la precipitada persecución del hombre y le había brindado un minuto o dos.

Pendergast se quitó los zapatos y, después de lanzarlos a un lado, echó a correr por el pasillo en calcetines, torció en una curva pronunciada y de repente se encontró en una gran sala abierta, iluminada por la tenue luz de la luna.

Avanzó rápido hasta el centro y se pegó a una columna de cemento agrietada desde donde disponía de un campo de tiro despejado en todas las direcciones. Allí se detuvo, aspirando el aire mohoso y acre del interior. Dedicó un instante a reconocer el lugar. Si Ozmian entraba en la sala por el mismo arco que había atravesado él, lo tendría a tiro y esta vez no fallaría; pero era poco probable que el empresario corriese ese riesgo. Ese hombre ya no lo perseguía; ahora seguía su rastro.

Por los marcos de las ventanas hechas añicos entraba suficiente luz de luna como para distinguir los contornos generales de la estancia. Era una cafetería, con las mesas dispuestas entre un caos de sillas y el linóleo abarquillado. Algunas mesas todavía estaban puestas, como si esperasen a que los muertos se sentasen. El suelo estaba lleno de cubiertos baratos, vasos y platos de plástico. Una hilera de ventanas rotas dejaba entrar no solo franjas de luz pálida, sino también enredaderas que habían penetrado en la sala y trepaban por las paredes. El aire olía a orines de rata, hormigón húmedo y hongos descomponedores.

Mientras seguía observando el oscuro entorno, Pendergast vio que las numerosas capas de pintura que habían cubierto los techos y las paredes se habían resquebrajado y despegado, se habían desconchado y caído como confeti por todo el suelo. Los pedacitos y los rizos de pintura se mezclaban con el polvo, los escombros y la basura, formando una gruesa capa ideal para seguir el rastro de alguien. Era como la nieve: no se podía andar por ella sin dejar pisadas, ni tampoco había forma de borrar o de ocultar las huellas. Por otra parte, al escudriñar el suelo se fijó en que había pisadas por todas partes, que se entrecruzaban aquí y allá, dejadas por arqueólogos urbanos y aficionados a explorar edificios peligrosos y abandonados.

Pendergast tomó una decisión repentina: adquiriría una posición dominante subiendo arriba. Ozmian sin duda lo esperaría; ya se le había adelantado una vez. Pero, de todas formas, la clave estaba en conseguir una ventaja física, y eso significaba subir. Tenía que moverse rápido, interponer más distancia entre él y su perseguidor. En algún punto podría volver sobre sus pasos, girar y, con suerte, situarse detrás de su perseguidor y pasar a ser él quien persiguiese.

Todos esos pensamientos cruzaron su mente como relámpagos en un espacio de no más de diez segundos.

Un edificio como ese tendría múltiples escaleras en el centro y en las alas. Pendergast se apartó sigilosamente de la columna, cruzó el comedor y, tras asegurarse de que estaba despejado, enfiló un pasillo y se adentró en la sección este del hospital. Mientras corría por el oscuro corredor, oyó cómo crujían los pedacitos de pintura bajo sus pies. Al final del pasillo, una puerta de dos hojas, una de las cuales estaba desprendida e inclinada, dejaba ver la escalera que él esperaba encontrar. Pendergast se escondió más allá —el hueco de la escalera no tenía ventanas y estaba negro como una cueva— y se detuvo otra vez a escuchar. Esperaba oír las pisadas de su perseguidor, pero ni siquiera su fino oído le permitió detectar algo. Convencido a pesar de todo de que quien le seguía la pista era un auténtico experto, se agarró con fuerza a la barandilla de hierro de la escalera y subió los escalones de dos en dos, internándose en las hediondas, frías y oscuras tinieblas.

56

Ozmian esperaba en la oscuridad al pie de la escalera, escuchando cómo los pasos de su presa se alejaban a medida que ascendía, contando cada uno de ellos. Era evidente que el hombre estaba subiendo los escalones de dos en dos, dado el ligero intervalo entre pisadas, y sin duda se dirigía a una zona elevada, una decisión sabia, aunque predecible.

Encontrarse en el Edificio 93 después de todos aquellos años le provocó una reacción emocional sorprendentemente intensa. Aunque el recuerdo de aquella época se había desdibujado hasta casi desaparecer, cuando entró en la vieja cafetería, el olor del sitio seguía allí y le desencadenó un inesperado torrente de recuerdos de aquel espantoso período de su vida. Tan intensa fue la avalancha de imágenes en su memoria —los sádicos auxiliares, los pacientes desquiciados, los psiquiatras mentirosos y sonrientes— que se tambaleó cuando el pasado invadió el presente de una forma horrible. Pero solo un momento. Después, hizo un tremendo ejercicio de voluntad, volvió a desterrar esos recuerdos al búnker de la memoria y centró otra vez su atención en la caza.

La experiencia le había ofrecido una repentina oportunidad de conocimiento. Había elegido ese sitio como una especie de exorcismo, una manera de expulsar los fantasmas de aquel período de una vez por todas.

A oscuras, mientras escuchaba y contaba los pasos que se alejaban, ordenó sus pensamientos. De momento estaba un tanto decepcionado con la evolución de la caza y la falta de ingenio por parte de su presa. En cambio, Pendergast había bajado del árbol con un movimiento extraordinariamente atlético cuando le disparó, aunque le disgustó encontrarlo en un sitio tan predecible.

Ozmian intuía que ese hombre tenía recursos por explotar, y la idea le entusiasmaba. Estaba convencido de que su presa era lo bastante buena como para ofrecerle una caza decente, puede que incluso excepcional; una que compensase sus esfuerzos y molestias.

Las debilísimas pisadas desaparecieron al fin: la presa había salido por una puerta. Ozmian no sabría en qué planta exactamente hasta que hubiese contado los escalones entre el primer y el segundo piso y hubiese hecho una rápida división mental.

Entonces empezó a subir la escalera. Avanzaba con presteza, pero no demasiado rápido. Al llegar al segundo piso calculó que su presa, al subir los escalones de dos en dos, había salido en el noveno piso. La última planta habría sido la elección más obvia, pero el noveno era una opción más lógica, ya que también ofrecía a su presa vías de escape adicionales. Mientras seguía subiendo por la escalera, se dio cuenta de que la emoción de la caza nunca le había hecho sentirse tan vivo como en ese momento. Era un placer atávico que solo los auténticos cazadores podían apreciar, algo que se llevaba en los genes: la pasión por acechar, perseguir y matar.

«Matar.» Sintió un temblor de expectación. Se acordó de la primera presa de caza mayor que había abatido. Fue un león, un macho de melena negra al que había lastimado en el hombro con un mal disparo. El animal había huido, y como él lo había herido, tenía la responsabilidad de rastrearlo y matarlo. Lo siguieron hasta una zona de pasto de elefantes, mientras su porteador de armas se ponía cada vez más nervioso, convencido de que el león los atacaría en cualquier momento. Pero no les atacó, y el rastro los llevó a un terreno aún peor, con una maleza alta y gruesa. Allí el porteador se negó a seguir, de modo que Ozmian cargó él mismo con el arma y se adentró en una densa arboleda de mo-panis.

Notó un inconfundible hormigueo y se arrodilló, apuntando con el arma; el león salió de improviso y se precipitó sobre él como un tren expreso; disparó una sola bala que entró por el ojo izquierdo del león y le arrancó la parte trasera de la cabeza cuan-do se abalanzó sobre él, con sus doscientos cincuenta kilos de músculo. Recordó la sensación de éxtasis que experimentó al matarlo pese a estar inmovilizado, con un brazo roto y el león caliente, apestoso y plagado de bichos y moscas, cuya sangre manaba sobre el cuerpo del empresario.

Pero esa sensación se había vuelto más y más difícil de en-contrar, hasta que regresó cuando por fin empezó a cazar seres humanos. Esperaba que la muerte de ese en concreto no llegase demasiado pronto.

En el octavo piso encendió un momento la linterna y exami-nó los escalones. Descubrió satisfecho el rastro del paso de su presa. En el noveno piso, otro breve examen confirmó lo que ya había determinado: que su presa había salido de la escalera y había enfilado el largo pasillo del ala este.

Se detuvo en el rellano mientras recobraba el aliento y escu-chaba. Allí arriba soplaba un viento frío que gemía alrededor del edificio y aportaba una capa de sonido que ocultaba los ruidos de movimiento más débiles. Se acercó al borde del agujero des-trozado que daba al pasillo, donde una puerta metálica colgaba de lado sobre unas bisagras oxidadas, y se asomó al hueco entre la puerta y el marco que ofrecía una vista del pasillo.

La puerta principal con el rótulo RIESGO DE FUGA que ce-rraba el acceso al ala e impedía salir a sus pacientes por las noches había sido derribada hacía mucho por exploradores urbanos y estaba tirada en el suelo, rota. Una tenue luz de luna se filtraba en el pasillo y proporcionaba la iluminación justa para ver. El pasillo se extendía de una punta a otra del ala este y terminaba en una apartada ventana que enmarcaba de forma grotesca la garra marchita de una planta en un tiesto. Una cortina que no era más que un harapo podrido se agitaba de un extremo a otro, como una mano blanca que saludase. A cada lado había puertas que daban a pequeños cuartos de confinamiento que él recordaba a la perfección y que en realidad no eran otra cosa que celdas, cada una con su armario y su cuarto de baño. Se acordó de que la suya, como aquellas, estaba acolchada, y que las paredes mullidas estaban manchadas de suciedad, mocos y lágrimas de anteriores ocupantes.

Reprimió rápido ese nuevo embate de la memoria.

Moviéndose con un silencio y una cautela infinitos por si su presa le había tendido otra emboscada, Ozmian se adentró en las sombras y avanzó sigilosamente por el lado oscuro del pasillo con la espalda contra la pared. Se arriesgó a encender la linterna otro instante y enfocó el suelo, donde volvió a identificar las huellas recientes de su presa entre las otras, en dirección al fondo del ala. Pendergast se había deshecho de los zapatos, al igual que Ozmian, la mejor opción para moverse en silencio.

Con la pistola en la mano y pegado a la pared, continuó siguiendo los pasos. Hacia el final del pasillo vio que las huellas de Pendergast se desviaban a uno de los cuartos. Había cerrado la puerta. Resultaba extraordinario que lo hubiese logrado sin hacer ruido.

Interesante. Aquel hombre no había hecho el menor intento de borrar sus huellas, aunque sabía que Ozmian lo perseguía. Eso significaba que Pendergast tenía un plan, lo más probable que de otra emboscada, a la que las huellas llevarían a Ozmian. Pero ¿qué clase de emboscada? Quizá una con la que, incluso en caso de no dar resultado, le devolviese la pelota y convirtiese al perseguido en perseguidor.

Se detuvo ante la puerta cerrada y dio un paso atrás. Estaba hecha de metal y había sido diseñada para resistir el ataque de los más perturbados, aunque ahora las bisagras estaban corroídas y rotas y los tornillos se salían de la cubierta metálica. Pero sabía que esas puertas no podían cerrarse por dentro; solo por fuera.

Agarró el picaporte manteniéndose apartado de la línea de

fuego y lo giró, casi esperando que una descarga de tiros atravesase la puerta.

Nada. Se quedó a un lado y abrió la puerta. Entonces, de un movimiento furioso, con la pistola en la mano, irrumpió en el cuarto y lo rastreó moviéndose en diagonal por el reducido espacio. No había nada a excepción de una cama con un colchón, un armario y un oso de peluche raído tirado en el suelo. La ventana ya no estaba, y solo quedaba un marco abierto por el que la luz de la luna entraba a raudales acompañada de un viento gélido; el inhóspito paisaje del exterior se perdía hasta el agua lejana del estrecho de Long Island.

Al examinar el suelo comprobó que las huellas de Pendergast entraban en el cuarto de baño, cuya puerta estaba cerrada pero, por supuesto, sin el cerrojo echado.

Su habitación era idéntica a esa. El cuarto de baño contiguo tenía una ventana, pero era demasiado pequeña como para que una persona cupiese. De modo que si Pendergast se había metido allí, ahora estaría atascado. Volvió a examinar el suelo. Las huellas entraban claramente, pero no salían.

Ozmian sonrió y levantó el arma.

57

Un viento frío gemía y silbaba tras la esquina del edificio mientras Pendergast permanecía agachado en la cornisa, con diez pisos de espacio vacío por debajo. La cornisa de ladrillo saledizra y los dinteles de piedra de diez centímetros le ofrecían un precario punto de apoyo. Apuntaba hacia abajo con la Les Baer en la mano derecha, apoyado en la fachada para evitar el retroceso, esperando el momento en que Ozmian asomase la cabeza por la ventana para ver si Pendergast había escapado por allí, después de comprobar que no estaba escondido en el cuarto de baño.

Pendergast había llevado el engaño todo lo lejos que había podido. Efectivamente había salido de la habitación por la ventana, saltando primero del interior del cuarto de baño al armazón de la cama —al mismo tiempo que cerraba la puerta con el pie— y de allí al alféizar exterior para no dejar huellas. Había salido con cuidado a la cornisa, como confiaba que Ozmian dedujese al final. Pero luego había trepado por el enladrillado ornamental hasta el décimo piso y había adoptado una inesperada posición estratégica. Ozmian esperaría que estuviese a la derecha o a la izquierda de la ventana del noveno piso, no una planta por encima.

O eso esperaba. Seguro que contaría con una emboscada, pero de la dirección equivocada. Aun así, al reflexionar sobre el plan, Pendergast tuvo que reconocer que de momento Ozmian lo había vencido en el juego de la psicología inversa, la doble psicología inversa y la doble-doble psicología inversa.

Esperó. Y esperó. Pero Ozmian no aparecía.

Encaramado en la cornisa, expuesto a las glaciales ráfagas de viento, Pendergast comprendió que había cometido otro error de juicio. Una vez más, el hombre no había respondido según lo esperado. O bien Ozmian había vuelto a superarle en astucia, o bien había emprendido una estrategia propia. Puede que por primera vez en su vida, Pendergast se sintió bloqueado e inquieto. Nada de lo que había hecho hasta entonces había dado resultado. Era como una pesadilla en la que por mucho que se esforzase, no pudiese mover las piernas lo bastante rápido. Y ahora, agazapado en esa cornisa, se había convertido en el blanco perfecto. Tenía que volver al interior del edificio lo antes posible.

Seguía pensando mientras avanzaba poco a poco por el alféizar. Como todo cazador sabía, la clave para acechar con éxito a una presa estaba primero en entender su conducta y sus pautas de pensamiento. Tenías que «aprender» a tu presa, como su mentor le había dicho en una ocasión. En este caso, él estaba «aprendiendo» a Ozmian: cómo pensaba, qué quería, qué lo motivaba. Y tuvo una sorprendente revelación, una que podía permitirle triunfar al final… si Ozmian se comportaba como él esperaba.

Avanzó por la cornisa hasta una ventana rota del décimo piso, se detuvo y echó un vistazo dentro. Era otro cuarto acolchado similar a una celda, bañado por un rayo de luz de luna y vacío a excepción de la cama y la silla básicas. Con la ligereza de un gato, saltó del alféizar al suelo y volvió a agacharse. Peinó el cuarto con su pistola. Vacío. Se dirigió a la puerta y giró el picaporte.

Cerrada por fuera.

Esa era justo la situación que había previsto, y se dio la vuelta para cubrir la puerta del cuarto de baño, pero llegó demasiado tarde. Ozmian había salido de ella con increíble velocidad y sigilo, y Pendergast notó el cañón helado de la 1911 del magnate presionándole la oreja mientras lo agarraba por la muñeca con la otra mano y le daba un brusco tirón pensado para que la Les Baer se le escapase de la mano. El arma cayó al suelo con estruendo.

Había llegado el momento de la verdad.

Después de un largo y angustioso silencio, Pendergast oyó un suspiro.

—¿Dieciocho minutos? —dijo la voz de Ozmian—. ¿Es eso todo lo que puede aguantar? —Le soltó la muñeca y dio dos pasos atrás—. Dese la vuelta. Despacio.

Pendergast obedeció.

—Las huellas para despistarme que entraban en el cuarto de baño no han estado mal. He estado a punto de desperdiciar un par de balas disparando a través de la puerta. Pero entonces me he dado cuenta de que era demasiado fácil; naturalmente, usted se iría por otra ruta: la ventana. Estaba esperando en la cornisa. Eso estaba claro. Pero entonces se me ha ocurrido que no estaría en donde uno esperaría, a un lado u otro de la ventana. ¡No! Usted le añadiría otro elemento de engaño subiendo un piso. Así que mientras trepaba por esa fachada, yo subí por la escalera a mi ritmo, averigüé en qué cuarto acabaría y le tendí mi trampa. Recuerde, esto es un psiquiátrico, y los pacientes estaban encerrados en sus cuartos, no al revés. Qué oportuno para mí que haya pasado por alto ese pequeño detalle.

Pendergast no dijo nada. Ozmian no pudo resistirse a alardear y a jugar con él. Eso hizo creer a Pendergast que su aventurada conjetura era correcta: si lo pillaba en una fase tan temprana del juego, le daría una segunda oportunidad. En aquella caza Ozmian se jugaba demasiado su autoestima como para querer ponerle fin tan rápido. Pero había algo más; el hecho de no matarlo en ese momento revelaría algo importante a Pendergast acerca del poder que ese sitio tenía sobre Ozmian y le proporcionaría una visión profunda y reveladora de su psique.

—Esperaba más de usted, Pendergast. Qué decepción.

Ozmian le apuntó con la pistola a la cabeza, y cuando Pendergast vio que el dedo del hombre se tensaba sobre el gatillo, de repente comprendió que estaba equivocado: el empresario no iba a darle una segunda oportunidad. Cerró los ojos, preparándose para el estruendo y el consiguiente olvido, y una imagen le vino a la mente de forma totalmente inesperada, la cara de Constance, justo antes de la ardiente explosión del disparo.

58

Marsden Swope observaba con una especie de gracia apasionada y benévola. Sentía un amor casi paternal por la muchedumbre que murmuraba, coreaba y cantaba a su alrededor.

A pesar de todo, no podía evitar sentirse un poco decepcionado con el número real de creyentes que se habían presentado en el Great Lawn; en la oscuridad resultaba difícil contarlos, pero desde luego no eran los miles que él había previsto. Tal vez era lo esperable. Muchos se habían quedado a medio camino, como el rico que quería seguir a Jesús y se marchó entristecido cuando este le dijo que antes regalase todo cuanto poseía.

Pero había otro problema. El montón había crecido tan rápido, y había tantos artículos incombustibles en él, que había extinguido el fuego que debía consumirlo. Swope había agotado su reserva de latas de combustible y ahora el enorme montón ardía sin llama y despedía volutas de humo negro y apestoso. Había enviado a uno de sus discípulos —no, no era correcto, a uno de sus hermanos— a por más líquido inflamable, y esperaba que volviese pronto.

La multitud que lo rodeaba se mecía ahora suavemente de un lado a otro cantando «Peace in the Valley» en voz baja y tono fervoroso. Swope se unió a ellos con el corazón alegre.

Lo único que de verdad le sorprendía era la ausencia de policías. De acuerdo, la hoguera inicial se había apagado, pero aun así un grupo de gente tan grande, concentrado en el Great Lawn a altas horas de la noche sin permiso, seguro que no habría tardado en llamar la atención de la autoridad. Pero no había rastro de ellos. Curiosamente, eso decepcionó a Swope, pues su intención era enfrentarse a los poderes del Estado e impedir —con su vida, si era necesario— que cualquiera interrumpiese la hoguera. Una parte de él anhelaba el martirio, como su héroe Savonarola.

Hubo empujones a un lado, y una mujer se le acercó de entre el gentío. Rondaba los cuarenta, era atractiva e iba vestida con un sencillo plumífero y unos vaqueros. Con una mano agarraba algo que brillaba como el oro. La mujer levantó el objeto como si fuese a lanzarlo al montón, pero entonces se volvió hacia Swope.

—¿Eres tú el Peregrino Apasionado?

Durante los últimos noventa minutos la gente se había acercado a estrecharle la mano, abrazarlo y darle las gracias por su visión con lágrimas en los ojos. Había resultado toda una lección de humildad.

Él asintió con la cabeza, muy serio.

—Sí, yo soy el Peregrino.

La mujer lo miró un momento, atónita, estirando la mano para estrechar la de él. Cuando lo hizo, abrió la mano para mostrar no la joya de oro o el reloj que Swope esperaba, sino el metal dorado de una placa de policía. En ese instante le agarró la mano con la otra, y él notó cómo el frío del acero se cerraba en torno a ella.

—Capitana Hayward, del Departamento de Policía de Nueva York. Estás detenido, mierdecilla.

—¿Qué...?

Pero la mujer, que no parecía especialmente fuerte ni rápida, le practicó de repente una especie de llave de artes marciales, le obligó a girarse, le puso las manos a la espalda y le esposó la otra muñeca. Todo en un segundo.

De repente, el Great Lawn se llenó de luz. Unos faros halógenos escondidos entre los árboles distribuidos a lo largo del perímetro se encendieron e iluminaban la hoguera. Acto seguido, una serie de vehículos oficiales —coches patrulla, furgonetas de los equipos especiales, camiones de bomberos— empezaron a atravesar la hierba hacia el grupo, con las luces lanzando destellos y las sirenas a todo volumen. Otros policías con uniformes antidisturbios avanzaban trotando a pie y hablando por radio.

Sorprendidos ante la súbita redada, los hermanos que rodeaban a Swope vacilaron, rompieron filas y empezaron a retroceder y dispersarse. La policía los dejó marchar.

Todo había ocurrido tan rápido que al principio Swope no pudo asimilarlo. Pero mientras la mujer lo empujaba adelante entre el caos hacia la hilera de policías, empezó a comprender lo que había pasado. Los policías se habían reunido discretamente entre los árboles. En lugar de provocar un disturbio avanzando en masa para detenerlo, enviaron a una agente de incógnito vestida de paisano. Y ahora que él estaba esposado, los policías salían por fin, ordenando con megáfonos a todos los presentes que se dispersasen de forma pacífica, mientras un equipo de bomberos se acercaba arrastrando una manguera, rociaba con agua los objetos de valor que ardían y los apagaba.

Más adelante apareció un furgón de los que se usaban para el transporte de presos. La parte trasera se abrió y la policía de paisano agarró a Swope por el codo con firmeza y lo subió al escalón metálico.

—Antes de que nos vayamos, deberías mirar bien a tus seguidores —le dijo mientras lo ayudaba a entrar en el furgón policial.

Swope se volvió para dedicarles una mirada de despedida, pero lo que vio le horrorizó. Lo que solo momentos antes había sido una reunión pacífica y piadosa se había convertido de pronto en un caos. A pesar de los megáfonos de la policía, muchos de sus seguidores no se habían dispersado, sino que se habían dado al saqueo, apiñados alrededor del montón humeante, del que sacaban objetos y se los guardaban mientras los policías, sorprendidos, les gritaban y los perseguían.

Cientos, puede que hasta un millar de sus seguidores, se abalanzaban ahora sobre los restos apagados de vanidades, tantos que la policía se vio desbordada. Agarraban puñados de dinero, lingotes de plata, bonos al portador, joyas, relojes y zapatos, saqueando la misma pila de vanidades que ellos habían quemado, y luego se escabullían a la oscuridad de los árboles con su botín, gritando de júbilo y regocijo.

59

Ozmian esperó, mientras el eco del disparo se apagaba poco a poco, a que Pendergast volviese a abrir los ojos.

—Uy. He fallado.

No vio una reacción equivalente en los ojos del hombre.

—¿Le doy otros diez minutos de ventaja o terminamos ya?

Esperó, pero Pendergast no contestó.

—Está bien. Soy un hombre legal. Le doy diez más. Pero, por favor, procure echarle un poco más de ingenio. No habrá más segundas oportunidades. —Consultó su reloj—. Queda una hora y treinta y cinco minutos de caza. —Señaló con el cañón de su pistola la Les Baer de Pendergast tirada entre los escombros—. Adelante. Recójala con solo dos dedos y váyase. Yo me quedaré aquí diez minutos para darle ventaja.

La presa se agachó y alargó la mano para recoger la pistola.

—Con cuidado. No cometa el error de creer que puede disparar antes de que yo le vuele la tapa de los sesos.

Recogió la pistola con dos dedos y la metió por la cintura de su pantalón.

Ozmian sacó una llave del bolsillo y se la mostró a Pendergast.

—Mientras usted estaba ahí fuera en la cornisa, he utilizado parte del tiempo muerto para sacar la llave de los cuartos de la mesa del conserje. —Sin dejar de apuntar con la pistola a Pendergast, abrió la puerta con llave y la lanzó por la ventana a la noche—. Ya está. Volvemos a estar igualados; sin ventaja. Y ahora, váyase. Diez minutos.

Pendergast salió en silencio del cuarto. Se volvió en la puerta y miró brevemente a Ozmian a los ojos. Para sorpresa del empresario, la mirada de derrota había variado; ahora había algo aún peor, una especie de desesperación existencial... ¿o eran imaginaciones suyas? Y entonces la figura desapareció.

Mientras esperaba, Ozmian dedicó los diez minutos a concentrarse y sopesar adónde iría ahora Pendergast y qué haría. Estaba seguro de que esta vez su presa no perdería una preciosa ventaja de diez minutos apostándose junto a su supuesto punto de salida. ¿Le haría perseguirlo corriendo por el edificio y tratando de volver sobre sus pasos? ¿O intentaría tenderle otra trampa? No estaba seguro de cuál sería su próximo paso; los animales sometidos a la presión del acecho a veces se comportaban de forma impredecible. Su única certeza era que Pendergast trataría de dar un vuelco a la situación, de cambiar lo que se daba por sentado, y la idea le hacía estremecerse de expectación.

Pendergast corrió por el pasillo y se precipitó escaleras abajo, decidido a interponer la mayor distancia posible entre Ozmian y él. Podía correr más rápido de lo que el empresario era capaz de seguirle, de modo que la clave sería dejar un largo rastro y ganar todavía más tiempo. Salió del hueco de la escalera y echó a correr por pasillos oscuros, subió y bajó escaleras, de piso en piso, dejando una pista larga, aleatoria y laberíntica que le dificultaría el seguimiento a su adversario.

Mientras corría, hizo un esfuerzo supremo por reprimir una sensación de desesperación impropia en él. Aunque esperaba la segunda oportunidad que se le había concedido, también lo habían superado en astucia por segunda vez. Puede que ahora tuviese las ideas claras, pero ¿cómo podía utilizarlo en su provecho? Era consciente de que su error fundamental había sido pensar que podía jugar al juego de Ozmian y vencerlo, que podía ganar a su adversario usando el raciocinio. Estaba jugando una partida de ajedrez con un gran maestro y ahora entendía —a mitad de partida y ya con pocas piezas— que seguramente iba a perder.

A menos…

A menos que cambiase por completo de juego. Sí, que cambiase la partida de ajedrez por una partida de… dados. Un juego de azar.

Recordó que al acercarse al Edificio 93 se había fijado en que el ala oeste se encontraba parcialmente quemada e inestable. Ese entorno le brindaría la imprevisibilidad que buscaba.

Su recorrido irregular lo llevó hasta un gran espacio, donde se detuvo para recobrar el aliento y pensar en su siguiente paso. Estaba en algún lugar en la parte trasera del hospital, de nuevo en el primer piso, y al mirar a su alrededor advirtió que se encontraba en una especie de taller de artesanía. Las largas mesas de plástico se hallaban cubiertas de trabajos a medio terminar, deteriorados por el tiempo y las ratas. Pendergast buscó rápidamente algo útil en la sala. Un tejido se descomponía en un pequeño telar; en un tablero de corcho había clavadas acuarelas infantiles; había pedazos de arcilla secos medio moldeados con formas grotescas colocados en una mesa, y agujas de coser de plástico torcidas con bufandas a medio acabar en otra. Al fondo había sillas dispuestas alrededor de un protuberante televisor de los años cincuenta, cuyo tubo de imagen había explotado y estaba hecho añicos en el suelo.

Pendergast cogió varias bufandas a medio acabar, les sacó las agujas de coser y se las ató alrededor de los pies. Al andar, advirtió una mejora en el rastro que dejaba: aunque aún era ligeramente visible, ahora resultaba más difícil de distinguir entre las idas y venidas de anteriores visitantes. De todas formas, no se hacía ilusiones: era más que probable que Ozmian también pudiera seguir ese rastro, pero requeriría más atención. Eso permitiría a Pendergast ganar un poco de tiempo.

A continuación se dirigió al oeste, hacia el ala en ruinas, avanzando con el paso más ligero posible. Conforme recorría un cuarto tras otro, un pasillo tras otro, una curva tras otra, empezó a captar el olor acre de un antiguo incendio. Y entonces, al dejar atrás una cocina, llegó a un pasillo que sin lugar a dudas conducía al ala quemada. Ahora se encontraba lo bastante lejos de Ozmian como para atreverse a usar la linterna; la encendió y enfocó el oscuro interior con el haz.

Lo que vio le hizo detenerse. Las paredes estaban inclinadas y torcidas; algunas se habían desplomado parcialmente. Los techos se habían desmoronado, dejando al descubierto montones de vigas de madera chamuscadas y columnas de hormigón fragmentadas, con las barras de refuerzo retorcidas. Y ese era solo el primer piso; encima había nueve plantas de edificio, sostenidas a duras penas por aquellas paredes inestables. Al examinar los daños, se percató de que el incendio no se había producido hacía mucho; probablemente había tenido lugar el último año.

En una pared contigua había un letrero hecho a mano, escrito con un rotulador plateado sobre un trozo de madera contrachapada carbonizada.

¡SALUDOS, COLEGAS!
ESCUCHAD: SI CREÉIS QUE EXPLORAR EL ALA ES UN RETO ESPECIAL, PENSÁOSLO BIEN. ESTE SITIO ES MUY PELIGROSO. SI ALGUIEN SUFRE UN ACCIDENTE MORTAL AQUÍ DENTRO, AFECTARÁ AL ACCESO QUE TODOS TENGAMOS AL LUGAR. ASÍ QUE, POR FAVOR, DISFRUTAD DEL RESTO DEL EDIFICIO 93, PERO NO ENTRÉIS EN EL ALA D. NO OLVIDÉIS LAS PALABRAS INMORTALES DEL EXPLORADOR MÁS GRANDE DE TODOS:
VOSOTROS, LOS QUE ENTRÁIS AQUÍ, ABANDONAD TODA ESPERANZA.

Tras un momento de vacilación, Pendergast se internó en el laberinto oscuro y maloliente.

60

Ozmian se lo tomó con calma para seguir el rastro, saboreando el placer de la caza. No había prisa: el tiempo estaba de su lado. Aunque hasta ese momento su presa le había decepcionado, era un hombre inteligente y peligroso y sería funesto subestimarlo. Y estaba aprendiendo. Mejoraba.

El largo y serpenteante rastro acabó llevándolo hasta el taller de artesanía. Era curioso, pero no recordaba esa sala ni haber hecho ninguna manualidad durante su estancia en King's Park. Aun así, el espacio resultaba muy perturbador, con las mesas en las que se exhibían los últimos trabajos sin terminar de los pacientes: bufandas medio tejidas, cabezas de arcilla, acuarelas atroces, las patéticas creaciones de unas mentes deformes. Las huellas pasaban junto a la mesa de las bufandas, y enseguida Ozmian adivinó lo que había ocurrido: Pendergast se había agenciado unas bufandas para envolverse los pies y de ese modo dejar un rastro más débil y difuso.

Una decisión inteligente.

A partir de ese punto el rastro fue más difícil de seguir y se veía obligado a hacer pausas frecuentes cuando se cruzaba con las huellas de anteriores exploradores. Siguió avanzando por el pasillo y entró y salió de varios cuartos. Pendergast estaba ganando tiempo con esa distracción y lo estaba retrasando. Tenía pensada alguna trampa o alguna emboscada, una que requiriese tiempo de preparación.

Las huellas se movían en dirección oeste, hacia el ala D, y Ozmian se preguntó si era allí adonde se dirigía Pendergast. Sería una decisión muy inesperada.

Después de varios minutos más de rastreo llegó a la sección quemada. Examinó detenidamente las huellas con la linterna en el punto en que estas penetraban en la maraña de escombros. Podía ser una distracción, un intento de atraerlo a esa zona peligrosa, pero una inspección atenta le reveló que Pendergast había entrado en el ala inestable. No había forma de falsearlo. Estaba allí dentro, en alguna parte.

Y entonces, mirando el interior quemado, Ozmian se sintió desconcertado. Podía oír cómo el ala entera crujía con cada ráfaga de viento invernal. Casi parecía que las paredes se moviesen, y los sonidos incesantes le hacían sentir como si estuviese en la barriga de una bestia terrible. Los tabiques estaban derruidos y los suelos quemados, lo que había provocado grandes brechas y diagonales de vigas caídas. Había sido un gran incendio; tanto que había montones de cristales y aluminio en el suelo y secciones de la pared de hormigón que se habían desplomado y fracturado. Era una auténtica locura que Pendergast se aventurase a entrar en un lugar así; un indicio de desesperación más que de ingenio.

Pero no importaba: si allí era donde su presa quería continuar la caza, la caza continuaría allí.

Ozmian apagó la linterna. Ahora tendría que avanzar utilizando la luz de la luna y el tacto, abriéndose paso con mucho cuidado por los suelos hundidos y agujereados al mismo tiempo que se mantenía en estado de gran alerta, confiando en su instinto para el peligro casi sobrenatural. Estaba seguro de que Pendergast le había tendido una emboscada. Era como el león herido que esperaba entre los mopanis para abalanzarse sobre su torturador.

Después de dejar atrás un montón de escombros de hormigón, entró en una enorme sala abierta que había sido un dormitorio comunitario. Las camas, todavía alineadas, eran ahora hileras de armazones de hierro ennegrecidos. La pared del fondo se había desplomado y había dejado a la vista un cuarto de baño con lavabos de porcelana resquebrajados por el calor, urinarios quemados y duchas descubiertas, con muchos elementos retorcidos y derretidos.

El rastro de Pendergast le llevó hasta la escalera principal del ala D. Era una pesadilla de destrucción perfecta; a Ozmian le costaba creer que siguiese en pie. Por supuesto, buscando la zona más peligrosa, su presa había subido por la escalera.

Subió a tientas por la maloliente y torcida escalera, con sigilo y sumo cuidado, en un silencio absoluto, esperando una emboscada en cualquier momento. El rastro se desviaba en el rellano del segundo piso y entraba en otro pasillo en ruinas, un verdadero laberinto de vigas chamuscadas y retorcidas. Una manguera recorría el pasillo de punta a punta, abandonada por los bomberos que habían apagado el incendio. El extremo seguía enroscado en una tubería. Se detuvo. En el suelo había habido algo tirado al lado de la manguera, y unas rozaduras recientes en el carbón y el polvo le hicieron pensar que Pendergast lo había recogido. ¿De qué podía tratarse?

Empezó a notar el cosquilleo de su prodigioso instinto de cazador. En el pasado, cuando acechaba a una gran pieza, esa sensación significaba que se estaba acercando; que su presa había decidido girarse y enfrentarse a él; y que el ataque era inminente. Se detuvo, en tensión. Una ráfaga de viento especialmente fuerte provocó un frenesí de crujidos, y a Ozmian le dio la impresión de que el edificio entero se derrumbaría en cualquier momento. ¿Cuándo se había producido el incendio? El último año, recordó. El edificio se había mantenido en pie desde entonces; no debía preocuparse demasiado porque se desplomase justo ahora. A menos que contase con una ayudita.

«¡Ah!» La idea fue toda una revelación. Había estado meditando sobre qué clase de ataque planeaba Pendergast y de dónde vendría. Pero ¿tiraría el edificio encima de los dos? Era una idea absurda, demasiado predecible, que tenía las mismas probabilidades de matarlo a él que a su perseguidor, y sin embargo, a medida que consideraba la posibilidad, se convenció de que eso era lo que Pendergast pensaba hacer.

Ozmian dio un paso adelante con sigilo, protegido por la oscuridad del muro exterior, y se situó detrás de un montón de escombros de hormigón. Era un magnífico refugio con un campo visual despejado, cerca del revestimiento exterior del edificio, donde su figura quedaba oculta en la negrura, con la luz de luna necesaria para ver por delante y por detrás. Estaba justo donde quería estar. Sin salir de las sombras, Ozmian alargó la mano, agarró la manguera desenrollada con la mano libre y la atrajo hacia sí lenta y silenciosamente.

Cada célula de su cuerpo se sentía viva. Algo estaba a punto de ocurrir. Y él estaría listo.

61

Un piso por encima, apoyado contra dos tambaleantes vigas con una sección de pasillo visible entre los huecos del suelo, el agente Pendergast esperaba a Ozmian. Tenía un hacha de bombero colgada del hombro izquierdo y la Les Baer agarrada con la mano derecha. O su perseguidor continuaba siguiéndole el rastro y se ponía a su alcance en el pasillo del segundo piso, en cuyo caso Pendergast al menos podría disparar con cierta puntería, o intuiría que se trataba de una trampa, se detendría y esperaría.

Los minutos pasaban y Ozmian no aparecía. Pendergast se preguntaba si una vez más su adversario habría sido más listo que él. Pero no, esta vez no. Ozmian lo seguiría hasta el ala D; era un reto imposible de resistir. Aunque no podía verlo ni oírlo, sabía que estaba allí fuera, siguiendo su rastro. Debía de estar muy cerca. Y, evidentemente, esperaba que Pendergast hiciese el primer movimiento.

El viento soplaba racheado en el exterior y provocaba un coro de crujidos y un movimiento perceptible en las vigas sobre las que Pendergast se apoyaba. El ala D era un castillo de naipes, un montón de palitos chinos, una pila inestable de fichas de dominó.

Era absurdo seguir esperando. Se metió la Les Baer por la cintura del pantalón, agarró el hacha con las dos manos, la levantó por encima de la cabeza, centró la mirada en el punto de impacto y la blandió con una fuerza tremenda contra una de las principales vigas de carga sobre las que se encontraba. La enorme hoja se clavó hasta el centro sin quemar de la viga, salieron volando astillas chamuscadas, y un chasquido seco como un disparo señaló la ruptura de la traviesa, seguida al instante de la ráfaga de ametralladora de otras vigas de carga, soportes y paredes de hormigón al desplomarse unos detrás de otros. El suelo se hundió con una fuerte sacudida, pero no cayó en picado, sino que descendió de forma caótica y semicontrolada. Pendergast soltó el hacha y sacó la pistola; por un instante, mientras los escombros se desplomaban, tuvo a tiro a un expuesto Ozmian, que se vio desequilibrado; Pendergast disparó dos veces antes de que su propio movimiento descendente y la estructura que se derrumbaba a su alrededor lo envolviesen todo en una gran nube de polvo.

Pendergast escapó de un salto de la masa que se desmoronaba, se lanzó del derruido primer piso, cayó media planta y aterrizó bruscamente en el suelo helado, mientras ladrillos y escombros llovían a su alrededor con gran estruendo. El resultado era impredecible, y ahí estaba la gracia, una drástica transformación del juego. Ozmian se había adentrado más en el edificio, y por lo tanto era más probable que acabase aplastado, o eso esperaba.

El desplome se detuvo. Por increíble que pareciese, la ruptura fue solo parcial; la esquina del fondo del ala D era ahora un enorme agujero situado justo enfrente de él, pero el resto del ala, con sus diez pisos, seguía intacto, aunque por poco. El edificio entero se quejó sonoramente emitiendo una sarta de chasquidos, chirridos y crujidos mientras los muros de carga y los pilares de hormigón se asentaban para acomodar el peso cambiante de la masa. Pendergast trató de levantarse, se tambaleó y logró ponerse en pie; estaba maltrecho pero en lo esencial sano, sin ningún hueso roto. La nube de polvo se elevaba a su alrededor y le tapaba la vista.

Tenía que salir ya del polvo y los cascotes caídos a un lugar despejado, donde podría aprovechar la confusión y atacar a Ozmian, si es que había sobrevivido. Se abrió paso a tientas entre el caos de los escombros y se alejó de la zona donde seguían cayendo cascotes para emerger de la nube de polvo a la luz de la luna, junto a la valla metálica que rodeaba el edificio.

Entonces divisó a Ozmian: ileso, en mitad de la fachada, descendiendo a toda velocidad de las cavernosas ruinas con una manguera. Ozmian lo vio a él casi al mismo tiempo. Pendergast hincó una rodilla, apuntó y disparó, pero el empresario se apartó del edificio y se balanceó a un lado, mientras Pendergast disparaba otra bala antes de que su perseguidor se hubiese soltado y caído a la nube de polvo, donde desapareció.

Pendergast disparó cuatro tiros rápidos a la polvareda, rodeando la zona donde creía que había caído Ozmian, consciente de que las probabilidades eran escasas pero decidido a aprovechar esa mínima oportunidad. El cargador se vació.

Pendergast hizo caso omiso del dolor y corrió junto al muro exterior del edificio, saltó por encima de un bajo antepecho y entró en la construcción; luego siguió a toda velocidad por un pasillo que desembocaba en el taller de artesanía. Mientras corría expulsó el cargador vacío, que cayó al suelo con estrépito, e introdujo el segundo. Dejó atrás las mesas podridas, cruzó una puerta y bajó por una escalera en dirección al sótano.

No sabía si sus cuatro disparos habían alcanzado a Ozmian o no, pero tenía que contar con que no había sido así. Su tercer plan había fracasado. Necesitaba un cuarto.

62

Ozmian salió con cautela de los escombros, manteniéndose a cubierto. Los disparos de Pendergast contra la nube de polvo le habían puesto muy nervioso por su carácter arbitrario y su incapacidad para preverlos. Uno le había pasado tan cerca que había notado una ráfaga de aire cuando le había rozado la oreja. Por primera vez sintió un poco de incertidumbre, pero pronto se la quitó de encima. ¿No era eso lo que más deseaba: un adversario extraordinariamente astuto y competente? En el fondo sabía que él vencería.

Avanzó junto a los bordes desiguales donde se había desplomado la esquina del ala D, sin salir de la oscuridad y la tupida vegetación de los márgenes del edificio abandonado. Encendió la linterna y buscó señales de Pendergast en el terreno, pero no vio nada. Al llegar al marco de una ventana rota, hizo un reconocimiento rápido del interior, se metió en el edificio y avanzó por un pasillo vacío. Las huellas del corredor eran viejas, y tampoco encontró señales de Pendergast.

Necesitaba hallar el rastro. Para ello tenía que realizar una maniobra consistente en moverse describiendo un amplio círculo perpendicular a los indicios de la presa, intentando detectarla. Al llegar al final del pasillo, enfiló otro y reinició la operación de búsqueda esperando cruzarse en algún momento con las huellas de Pendergast.

En el sótano, que atravesaba el edificio a lo largo casi de punta a punta, Pendergast dejó atrás una instalación de calefacción, trasteros y un pequeño bloque de celdas acolchadas hasta que por fin se detuvo en un inmenso archivo lleno de documentos en proceso de descomposición. La oscuridad era absoluta bajo tierra, y no le quedó más remedio que usar la linterna. A pesar de todo lo que había recorrido, no había dado con ningún elemento ni lugar que le ayudase a devolver la pelota a su perseguidor.

Era ridículo, por no decir inútil, continuar con aquella farsa: correr al azar por aquel inmenso edificio con la esperanza de que se le ocurriese una idea nueva. Se enfrentaba a un experto, un hombre imposible de vencer. Y sin embargo, nadie era imbatible; todo ser humano tenía un punto débil. Ahora comprendía mejor la psicología de Ozmian, su vulnerabilidad, pero ¿cómo podía sacarle provecho? ¿Dónde estaba su talón de Aquiles y, en caso de dar con él, cómo le atacaría en ese punto?

Ese hombre era quizá el adversario más complejo e ingenioso al que se había enfrentado. «Conoce a tu enemigo» era la primera máxima de Sun Tzu en *El arte de la guerra*. Y el propio dicho contenía la respuesta: si había un sitio en el mundo entero donde podía aprender sobre ese hombre y sus más íntimas debilidades, era allí mismo: en el sótano, en el archivo.

Pendergast se detuvo un momento a pensar e inspeccionar la vasta sala con la linterna. Resultaba casi increíble que estuviese allí, en aquel inmenso espacio lleno de historias de locura, sufrimiento y horror: el archivo de un gigantesco hospital psiquiátrico. Ahora entendía por qué su subconsciente lo había llevado hasta allí.

El lugar estaba compuesto de hileras de archivadores sobre un andamiaje de estanterías metálicas del suelo al techo. Cada pasillo tenía su par de escaleras móviles, necesarias para llegar al nivel superior de archivadores. A medida que Pendergast atravesaba el espacio, tratando de entender cómo estaba organizado, se dio cuenta de que en el siglo que estuvo en funcionamiento, el hospital había acumulado una pasmosa cantidad de datos en forma de historiales de pacientes, notas, grabaciones de dictáfonos, diagnósticos, correspondencia, expedientes personales y documentos legales. A lo largo de su vida, el hospital había albergado a decenas de miles de pacientes mentales, puede que a cientos de miles; las cifras no hacían más que confirmar la creencia de Pendergast en que había una gran cantidad de enfermos mentales en el mundo. En cualquier caso, el archivo le pareció bastante modesto si se tenía en cuenta la locura colectiva de la raza humana.

Los pasillos e hileras de estanterías estaban dispuestos en una cuadrícula; los pasillos marcados con letras, y las hileras con números. Después de recorrer varios pasillos y consultar los números y las hileras, Pendergast localizó lo que buscaba; agarró la escalera móvil, la deslizó hasta el lugar deseado y subió con la linterna entre los dientes. Abrió un cajón de un tirón, hurgó en él con avidez, llegó al fondo y a continuación abrió otro y otro, sacando carpetas y lanzándolas al suelo, hasta que comprendió que lo que buscaba no estaba allí.

Bajó por la escalera, se detuvo un momento a reconsiderar la situación y acto seguido recorrió otro pasillo hasta un segundo lugar, donde abrió otra serie de cajones. El chirrido del metal oxidado resonaba en el espacio, y Pendergast era consciente de que la luz de la linterna sería un objetivo perfecto. Tenía que terminar de buscar antes de que Ozmian detectase su rastro y entrase en la sala.

Pasó al siguiente pasillo y luego al otro. Se le acababa el tiempo. En un cajón encontró inesperadamente unos planos enrollados del edificio de tamaño reducido. Los hojeó, extrajo uno y se lo metió por la cintura del pantalón. Útil, aunque no era lo que él buscaba. Siguió adelante.

Ozmian había perseguido el rastro de su presa por la mitad del primer piso del edificio, de un lado al otro, pero había sido en vano; sin embargo ahora, mientras se dirigía a la escalera, listo para subir al segundo piso, halló por fin las huellas de Pendergast. Eran extraordinariamente tenues —el hombre se había movido con suma cautela—, pero era imposible borrarlas del todo, y menos para el ojo atento de Ozmian. Para su sorpresa, las huellas no subían, sino que bajaban… al sótano.

Ozmian sintió una oleada de satisfacción. No había estado nunca en el sótano y no tenía ni idea de lo que había allí, pero estaba seguro de que el espacio posiblemente laberíntico y la oscuridad jugarían a su favor, y Pendergast se encontraría en un callejón sin salida. Además, todavía contaba con una gran ventaja: él estaba a la ofensiva mientras que su presa seguía en continua retirada.

Bajó por la escalera a la oscuridad, deslizando una mano por la pared, avanzando con cautela y en silencio, mientras el corazón le palpitaba de expectación ante lo que le aguardaba.

Pendergast había registrado todos los sitios lógicos, pero no había encontrado lo que necesitaba. Claro que no lo había encontrado, reflexionó con amargura; ya no estaba allí. Los documentos habían sido extraídos hacía años. Un hombre como Ozmian no dejaría dinamita como esa por ahí, ni siquiera en un archivo abandonado y ruinoso. Debía de haber mandado a alguien para que los buscase y los destruyese.

Gracias a su pesquisa, Pendergast había descubierto la organización de los archivos y se le ocurrió que, en la época en la que esa parte de King's Park fue investigada por mala praxis y crueldad y posteriormente cerrada, pudo haber un apéndice documental que pasase inadvertido. Lo lógico era que estuviera al final, y no en el orden alfabético y cronológico normal. Se dirigió deprisa a la última hilera de ficheros, en el rincón más apartado del archivo. Pese a estar aún incrustados de óxido, telarañas y moho, eran algo más nuevos y de un modelo distinto. Los cajones también tenían etiquetas diferentes. Y, por supuesto, los archivos guardados dentro no seguían el sistema archivístico establecido. Después de una rápida búsqueda, topó con un cajón cuya etiqueta rezaba:

PROHIBIDO
INVESTIGACIONES / INFORMES / RECLAMACIONES
EN ESPERA DE LA ORDEN DE CIERRE
DEL FISCAL DEL DISTRITO

Estaba cerrado con llave, pero consiguió romper el endeble cerrojo girando con fuerza su navaja en el ojo de la cerradura. Después de abrir el cajón con otro fuerte chirrido de metal oxidado, hojeó el contenido moviendo a toda velocidad sus finos dedos sobre las pestañas y levantando una pequeña nube de polvo. Se detuvo y agarró una gruesa carpeta con unos documentos sujetos con un clip al margen exterior. De repente se agachó, apagó la linterna y escuchó. Al entrar en el archivo había cerrado la puerta oxidada del fondo de la sala. Ahora acababa de abrirse con un chirrido.

Ozmian había llegado.

Era un desastre; no dispondría del tiempo que necesitaba. De todas formas, con infinito cuidado, sin encender la luz, se levantó y atravesó la oscuridad, palpando los archivadores a medida que avanzaba en dirección a la salida trasera. Tras un breve recorrido por el espacio abierto, llegó al muro exterior de ladrillo de la sala del archivo, que siguió también a tientas. En algún lugar de aquel muro había una puerta cerrada, y no estaba lejos. Esperó, escuchando atentamente. ¿Era eso el tenue crujido susurrante de unas pisadas sobre la arenilla? Oyó otro sonido débil, al límite de lo audible; luego otro. Ozmian se dirigía sigilosamente hacia él en la oscuridad.

Esperó, apuntando con la Les Baer. Si disparaba al sonido era probable que fallara, y el fogonazo brindaría a Ozmian un objetivo para devolver el fuego. Era demasiado arriesgado. Ese hombre habría oído el sonido del último fichero al abrirse y sabía que Pendergast estaba en la sala, pero no dónde exactamente.

Permaneció contra la pared, inmóvil, sin apenas respirar. Otro tenue crujido de una pisada. Ese sonaba más cerca. Podía aventurarse a disparar, por arriesgado que fuese. Apuntó con la pistola a la oscuridad, puso el dedo en el gatillo y esperó a oír otro sonido; y entonces llegó: el susurro del polvo al ser comprimido por un pie.

Disparó rápido dos veces al mismo tiempo que se lanzaba a un lado; el doble fogonazo iluminó a su perseguidor a unos veinte metros por el pasillo contiguo. Ozmian devolvió el fuego al instante, pero los disparos impactaron en la pared por encima del cuerpo tumbado boca abajo de Pendergast y lo salpicaron de esquirlas de hormigón. Disparó a la oscuridad cinco veces más, apuntando a la última posición de Ozmian, espaciando los disparos en previsión de las posibles direcciones en que podía moverse, pero cada fogonazo mostró a Ozmian en un sitio que no coincidía con sus disparos, al mismo tiempo que devolvía el fuego y le obligaba a ponerse a cubierto en la siguiente hilera de ficheros. Con el tremendo eco y la reverberación de los disparos en el espacio cavernoso, Pendergast aprovechó la oportunidad para correr por el pasillo a oscuras; encontró una hilera a tientas, corrió en línea recta y se metió en otro pasillo y otra hilera antes de detenerse, agacharse y recobrar el aliento cuando volvió a hacerse el silencio.

Moviéndose con suma cautela y avanzando a tientas, se dirigió a la salida trasera por una ruta indirecta; la encontró a los pocos minutos y abrió poco a poco la puerta con un crujido para después cruzarla y cerrarla de golpe detrás de él. Oyó que Ozmian disparaba a la puerta; una bala dio en la gruesa puerta metálica, pero no la atravesó. Tenía un pestillo, y lo echó; eso al menos le daría unos minutos para hacer lo que tenía que hacer.

Encendió la linterna y hojeó rápido los archivos que había conseguido, una página tras otra, hasta que se detuvo en una hoja en concreto. La sacó, se la metió en el bolsillo, echó un vistazo a los planos del edificio y acto seguido avanzó por el pasillo sin molestarse en no hacer ruido al pisar. En el otro extremo, llegó a una puertecita verde que abrió, cerró y aseguró con pestillo detrás de él, mientras oía a Ozmian intentando atravesar la puerta del archivo.

Tenía mucho trabajo para estar preparado para la llegada de Ozmian.

63

De pie ante la puerta, Ozmian encendió la linterna. Se trataba de una puerta de acero reforzada, ya que debía proteger aquellos archivos que en su día contuvieron información delicada. Examinó la cerradura y vio que su único recurso era disparar a través de ella, pese al gasto de unas balas que podía necesitar.

Expulsó el cargador vacío, introdujo el segundo, se situó y apuntó con las dos manos al cilindro. Esperó a que el ritmo de su corazón disminuyese. Su presa había vuelto a dispararle varias balas a escasos centímetros de la cabeza. La descarga le puso nervioso, pero si no había contado mal, también significaba que a su presa solo le quedaba una bala de las ocho. Ahora estaría huyendo y sin opciones. Una emboscada con un solo disparo era casi un suicidio. Consultó su reloj: faltaban veinte minutos para que D'Agosta, el amigo de Pendergast, no fuese más que una hamburguesa en las paredes del Edificio 44. No le extrañaba que estuviese perdiendo los papeles.

Se preparó y disparó. La bala perforó el cilindro. Lo examinó e intentó abrir la puerta, solo para descubrir que parte de la cerradura seguía atascada. Tuvo que emplear una segunda bala para volarlo con el cerrojo. La puerta se abrió y dejó ver un largo pasillo vacío del sótano.

Le quedaban seis proyectiles.

Se dirigió al pasillo siguiendo las huellas hasta el ala trasera del sótano. Pendergast ya ni siquiera se molestaba en pisar con suavidad ni en intentar confundir su rastro. Simplemente, no tenía más tiempo. Habían llegado al punto de la caza en el que el animal cazado empezaba a sentirse muy presionado. Cazar a un hombre, meditó, no se diferenciaba mucho de seguir el rastro de un león herido; cuanto más presionaba y acosaba a la presa, más se asustaba esta, perdía la capacidad de pensar racionalmente y se convertía en un manojo de nervios que solo sabía reaccionar. Pendergast estaba ahora en esa fase. Era un hombre que además de sin balas, se había quedado sin ideas. En algún momento haría lo que todos los animales cazados hacían al final: dejar de correr, darse la vuelta y librar su última batalla.

Mientras Ozmian recorría el pasillo detrás de las huellas, reparó en lo sombría y extrañamente perturbadora que era esa parte del sótano, con las paredes de bloques de hormigón sin pintar manchadas de humedad, jalonadas cada poco de puertas sin ventanas color lima a los dos lados. Cada puerta estaba numerada por orden, con un rótulo sucio:

HABITACIÓN TEE-1
HABITACIÓN TEE-2
HABITACIÓN TEE-3

¿Qué significaban? ¿Qué eran esas habitaciones?

Las huellas se detenían ante la puerta en cuyo rótulo ponía TEE-9. Examinó el suelo para interpretar el rastro: su presa se había detenido, luego había abierto la puerta y había entrado, sin hacer el menor intento por engañarle, y la había cerrado detrás de él. Aunque Ozmian no tenía ni idea de lo que había en la habitación, intuía que era pequeña y casi con toda seguridad un callejón sin salida, sin escapatoria para Pendergast. Era pan comido. Pero, por otra parte, se recordó, su presa era extraordinariamente inteligente y no debía ser subestimado; al otro lado de esa puerta podía aguardarle cualquier cosa. Y todavía le quedaba una bala.

Con infinita cautela, apartándose a un lado, Ozmian puso a

prueba a su presa. Tocó el picaporte de la puerta y lo bajó muy despacio, consciente de que Pendergast vería el movimiento al otro lado.

«¡Bum!»

Como esperaba, Pendergast había desperdiciado su último tiro disparando a ciegas a través de la puerta. Ahora su presa no tenía más armas que la navaja. Miró el reloj: faltaban ocho minutos para que su compañero volase en pedazos.

Había sido una caza memorable, pero se avecinaba el final.

—¿Pendergast? —llamó Ozmian a través de la puerta cerrada—. Lamento haberle hecho desperdiciar su última bala.

Silencio.

Sin duda el hombre estaba esperando con la navaja en ristre, como el león herido agazapado entre los mopanis, dispuesto a enzarzarse en una última refriega desesperada.

Esperó.

—El tiempo pasa. Solo faltan seis minutos para que su amigo acabe vuelto del revés.

Entonces el agente Pendergast habló. Su voz sonó temblorosa y aguda.

—Pues entre y luche, en lugar de esconderse detrás de una puerta como un cobarde.

Dejó escapar un suspiro. Sin bajar la guardia lo más mínimo, Ozmian levantó la pistola y sujetó la linterna contra el cañón con la mano izquierda, de forma que enfocase al mismo sitio que apuntaba el arma. A continuación, asestó una fuerte patada, abrió de golpe la puerta cerrada, irrumpió en la habitación y la peinó en un instante, previendo un desesperado y vano ataque con navaja desde cualquier ángulo.

En cambio, lo que oyó fue una voz suave y afable que hablaba desde la oscuridad.

—Bienvenido, hombrecito valiente, al cuarto de la felicidad.

Las inesperadas palabras fueron como un cuchillo que se clavase en lo más profundo de su cerebro.

—¿Qué tal estás hoy, mi hombrecito valiente? ¡Pasa, pasa, no seas tímido! Aquí todos somos amigos. Te queremos y estamos aquí para ayudarte.

Las palabras le resultaron enseguida tan familiares, y a la vez tan tremendamente extrañas que, como un gran terremoto, abrieron el búnker de su memoria y dejaron salir un torrente ardiente de recuerdos: hervían, incandescentes, formaban un torbellino dentro de su cráneo, lo arrasaban todo a su paso. Ozmian se tambaleó; apenas podía mantenerse erguido.

—Todos los médicos que trabajamos aquí tenemos muchas, muchísimas ganas de ayudarte y de hacerte sentir mejor para que puedas volver con tu familia, al colegio, con tus amigos, y vivir la vida de un niño normal. Pasa, pasa, hombrecito valiente, y siéntate en nuestra silla de la felicidad…

En ese momento una luz se encendió y se encontró ante una imagen peculiar y a la vez extrañamente conocida: un sillón reclinable de cuero acolchado, con correas desabrochadas a la altura de los brazos y las piernas, y una mesa metálica giratoria al lado. Sobre la mesa había dispuestos unos accesorios especiales: un protector bucal y palos de goma, hebillas y collares, una máscara de cuero negra y un collarín de acero, todos iluminados por el tenue foco de luz amarilla. Y alzándose imponente por encima de todos, sin cuerpo, había un casco de acero inoxidable, una bóveda brillante adornada con manguitos de cobre y cables enroscados, conectada a un brazo articulado y retráctil.

—Pasa, mi hombrecito valiente, y siéntate. ¡Deja que los buenos médicos te ayuden! No te dolerá nada, y después te sentirás mucho mejor, mucho más feliz, y estarás un paso más cerca de volver a casa. Y lo mejor de todo es que no te acordarás de nada, así que cierra los ojos, piensa en tu hogar y todo habrá acabado antes de que te des cuenta.

Como sumido en un trance hipnótico, Ozmian cerró los ojos. Notó que el médico le quitaba suavemente algo pesado que él agarraba, y a continuación aquellas manos comprensivas lo guiaron hasta el sillón de cuero; él ocupó su sitio sin resistirse, con la mente en blanco; notó que las hebillas y las correas le rodeaban las muñecas y los tobillos, sintió que le apretaban, y que el collarín le ceñía el cuello con un clic del cierre de acero; notó que la máscara de cuero le cubría la cara; oyó el chirrido de las articulaciones metálicas a medida que el casco de acero descendía sobre su cabeza, helado y al mismo tiempo extrañamente tranquilizador. Se dio cuenta de que el médico le sacaba algo del bolsillo de la pechera y escuchó un tenue chasquido.

—Y ahora cierra los ojos, mi hombrecito valiente. Está a punto de empezar…

64

La luz del detonador sujeto a Vincent D'Agosta había pasado del color rojo al verde solo tres minutos antes de que el temporizador llegase a las dos horas. Había estado muy cerca, y el enorme alivio que le invadió se mezclaba con la irritación por que Pendergast hubiese tardado tanto en matar al cabrón de Anton Ozmian.

Durante las dos horas de espera, en las que se había dedicado a escuchar atentamente, había oído varios tiroteos procedentes del enorme edificio situado al sur, además del espectacular y aterrador sonido de lo que debía de haber sido el derrumbamiento parcial de ese edificio. Su preocupación había aumentado al darse cuenta de que Pendergast no había despachado a Ozmian en los primeros diez minutos, y el desplome del edificio le sorprendió y le inquietó, pues hacía pensar en una pelea de proporciones épicas.

Pero al final el detonador se había puesto verde y el temporizador se había parado, y eso significaba que Pendergast había matado a aquel hijo de puta, le había quitado el mando a distancia y lo había desconectado.

Cinco minutos más tarde oyó que la puerta del Edificio 44 se abría y Pendergast entraba. A D'Agosta le alarmó su aspecto: cubierto de polvo, con la ropa raída y hecha jirones, y dos profundos rasguños en la cara en los que la sangre se había mezclado con la tierra y había formado una costra. Cojeaba.

El agente se le acercó y le quitó la mordaza. D'Agosta aspiró unas cuantas bocanadas de aire.

—¡Ha llegado por los pelos! —exclamó—. Dios, parece que haya salido de las trincheras.

—Mi querido Vincent, lamento muchísimo haberle asustado. —Empezó a desabrocharle el resto de las ataduras—. Nuestro amigo ha opuesto una resistencia admirable. Sinceramente, confieso que nunca me he enfrentado a un adversario más competente.

—Sabía que al final se lo cepillaría.

Pendergast le desató los brazos y D'Agosta los levantó y se los frotó para reactivar la circulación de la sangre. Luego le desabrochó con cautela el chaleco con los paquetes de explosivos, lo extrajo muy despacio y lo dejó con sumo cuidado en una mesa cercana.

—Cuénteme cómo ha eliminado a ese cabrón.

—Me temo que en el FBI me he ganado una reputación nefasta de agente cuyos criminales acaban muertos —respondió Pendergast mientras desataba los tobillos a D'Agosta—. Así que esta vez lo he atrapado vivo.

—¿Está vivo? Joder, ¿cómo lo ha conseguido?

—Ha sido cuestión de elegir a qué juego jugar. Empezamos jugando al ajedrez, y estuvo a punto de hacerme jaque mate; cambiamos a los dados, pero me salió una mala tirada. Así que hemos acabado jugando a un juego psicológico, y mi adversario ha perdido de manera bastante espectacular.

—¿Un juego psicológico?

—Verá, Vincent, lo cierto es que me atrapó y me puso una pistola en la cabeza. Y luego me soltó, como un gato suelta a un ratón.

—¿En serio? Caramba. Es de locos.

—Eso era justo lo que yo necesitaba saber. Él ya había reconocido que la «caza» no era solo eso: se trataba de un exorcismo de la experiencia que había vivido aquí. Cuando me perdonó la vida, supe que Ozmian estaba exorcizando un demonio mucho mayor de lo que él era consciente. Algo terrible le había pasado aquí, mucho peor que las sesiones con un psiquiatra, los medicamentos y las correas.

Como siempre, D'Agosta no estaba seguro de adónde quería ir a parar Pendergast ni de qué estaba hablando.

—Entonces ¿cómo lo pilló?

—Si se me permite el autobombo, amigo mío, estoy bastante orgulloso de mi estrategia final, que ha consistido en gastar todas las balas de mi arma, y así fomentar una falsa sensación de seguridad en mi adversario y animarlo a que se lanzase de cabeza a mi trampa final.

—¿Y dónde está?

—En el sótano del Edificio 93, en una habitación que conoció muy bien en el pasado. Una sala en la que los médicos lo convirtieron en el hombre que es hoy día.

Una vez que D'Agosta tuvo los pies por fin libres, se levantó. Estaba helado. Ozmian había arrojado su ropa sobre una silla, y se dirigió a por ella.

—¿Lo convirtieron en el hombre que es hoy día? ¿Qué quiere decir eso?

—Cuando tenía doce años, nuestro hombre ejerció de conejillo de Indias en una cruel terapia electroconvulsiva de tipo experimental. La terapia le borró la memoria a corto plazo, como suele ocurrir con esos tratamientos. Pero los recuerdos, incluso los enterrados más profundamente, nunca se destruyen del todo, y he logrado despertar los suyos... con resultados espectaculares.

—¿Terapia electroconvulsiva? —D'Agosta se puso su abrigo.

—Sí. Como recordará, él aseguró que no había sido sometido a esa terapia en King's Park. Cuando me soltó, supe que no era verdad. Supe que había pasado por eso, pero que no se acordaba. En el archivo del sótano encontré un informe que explicaba a grandes rasgos la terapia experimental e incluía el texto, palabra por palabra, con el que los médicos tranquilizaban al pobre niño y lo convencían para que se sentase en una silla de electroshock con un aspecto muy intimidante.

»Resulta que Ozmian fue sometido a una terapia especialmente contundente. La dosis normal son cuatrocientos cincuenta voltios a 0,5 amperios durante medio segundo. Nuestro amigo recibió los mismos voltios, pero al triple de amperios durante nada menos que diez segundos. Además, los electrodos se disparaban consecutivamente de la parte delantera a la parte trasera y de un lado a otro del cráneo. Eso le provocaba de inmediato unas convulsiones extremas durante la intervención y muchos minutos después de que acabara. Yo diría que la terapia le causó considerables daños en el giro supramarginal derecho.

—¿Qué es eso?

—La parte del cerebro responsable de la empatía y la compasión. Esos daños cerebrales podrían explicar cómo un hombre pudo asesinar y decapitar a su propia hija, además de disfrutar dando caza y matando a seres humanos. Ahí tiene la radio, Vincent: pida refuerzos a su gente, por favor. Yo haré lo mismo con el FBI. Tenemos que informar de que un agente federal condecorado ha sido brutalmente asesinado y de que, por desgracia, el criminal se ha sumido de lleno en la locura y necesitará que lo traten con sumo cuidado.

Se volvió y recogió su ropa y su equipo, que estaba amontonado en un rincón. D'Agosta se detuvo y observó cómo Pendergast contemplaba los restos de Longstreet y hacía un gesto lento y triste, casi una reverencia. Acto seguido, se volvió otra vez hacia D'Agosta.

—Mi querido amigo, he estado a punto de fallarle.

—Ni de coña, Pendergast. Déjese de modestia. Sabía que ese cabrón no tenía ninguna posibilidad contra usted.

Pendergast se apartó para ocultar a D'Agosta la expresión de su rostro.

65

Bryce Harriman se abrió paso por la vasta y concurrida sala de redacción del *Post* y se detuvo al fondo, ante la puerta de Petowski. Era la segunda reunión no programada a la que lo habían convocado en otras tantas semanas. No solo era raro; era insólito. Y cuando había recibido el mensaje —una citación, en realidad—, el alivio que había sentido al ser puesto en libertad de forma repentina e inesperada se había esfumado.

No podía ser nada bueno.

Respiró hondo y llamó a la puerta.

—Adelante —dijo la voz de Petowski.

En esta ocasión, el director era la única persona presente en la habitación. Estaba sentado detrás de la mesa, haciendo girar la silla de un lado a otro y jugueteando con el lápiz. Alzó la vista y miró a Harriman un momento, antes de volver los ojos al lápiz de nuevo. No le ofreció una silla.

—¿Te has enterado de la rueda de prensa que ha dado la policía esta mañana? —preguntó, sin dejar de girar de un lado a otro.

—Sí.

—El asesino, el Decapitador, como tú lo apodaste, ha resultado ser el padre de la primera víctima, Anton Ozmian.

Harriman volvió a tragar saliva, con mucho esfuerzo.

—Eso he entendido.

—Has «entendido». Me alegro mucho de que lo hagas...

por fin. —Petowski volvió a alzar la vista y clavó la mirada en Harriman—. Anton Ozmian. ¿Lo considerarías un fanático religioso?

—No.

—¿Dirías que mataba como forma de, cito textualmente, «sermonear a la ciudad»?

Harriman se murió de vergüenza al oír que le echaba en cara sus propias palabras.

—No, diría que no.

—Ozmian. —Petowski partió el lápiz en dos y lanzó los trozos a una papelera con indignación—. Valiente teoría la tuya.

—Señor Petowski… —empezó a decir Harriman, pero el director levantó un dedo para pedirle silencio.

—Resulta que Ozmian no intentaba transmitir un mensaje a Nueva York. No estaba seleccionando a las personas corruptas y depravadas para advertir a las masas. No estaba expresando a nuestro dividido país que el noventa y nueve por ciento de la población ya no está dispuesto a pasarle una más al uno por ciento restante. ¡De hecho, era uno de ellos! —Petowski resopló—. Y ahora, en el *Post* todos hemos quedado como unos tontos gracias a ti.

—Pero la policía también…

Un gesto brusco le hizo callar. El director frunció el ceño un momento. Acto seguido continuó.

—Está bien. Te escucho. Esta es tu oportunidad de justificar los artículos que escribiste. —Dejó de dar vueltas, se reclinó en su silla y cruzó un brazo por encima del otro.

Harriman pensó desesperadamente, pero no le venía nada a la mente. Ya le había dado vueltas, una y otra vez, desde que se había enterado de la noticia. Pero había estado sometido a tantas impresiones —ser detenido; ser absuelto y puesto en libertad; enterarse de que su teoría del Decapitador era errónea— que se le había quedado el cerebro en blanco.

—No tengo ninguna disculpa, señor Petowski —dijo al fin—. Se me ocurrió una teoría que parecía corresponderse con la realidad, y la policía también la adoptó. Pero estaba equivocado.

—Una teoría que armó un extraño alboroto en Central Park, del que la policía también nos culpa.

Harriman agachó la cabeza.

Después de otro silencio, Petowski suspiró profundamente.

—Bueno, al menos es una respuesta sincera —concluyó. Se puso derecho con presteza—. Está bien, Harriman. Te diré lo que vas a hacer. Vas a poner a trabajar ese cerebro tuyo tan creativo y vas a reformular tu teoría para adaptarla a Ozmian y a lo que ha estado haciendo en realidad.

—No sé si le entiendo.

—Se llama «sesgo». Vas a masajear, aporrear y amasar la realidad. Vas a llevar tu teoría en una nueva dirección, especular sobre algunos de los motivos de Ozmian de los que puede que la policía no haya hablado en la rueda de prensa, añadir algo sobre el disturbio de Central Park, y con todo eso vas a hacer un reportaje que nos hará quedar como si hubiésemos estado al tanto de todo desde el principio. Todavía somos la ciudad que no descansa, con la bota de la clase multimillonaria en el cuello de nuestros ciudadanos. ¿De acuerdo? Y Ozmian es la encarnación de la codicia, los privilegios, el egoísmo y el desprecio que la clase multimillonaria siente por los trabajadores de esta ciudad, como hemos estado escribiendo desde el principio. Ese es el sesgo. ¿Entendido?

—Entendido —convino Harriman.

Empezó a alejarse, pero el director Petowski todavía no había terminado.

—Una cosa más.

El periodista miró atrás.

—¿Sí?

—¿Te acuerdas del aumento de cien dólares a la semana que te comenté? Lo anulo. Con carácter retroactivo.

Cuando Harriman volvió a atravesar la sala de redacción, nadie alzó la vista para mirarlo a los ojos. Todo el mundo trabajaba diligente, encorvados sobre libretas o pantallas de ordenador. Pero justo al llegar a la puerta, oyó que alguien entonaba en voz baja y cantarina:

—Multimillonarios, enmendaos antes de que sea demasiado tarde...

66

D'Agosta siguió a Pendergast en silencio por la casa de Anton Ozmian en el Time Warner Center. Al igual que el amplio despacho del empresario en el Lower Manhattan, el enorme apartamento de ocho habitaciones casi tocaba las nubes. Solo cambiaba la vista: en lugar del puerto de Nueva York, al otro lado de aquellas ventanas se hallaban los árboles de juguete, prados y bulevares serpenteantes de Central Park. Era como si aquel hombre despreciase la banalidad de una vida vivida al nivel del mar.

La policía científica había venido y se había ido hacía mucho —había muy pocas pruebas del asesinato de Grace Ozmian que documentar—, y ya solo quedaba un reducido grupo de técnicos de la policía de Nueva York que hacían fotos aquí y allá, tomaban notas y charlaban en voz baja. Pendergast no había conversado con ellos. Había llegado con un largo rollo de planos de arquitecto debajo del brazo y un pequeño aparato electrónico: un medidor láser. Colocó los planos sobre una mesa de granito negro en la extensa sala de estar —el estilo industrial del apartamento era similar al de las oficinas de DigiFlood— y los estudió con mucho detenimiento, enderezándose de vez en cuando para escudriñar la habitación circundante. En un momento determinado se irguió y midió las dimensiones de la estancia con el medidor láser, luego atravesó varias habitaciones contiguas tomando medidas y volvió.

—Curioso —dijo al fin.

—¿El qué? —inquirió D'Agosta.

Pero Pendergast se había apartado de la mesa y se acercaba a una larga pared llena de estanterías de caoba pulida, salpicadas aquí y allá de obras de arte montadas en pedestales. Recorrió despacio las estanterías y retrocedió un instante, como un dilettante que estudiase un cuadro en un museo. D'Agosta observaba, preguntándose qué tramaba.

Hacía dos días, cuando Pendergast apareció pocos minutos antes de que él volase por los aires, D'Agosta había sentido sobre todo un gran alivio porque al final no iba a morir de una forma humillante e ignominiosa. Desde entonces, había tenido mucho tiempo para pensar, y sus emociones se habían vuelto más complejas.

—Oiga, Pendergast… —empezó a decir.

—Un momento, Vincent.

El agente levantó un pequeño busto romano de su peana y volvió a dejarlo en su sitio. Siguió avanzando por la hilera de estanterías, empujando aquí y apretando allá. Poco después se detuvo. Un libro en concreto pareció llamarle la atención. Alargó la mano para cogerlo, lo sacó y escudriñó el hueco vacío dejado por su ausencia. Introdujo la mano en el espacio, palpó alrededor y pareció presionar algo. Se oyó el chasquido sonoro de un cerrojo y a continuación la sección entera de estantería se desplazó hacia delante y se separó de la pared.

—¿No le recuerda a cierta biblioteca que los dos conocemos? —murmuró Pendergast mientras giraba la estantería sobre unas bisagras bien engrasadas.

—¿Qué narices es esto?

—Ciertas contradicciones en los planos del apartamento me hicieron sospechar que podía tener un escondite. Mis mediciones han demostrado que así era. Y este libro —levantó un ejemplar destrozado de *Los devoradores de hombres de Tsavo*, de J. H. Patterson— parecía demasiado apropiado para pasarlo por alto. En cuanto a lo que he encontrado, ¿no cree que todavía falta una pieza importante del puzle?

—Pues no, la verdad.

—¿No? ¿Y las cabezas?

—La policía cree... —D'Agosta hizo una pausa—. Joder. Aquí, no.

—Sí... aquí.

Pendergast sacó una linterna del bolsillo, la encendió y entró en el oscuro espacio oculto tras la estantería. D'Agosta tuvo que dominar el miedo para seguirlo.

Un pequeño hueco daba a una puerta de caoba. Pendergast la abrió y descubrió un diminuto cuarto con una peculiar forma, de un metro ochenta de ancho por cuatro y medio de largo, con paneles de madera y una alfombra de pasillo persa. Cuando el haz de la linterna de Pendergast recorrió la estancia, una extraña imagen atrajo de inmediato la mirada de D'Agosta: la pared derecha tenía una serie de placas, y en cada placa había fijada una cabeza humana perfectamente conservada con ojos de cristal brillantes, la piel de un color fresco y natural, el cabello peinado y arreglado con cuidado, los rostros cerosos en su singular quietud de perfección; y lo más grotesco de todo: todas las cabezas mostraban una débil sonrisa. En el aire se respiraba un olor a formalina.

Debajo de cada placa, atornillada a la pared, había una pequeña lámina de latón con un nombre grabado. Asqueado, y sin embargo fascinado muy a su pesar, D'Agosta siguió al agente del FBI por el espeluznante corredor. GRACE OZMIAN, rezaba la lámina situada debajo de la primera cabeza: una chica teñida de rubio con una cara increíblemente bonita, labios pintados de rojo y ojos verdes; MARC CANTUCCI, ponía en la placa de debajo de la segunda cabeza: un hombre mayor, corpulento y canoso de ojos marrones y extraña sonrisilla irónica. Y así sucesivamente, el desfile de cabezas conducía a la parte trasera de la habitación secreta, hasta que los dos llegaron a una placa vacía. Debajo ya había una lámina de latón. ALOYSIUS PENDERGAST, leyeron.

Al fondo de la estancia había una butaca de cuero con una mesita al lado en la que reposaba un decantador de cristal tallado y una copa de coñac. Junto a la mesa había una lámpara de pie de vidrio de Tiffany. Pendergast estiró la mano y tiró del cordón. De repente, una luz tenue iluminó la habitación, y las seis cabezas fijadas proyectaron sombras macabras en el techo.

—La sala de trofeos de Ozmian —murmuró Pendergast mientras se guardaba la linterna en el bolsillo.

D'Agosta tragó saliva.

—Hijo de puta chiflado. —No podía apartar la vista de la placa vacía del final de la hilera: la que estaba pensada para Pendergast.

—Chiflado, sí, pero un hombre con extraordinarias dotes criminales para burlar la seguridad, esconderse a simple vista y desaparecer casi sin dejar rastro. Piense, por ejemplo, en la carísima máscara de silicona que debió de usar para hacerse pasar por Roland McMurphy. Si combina esas dotes con una inteligencia extrema, una ausencia total de compasión y empatía, y un elevado nivel de ambición, tiene a un psicópata de primerísimo orden.

—Pero hay algo que no entiendo —dijo D'Agosta—. ¿Cómo entró en la casa de Cantucci? La mansión era una fortaleza, y Marvin, el especialista en seguridad, y el resto de la gente dijeron que solo un empleado de Sharps & Gund podría haber pasado todas las alarmas y las medidas de protección.

—Una tarea no tan ingente para un genio informático como Ozmian, con un montón de hackers de primera (no solo extraordinariamente bien pagados, sino algunos chantajeados por su jefe por sus delitos del pasado) siempre a su disposición, en una de las empresas de internet más sofisticadas y poderosas del mundo, con acceso a las herramientas digitales más modernas. Fíjese en lo que él y su gente le hicieron a ese periodista, Harriman. Una maniobra diabólica. Teniendo a mano un grupo de expertos como ese, entrar en la residencia de Cantucci no sería tan difícil.

—Sí, tiene sentido.

Pendergast se volvió para marcharse.

—Eh... ¿Pendergast?

El agente se giró.

—¿Sí?

—Creo que le debo una disculpa.

El agente del FBI arqueó las cejas en actitud interrogativa.

—Fui tonto; estaba desesperado por conseguir respuestas, tenía a todo el mundo machacándome, del alcalde para abajo... Me tragué la teoría de ese reportero. Y entonces me pasé con usted cuando quería advertirme de que la teoría era falsa.

Pendergast levantó una mano para pedirle silencio.

—Mi querido Vincent. La historia de Harriman parecía encajar con los hechos, era una teoría atractiva hasta cierto punto, y usted no fue el único que se dejó engañar. Es una lección para todos: las cosas no siempre son lo que parecen.

—Desde luego. —D'Agosta miró la truculenta hilera de cabezas—. Ni en un millón de años me habría imaginado esto.

—Por eso nuestra Unidad de Análisis de Conducta no pudo elaborar el perfil del criminal. Porque desde el punto de vista psicológico, no era un asesino en serie. Era realmente *sui generis*.

—¿Generoso? Pero ¿qué...?

—Es una antigua expresión latina. Significa peculiar, único en su especie.

—Tengo que largarme de aquí.

Pendergast miró la placa en blanco con su nombre.

—*Sic transit gloria mundi* —murmuró otra vez en latín. Y acto seguido se apartó y salió rápido de la pequeña cámara de los horrores.

Volvieron a la enorme sala de estar del piso de Ozmian con sus extensas vistas. El teniente D'Agosta se acercó a la ventana y respiró hondo.

—Hay cosas que desearía no haber visto.

—Ser testigo del mal es ser humano.

Pendergast se reunió con él ante la ventana y contemplaron el exterior en silencio durante un momento. El paisaje invernal

344

de Nueva York estaba bañado por la luz amarillo claro de la tarde que tocaba a su fin.

—En cierto modo, el idiota de Harriman tenía razón sobre los ricos que están estropeando esta ciudad —reconoció D'Agosta—. También es curioso que el asesino haya resultado ser un multimillonario. Otro cabrón forrado y lleno de privilegios que se divierte a costa del resto. ¡Fíjese en este sitio! Me dan ganas de vomitar: esos gilipollas arrogantes en sus áticos, paseándose en sus limusinas como si fuesen los dueños de la ciudad, con sus chóferes y mayordomos… —De repente se le fue apagando la voz y notó que se ruborizaba—. Perdón. Ya sabe que no me refería a usted.

Por primera vez que él recordase, oyó reír a Pendergast.

—Vincent, parafraseando a un hombre sabio, lo importante no es el contenido de la cuenta corriente de uno, sino el contenido de su carácter. La división entre los ricos y el resto de la gente es una falsa dicotomía, y además no permite ver el auténtico problema: en el mundo hay mucha gente mala, rica y pobre. Esa es la verdadera división: la existente entre los que se esfuerzan por hacer el bien y los que lo hacen solo por ellos mismos. El dinero aumenta el daño que pueden causar los ricos, claro, y les permite hacer ostentación de su vulgaridad y su mala conducta a la vista del resto de nosotros.

—Entonces ¿cuál es la solución?

—Parafraseando a otro hombre sabio, «los ricos siempre estarán con nosotros». No existe solución, salvo asegurarse de que a los ricos no se nos permite utilizar nuestro dinero como herramienta de opresión y subversión de la democracia.

A D'Agosta le sorprendió aquella inusitada píldora de filosofía.

—Sí, pero esta ciudad, Nueva York, está cambiando. Ahora solo los ricos pueden permitirse vivir en Manhattan. Brooklyn e incluso Queens llevan el mismo camino. ¿Dónde vamos a vivir los trabajadores como yo dentro de diez o veinte años?

—Siempre queda New Jersey.

D'Agosta se atragantó.

—Eso ha sido una broma, ¿verdad?

—Me temo que la sala de los horrores ha despertado en mí una frivolidad inadecuada.

D'Agosta lo entendió enseguida. Era como aquellos forenses que con una víctima de asesinato abierta en canal sobre la camilla contaban chistes de espaguetis y albóndigas. De algún modo, el horror de lo que acababan de presenciar necesitaba ser exorcizado con bromas que no guardasen ninguna relación.

—Volviendo al caso —continuó Pendergast—, le confieso que me siento personalmente consternado e incluso escarmentado.

—¿Y eso?

—Ozmian me engañó por completo. Hasta que intentó endilgarnos a Hightower como sospechoso no tuve la más mínima idea de que él era un posible sospechoso. Eso me perseguirá durante mucho, mucho tiempo.

Epílogo

Dos meses más tarde

El sol poniente doraba las laderas de la parte india de la cordillera del Himalaya y proyectaba largas sombras sobre las estribaciones y los valles pedregosos. Cerca de la base de la cadena de Dhauladhar del estado de Himachal Pradesh, a unos ochenta kilómetros al norte de Dharamsala, no se oía nada salvo el lejano estruendo de los largos cuernos tibetanos llamando a los monjes a la oración.

Un sendero ascendía desde los bosques de cedros, serpenteando contra imponentes precipicios rocosos al comienzo de la larga subida hacia la cima del Hanuman ji Ka Tiba, o «Montaña Blanca», con cinco mil seiscientos metros, el pico más alto de la cadena. Después de unos tres kilómetros, un camino casi invisible se desviaba del sendero principal y se alejaba del pico, abrazaba la cara del precipicio, labrada en la roca, y formaba varios recodos estrechos y vertiginosos hasta que por fin llegaba a un promontorio rocoso. Allí había un gran monasterio —construido en la roca viva y apenas distinguible contra la falda de la montaña que lo rodeaba— con muchos siglos de historia, los adornos tallados de sus murallas inclinadas y los pináculos de sus tejados erosionados casi por completo por el efecto del paso del tiempo y el clima.

En un pequeño patio en lo alto del monasterio, rodeado por

tres lados de una columnata con vistas al valle, permanecía sentada Constance Greene. Estaba quieta, viendo a un niño de cuatro años jugar a sus pies. El pequeño ordenaba las cuentas de un rosario siguiendo un patrón extraordinariamente complejo para un niño de su edad.

Los cuernos emitieron entonces un segundo toque lúgubre, y una figura apareció en la oscura puerta: un hombre de sesenta y pocos años, vestido con la túnica de color escarlata y azafrán de un monje budista. Miró a Constance, sonrió y asintió con la cabeza.

—Es la hora —dijo en un inglés con acento tibetano.

—Lo sé.

Ella abrió los brazos y el niño se levantó y se volvió para abrazarla. Constance le besó la cabeza y las dos mejillas. A continuación lo soltó y dejó que el monje llamado Tsering lo llevase de la mano a través del patio al refugio del monasterio.

Se recostó contra una de las columnas y contempló la extensa vista montañosa. Debajo oyó un alboroto: voces y el relincho de un caballo. Al parecer había llegado una visita al monasterio. Constance no le hizo mucho caso. Observó con apatía los bosques situados mucho más abajo y las espectaculares laderas de la Montaña Blanca que se alzaban junto a ella. Flotaba en el aire un olor a sándalo, acompañado de los familiares sonidos de los cánticos.

Contemplando ante sí la enorme extensión, fue consciente —como solía ocurrirle últimamente— de una vaga sensación de insatisfacción, una necesidad incumplida, una tarea por hacer. Su intranquilidad le desconcertaba: estaba con su hijo, en un lugar precioso y plácido de retiro espiritual y contemplación; ¿qué más podía desear? Y, sin embargo, el desasosiego solo parecía aumentar.

—«Llévame a la desventura.» —Murmuró en voz baja para sí la antigua oración budista—. «Solo siguiendo ese camino podré transformar lo negativo en positivo.»

Entonces, unas voces sonaron en el oscuro pasaje del interior y se volvió hacia ellas. Un momento más tarde, un hombre alto vestido con ropa de viaje anticuada y polvorienta apareció en el patio.

Constance se levantó de un salto, asombrada.

—¡Aloysius!

—Constance —saludó él.

Se dirigió a ella con paso rápido, pero de repente se detuvo, indeciso. Después de un momento de incomodidad, Pendergast hizo un gesto para que se sentasen en las almenas de piedra. Se colocaron uno al lado del otro, y ella se limitó a mirarlo, demasiado sorprendida por aquella súbita e inesperada aparición para hablar.

—¿Qué tal estás? —preguntó él.

—Bien, gracias.

—¿Y tu hijo?

Ella se animó entonces.

—Aprende rápido. Es feliz y está lleno de dulzura y compasión. Es un niño maravilloso. Sale a dar de comer a los animales salvajes y los pájaros que bajan de las montañas a verlo sin ningún miedo. Los monjes dicen que es todo lo que ellos esperaban y más.

Se hizo un nuevo silencio incómodo entre ellos. Pendergast parecía extrañamente vacilante, hasta que empezó a hablar.

—Constance, no hay una forma fácil ni elegante de expresar lo que tengo que decir. Así que lo diré de la manera más simple posible. Debes volver conmigo.

Aquel anuncio resultaba todavía más sorprendente que su llegada. Constance permaneció en silencio.

—Tienes que volver a casa.

—Pero mi hijo…

—Su sitio está aquí, con los monjes, como rinpoche. Acabas de decir que está desempeñando ese papel de forma admirable. Pero tú no eres un monje. Tu sitio está en el mundo, en Nueva York. Tienes que volver a casa.

Ella respiró hondo.

—No es tan sencillo.

—Lo sé.

—Hay que tener en cuenta otro asunto... —Ella titubeó; le faltaban las palabras—. ¿Cuál será exactamente... qué significa eso para nosotros?

Él tomó la mano de ella entre las suyas.

—No lo sé.

—Pero ¿a qué viene esta decisión? ¿Qué ha pasado?

—Te ahorraré los detalles —contestó él—. Pero una noche, no hace mucho, supe con absoluta certeza que iba a morir. Lo supe, Constance. Y en ese momento, en esa necesidad extrema, fue en ti en quien pensé. Más tarde, cuando la crisis hubo pasado y me di cuenta de que al final viviría, tuve tiempo para reflexionar sobre ese momento. Entonces comprendí que la vida sin ti no merece ser vivida. Necesito que estés conmigo. De qué forma o con qué tipo de relación, como pupila, amiga o... no lo sé... Eso está por decidir. Te... te pido paciencia en ese aspecto. Pero a pesar de todo, hay un hecho que no cambia. No puedo vivir sin ti.

Mientras hablaba, Constance lo miraba fijamente a la cara. Había una intensidad en su expresión, una mirada en aquellos brillantes ojos plateados, que ella no había visto antes.

Él le cogió las manos con más firmeza.

—Por favor, vuelve a casa.

Durante un largo instante, Constance se quedó en silencio, con la vista fija en sus ojos. Y entonces, de forma casi imperceptible, asintió con la cabeza.